밤은 내가 가질게

안보윤 소설

밤은 내가 가질게

문학동네

# 차례

어떤 진심

오유란이 이서를 만난 건 두 달 전 일이었다. 여름 끝 무렵이라 한낮의 거리는 더웠고 해질녘엔 차고 축축한 바람이 불었다. 유란은 가방에 얇은 카디건과 접이식 부채를 넣어다녔다. 준비된 사람, 매사에 의연한 사람으로 보여야 했으므로 삼단 우산과 생수도 가지고 다녔다. 손바닥만한 파우치에 방수밴드와 마데카솔, 인공 눈물과 두통약을 챙겨다녔다. 유란은 누구에게나 친절할 준비가 되어 있었다. 현기증을 일으켜 주저앉은 사람은 없는지 더러운 몰골의 고양이에게 마실 걸 주고 싶어하는 사람은 없는지 늘 살피며 걸었다. 눈에 띄면 다가갔고 망설임 없이 말을 걸었다. 이서를 만난 날도 그랬다. 유란은 적절히 준비된 모습으로 정해진 장소에 있었다. 모든 것이 예정되어 있었다.

교복 차림의 학생 둘이 카페에 들어설 때부터 유란은 이서를 마음에 두었다. 저 아이는 척추가 곧지 못하구나. 유란은 한쪽 어깨를 으쓱이듯 걷는 이서를 보며 생각했다. 결이 나쁘고 푸석푸석한 머리칼과 거북목을 꼼꼼히 살폈다. 이서는 시선을 자꾸 바닥으로 떨구며 걸었다. 몇 걸음 지나지 않아 몸을 반만 틀어 자신의 뒤를 돌아보았다. 체크무늬 스커트에 교복 셔츠, 니트 베스트까지 챙겨 입은 모습이 고지식하고 소심해 보였다. 이서와 함께 온 아이는 품이 넓은 후드티에 체육복 바지를 입고 있었다. 후드티는 성큼성큼 걸어 유란에게 왔다. 학생증부터 보여주세요. 유란은 학생증과 주민등록증, 두 아이와 주고받은 채팅 페이지까지 모두 내보인 후에야 그들과 마주앉을 수 있었다.

─학원 가야 해서 사십 분밖에 시간이 없어요.

이서가 주문한 음료를 들고 오자 후드티가 말했다. 상관없다고 유란은 답했다.

─내가 준비해온 문제부터 풀어볼래? 수업은 오답 풀이 방식으로 진행하면 될 것 같은데.

유란이 미리 꺼내두었던 프린트를 그들 앞으로 밀었다. 『개념원리』와 『쎈』과 『수학의 정석』에서 몇 문제씩 짜깁기한 프린트였다. 이서와 후드티는 과외 매칭 앱에서 '고1수학·현행 학습'을 선택했다. '상담 및 시범 강의 가능(무료)' 항목에 체크해둔 덕분에 유란은 그들과 만났다. 시범 강의는 한 시간으로 예정돼 있었으나 조금 전 후드티의 말로 인해 이십 분이 줄어들었으므로 유란은 마음이 급했다.

문제는 모두 열 개였다. 이서는 여섯 문제를, 후드티는 세 문제를 틀렸다. 심화 문제만 틀린 후드티와 달리 이서는 두서없이 이것저것 틀렸다. 마지막 이차함수 그래프 두 문제는 손도 대지 않았다. 문제를 다 푼 후드티가 펜을 내려놓자 덩달아 펜을 내려놓은 탓이었다. 채점하는 동안 마저 풀어도 돼. 유란의 말에 이서는 펜을 쥐고 끄적이다 도로 내려놓았다.

—음악 좀 꺼달라고 할까요?

후드티가 얼굴을 찌푸린 채 물었다. 천장 모서리에 달린 스피커가 고장났는지 스릅스릅 소리를 내고 있었다. 잔모래를 절반쯤 채운 페트병을 아주 느린 속도로 흔드는 소리 같았다. 음악이 왜? 이서가 후드티에게 물었다. 넌 안 들려? 엄청 거슬리는 소리 나잖아. 스피커를 쏘아보던 후드티가 벌떡 일어나 카운터로 향했다. 이서는 스피커를 돌아보는 대신 당황한 얼굴로 자신의 귓바퀴를 문질렀다. 아, 그러네. 이서가 어색한 톤으로 중얼거렸다. 소리가 나네, 정말로.

—못 끈대요.

자리로 돌아온 후드티의 얼굴이 사나웠다. 유란이 틀린 문제를 설명하는 동안 후드티는 카운터에 선 직원을 틈틈이 노려보았다. 유란은 풀이 과정을 쓰면서 볼펜으로 프린트 가장자리를 콕콕 찍었다. 말하는 도중 무심코, 라는 느낌으로 그러나 상대가 분명히 인식할 정도의 제스처를 겸해서였다. 콕콕 혹은 탁탁 소리가 날 때마다 후드티가 고개를 들었다. 왜요? 후드티가 물었다. 왜 자꾸 탁탁 쳐요? 거슬리게.

그러나 이서는 달랐다. 목을 길게 늘어뜨린 채 프린트를 들여다보고 있던 이서는 유란이 숫자를 쓰면 숫자의 굴곡대로, 밑줄을 그으면 밑줄 방향대로 눈을 움직였다. 유란이 볼펜으로 테이블 위를 콕콕 찍어도 의심 없이 고개를 주억거렸다. 후드티에게 유란이 미안, 하고 짧게 사과하는 동안 이서는 잉크 찌꺼기가 붙은 볼펜 심만을 들여다보고 있었다.

—저기요.

후드티가 유란의 말을 잘랐다. 죄송한데 시간이 없어서요. 학원이 여기서 멀거든요. 심화 문제를 설명한 뒤 이서가 틀린 문제로 넘어가려던 참이었다. 유란은 시간을 확인했다. 만난 지 삼십 분가량이 지나 있었다. 어느 틈에 가방을 챙겨 멘 후드티가 몸을 일으켰다.

—문제 풀이만 듣고 가는 건 어떨까? 아직 시간이……

—선생님 수업 스타일이 저랑 안 맞아요.

유란은 잠시 모욕감을 느꼈으나 참았다.

—너도 그러니?

유란이 이서에게 물었다. 이서가 우물쭈물 후드티를 바라보았다. 후드티를 따라 일어서야 할지 말아야 할지 고민하는 눈치였다. 유란은 서둘러 이서를 잡았다.

—친구는 학원 때문에 바쁘다니까 할 수 없지만 너는 끝까지 듣고 가지 않을래? 네가 틀린 문제는 풀고 가야지. 서로 바쁜 시간 쪼개서 만난 건데 마무리는 잘 지어야 하지 않겠어?

후드티가 음료 컵을 반납하러 가버리자 이서는 눈에 띄게 당황한 듯했다. 이서의 눈이 테이블 위를 정신없이 배회했다. 유란은 이서가 푼 프린트의 빗금이 그어진 부분을 볼펜 끝으로 가리켰다. 빗금을 더 길고 선명하게 그어 보이며 유란이 상냥한 목소리를 냈다.

—이서라고 했지? 이서야, 세 문제만 더 듣고 가. 그게 서로에 대한 예의잖니.


이서는 유란에 대한 예의로 오답 풀이를 끝까지 들었다. 이차함수 그래프 문제를 푼 뒤엔 유란이 내민 프린트를 한 장 더 풀었다. 너는 좋은 학생이구나. 선생님도 그렇게 얘기하시지? 존재감이 없다니 그럴 리가. 이서는 어느 학교 다니는데? 아, 그 학교가 좀 보수적이지. 유란은 이서가 문제를 푸는 동안 여러 가지를 물었다. 이서가 다니는 학교와 반, 이서가 사는 동네와 핸드폰 번호는 물론 1학기 중간·기말고사 점수, 모의고사 등급까지 알게 되었을 땐 두 시간이 훌쩍 지나 있었다. 이서는 핸드폰 진동이 울릴 때마다 몸을 움츠렸다. 후드티가 보내는 건지 메시지 알람이 화면을 뒤덮다 어느 순간 뚝 끊겼다. 내가 그렇게 못 가르치니? 유란이 묻자 이서는 프린트 귀퉁이를 꼬기작댔다. 아니요, 괜찮은데요. 네 친구는 화내고 가버렸잖아. 그건 학원 시간이, 저기, 죄송해요. 내가 그 정도로 최악인가. 큰일이네. 유란이 우울한 목소리를 내자 이서는 어쩔 줄 몰라했다. 이서야, 유란이 부르자 네, 하고 답했다. 시선을 피하거나 웅얼거리면서도 이서는 꼬박꼬박 답을 했다.

　—부탁이 있는데, 내가 너 과외해주면 안 될까? 돈은 안 받을게.

　좀 수상쩍은가? 유란은 얼른 목소리 톤을 조절했다. 친근감을 높이려 말을 놓은 건데 이 단계에서는 자칫 가볍게 느껴질 수 있었다. 차분한 어투로 존대하는 게 더 진정성 있게 느껴졌으려나. 유란은 그 부분을 가만히 곱씹었다.

　—아까 학생증에서 봤지? 나 수학교육 전공인 거. 이제 곧 실습 나가야 하는데 도움받을 곳이 없어서 그래. 이서는 공짜로 과외 받고 나는 가르치는 노하우를 쌓고, 그럼 서로 좋지 않을까? 아니면 너도 네 친구랑 같은 생각이니? 나한테는 절대로, 절대로 배우기 싫어?

—아뇨, 그런 게 아니라……

—시험삼아 한 달만 해보자. 정말 열심히 할게. 나 좀 도와줘, 이서야.

그것은 유란의 엄마가 말하는 방식이었다. 엄마 좀 도와줘, 유란아. 제발 한 번만. 유란은 그런 말을 들을 때마다 부채감에 시달렸다. 말은 손쉽게 몸을 바꿔 유란을 공격했다. 네가 도와주지 않으면 모든 게 망가질 거야. 전부 다 엉망진창이 되어버리는 게 네가 바라는 거니? 비난당하지 않기 위해 노력하면 다음, 또 다음 부탁이 유란을 옭아맸다. 때문에 유란은 이서에게 부탁을 한 후에는 신중히 말을 골랐다. 엄마가 했던 말이 아닌 엄마에게서 듣고 싶었던 말을 했다. 이서야, 부탁을 들어줘서 정말 고마워. 전부 네 덕분이야. 내겐 정말 너밖에 없다.

이서는 일주일에 두 번이었던 과외 횟수를 일주일에 세 번으로, 이 주일에 일곱 번으로 바꿨다. 유란은 재빨리 문제 풀이를 끝낸 뒤 이서와 대화하는 시간을 늘려나갔다. 한 달이 지나자 이서는 이차함수 그래프 문제를 풀 수 있게 됐다. 유란은 이서에 대한 이런저런 것—이서의 집이 재혼 가정이라는 것과 다섯 살 터울 동생이 있다는 것, 초등학생 때 핸드볼을 했는데 키와 손가락이 자라지 않아 그만뒀다는 것, 엄마는 경제관념이 약하고 아빠는 주말에만 집에 오는데 얼마 전 교통사고를 당한 친할머니가 이서네 집에서 함께 살게 되면서 부부

싸움이 잦아졌다는 것, 반에서 선행 학습을 안 한 사람은 이서 밖에 없다는 것과 사실은 과외비도 없는데 친구를 따라 나왔었다는 것, 볶은 고사리와 미역 줄기는 냄새만 맡아도 속이 이상해지고, 털이 길고 배가 보드라운 동물을 좋아한다는 것 등등—을 알게 되었다. 힘들겠다. 유란이 말하자 이서가 뭐가요? 하고 물었다.

—가족이 전부 제각각이니까 얘기할 사람이 없을거 아냐. 많이 외로웠겠다, 우리 이서.

이서는 부정도 긍정도 하지 않았다. 쥐고 있는 볼펜 끝을 잘근대느라 답을 삼킨 건지도 몰랐다. 어느 쪽이든 유란에겐 준비된 말이 있었다. 오로지 이 말을 하기 위해 유란은 그간의 시간들을 견뎠다.

—내가 우리 이서 언니 해줄까? 공부도 봐주고 힘든 일 있을 때 돌봐주고 얘기도 들어주고 맛있는 것도 사주는 진짜 언니. 이서가 날 도와줬으니까 이제부턴 내가 이서를 도와줄게. 내가 없으면 이서는 다시 혼자가 되는 거잖아. 혼자는 정말이지…… 너무 끔찍해.

*

유란은 정류장에 서 있었다. 유란을 내려놓은 마을버스는 벌써 사라지고 없었다. 유란과 함께 내린 너덧 명의 사람들 역시 순식간에 사라졌다. 도로 양옆으로 폭이 좁고 낮은 건물들이 다닥다닥 붙어 있었다. 유란은 물결무늬 유리가 끼워진 알루미늄 창호와 아랫부분이 삭아버린 하늘색 철대문, 가장자리에만 철판을 덧댄 나무문 같은 것들을 둘러보았다. 어느 문이든 손쉽게 열릴 것 같았으나 어느 문도 열고 싶지 않았다. 십여 년 전에도 그랬다. 유란은 이 길을 따라 초등학교에 다녔다. 언덕의 정점에 있는 버스 정류장 아래로 가파른 비탈길이 펼쳐져 있었다. 비탈길에 선 집들은 대문 아래 삼각형 모양의 구멍이 뚫려 있었다. 간혹 시멘트로 단을 세워 빈틈을 메운 집도 있었지만 대부분이 구멍투성이였다. 유란은 삼각 구멍 안으로 돌을 차 넣으며 학교를 오갔다. 깨진 보도블록과 시멘트 담에서 떨어져나온 조각들이 얼마든지 있었다. 쉽게 부서지는 돌들을 유란은 몇 번이고 걷어찼다. 간혹 돌에 맞은 개가 대문 안에서 사납게 짖었다.

비탈길 중간부는 집들을 지우개로 싹싹 지워낸 것처럼 비어 있었다. 개천을 덮고 주차장을 만들면서 시야가 넓게 트인 것이었다. 복개천 주위로 들어섰던 빌라들이 세월을 따라 충분히 낡아 있었다. 익숙하면서도 낯선 풍경이었다. 그러나 길을 헤맬 정도는 아니어서 유란은 주차장을 가로질러 망설임 없이 걸었다. 한 동뿐인 아파트와 근방에서 유일한 놀이터를 지나면 목적한 곳까지 금방이었다. 유란은 시소가 있던 자리에 만들어진 자전거 거치대와 재활용품 분리수거장을 지나 한 건물 앞에 섰다.

건물 외벽을 전부 벽돌로 장식한 삼층 건물은 이전과 달라진 게 없었다. 반들반들하던 붉은색 벽돌에 검회색 반점이 생긴 게 그나마 일어난 변화였다. 삼층 창문에 붙은 암막 필름에 글자 스티커가 그대로 남아 있었다. 믿음샘교회. 창문에 붙은 이름은 그랬으나 교회는 여러 이름으로 불렸다. 교회 입구 현판에는 믿음이샘솟는교회, 주보에는 믿음이샘물처럼솟는교회라고 쓰여 있었다. 황목사는 그곳을 믿음교회라 불렀고 유란의 엄마는 샘물교회, 교회 신도들은 우리목사님교회라고 불렀다. 유란은 어떤 이름으로도 부르지 않았다.

유란이 건물 안으로 들어섰다. 방금 지나온 비탈길만큼이나 비좁고 가파른 계단을 올랐다. 이층에서 삼층으로 이어지는 계단 벽에 나무 액자들이 걸려 있었다. 유란은 사진 속 얼굴들을 하나하나 살피며 걸었다. 아는 얼굴과 아는 것 같은 얼굴, 몇 번쯤 마주쳤던 얼굴들이 그 안에 있었다. 유란은 크리스마스 장식 아래 성가대 옷을 입고 선 아이들 사진을 오래 들여다보았다. 액자 속 사진을 핸드폰 카메라로 찍었다. 빨간 부직포 양말을 들고 피아노 옆에 선 아이의 얼굴이 잘 나오도록 여러 번 찍었다.

—문이 나오는 꿈을 꿔요.

이서는 그렇게 말했다. 흔한 나무문이에요. 잠금장치도 따로 없는, 방문으로 쓰는 그 문이요. 어쩌다 꿈 얘기가 나온 건지는 기억나지 않았다. 유란은 언제나 이서에게 많은 걸 물었고 많은 걸 들었다. 테이블 위에 변명처럼 올려놓던 수학 문제집은 치운 지 오래였다.

　—문 앞에 한 사람이 서 있어요. 어깨가 좁고 키가 작은 사람이에요. 저는 그 사람한테 말해요. 문을 열지 마. 절대로 열면 안 돼. 그 사람은 제 목소리를 못 들어요. 그런데도 저는 계속 말해요. 그 사람이 양손으로 방문 손잡이를 쥐면 저는 고래고래 소리쳐요. 열면 안 돼! 문이 틀림없이 열린다는 걸 알고 있으면서도 저는 계속 소리쳐요. 그래야만 하는 꿈이에요.

그것이 지루한 꿈인지 무서운 꿈인지 이서는 말하지 않았다. 얘기를 들을 때엔 대수롭지 않게 여겼으나 이후 며칠간 유란은 문에 대해서만 생각했다. 열면 안 되는 문, 그러나 틀림없이 열리고 마는 문에 대해 거듭거듭 생각했다.

교회 문은 잠겨 있었다. 문고리를 돌리자 녹슬고 부푼 것들이 으스러지는 소리가 났다. 이곳을 떠날 때 교회 사람들은 환희에 차 있었다. 교회는 세포분열하듯 급격히 성장했다. 구청 뒤편의 넓은 공터를 사들여 사층짜리 교회 건물을 새로 지은 게 시작이었다. 피라미드형 첨탑 오른쪽으로 청소년수련원이,

왼쪽으로 기도원이 지어졌다. 거대한 강당이 있는 체육관은 이제 곧 공사에 들어갈 예정이었다. 믿음교회와 샘물청소년수련원, 숫음기도원이 생겨나던 모든 시기를 유란은 빠짐없이 함께했다.

유란은 문고리를 두 번 더 돌려보았다. 철문 아래쪽을 발끝으로 두드려도 보았다. 어쩌면 유란은 문이 열리지 않는 것을 확인하러 여기까지 온 것인지 몰랐다. 그러나 이서가 그랬던 것처럼 유란 역시 알고 있었다. 열리든 열리지 않든 유란은 계속 이 문 앞에 서 있어야 했다. 그래야만 하는 꿈이었다.

유란은 처음 문 앞에 섰던 날을 기억하고 있었다. 아홉 살이었고 빨간색 책가방을 메고 있었다. 메밀로 속을 채운 베개와 헤어드라이어가 들어 있는 가방이었다. 유란의 엄마는 바퀴 달린 트렁크 세 개에 짐을 나누어 담은 뒤 택시를 불렀다. 좁은 골목길을 꺼리는 택시 기사를 어르고 달래 붉은 벽돌 건물 앞에 짐을 내렸다. 유란은 페인트 냄새에 코를 훌쩍거리며 삼층까지 걸어올라갔다.

—이제부터 여기가 우리집이야.

철문 앞에 선 유란의 엄마가 말했다. 주머니에서 열쇠를 꺼내 문을 열고는 유란의 등을 가볍게 떠밀었다. 유란은 낮은 문턱을 넘어 안으로 들어갔다. 줄지어 선 적갈색 예배 의자가 눈

앞을 가로막았다. 유란이 뭔가 물을 새도 없이 유란의 엄마는 바쁘게 계단을 오르내렸다. 엄마가 트렁크를 옮기는 동안 유란은 시멘트 바닥과 페인트칠이 된 벽, 암막 필름이 덕지덕지 붙은 창문을 둘러보았다. 그곳은 유란이 알고 있는 집, 적어도 유란이 방금 떠나온 작고 안락한 집과는 거리가 멀었다. 붉은 융단이 깔린 단 위의 나무 십자가가 특히 그랬다.

유란의 엄마는 익숙한 걸음으로 의자 사이를 가로질렀다. 연단 왼쪽에 검은색 피아노가 자리잡고 있었다. 유란의 엄마는 피아노 뒤편에 숨겨진 나무문을 열었다. 천장이 낮은, 삼각형 모양의 작은 방 안에 유란을 앉혀놓고서 다시금 트렁크를 옮기기 시작했다.

—엄마, 엄마 가게 망했어? 우리집이 없어진 거야?

유란이 텔레비전에서 본 것들을 떠올리며 물었다. 엄마가 보는 드라마에선 갑작스레 가장이 죽은 뒤 사기꾼에게 집과 돈을 빼앗긴 가족들이 아주 작은 방에 모여 사는 일이 흔했다. 엄마의 뜨개 공방이 망하고 나쁜 사람들한테 집을 빼앗긴 거구나. 가까스로 울음을 삼키는 유란을 보며 유란의 엄마가 웃음을 터뜨렸다. 커다란 웃음소리에 작은 방이 우렁우렁 울렸다.

—여기가 우리 영혼의 집이야. 너도 금방 알게 될 거란다.


그때의 엄마는 누구보다 진심이었을 거라고 유란은 생각

했다.

　아홉 살 유란이 이상하게 여긴 것들의 답을 스물네 살의 유
란은 알거나 미루어 짐작하고 있었다. 이사한 다음날 유란은
황목사를 만났다. 여남은 명의 신도가 들이닥쳐 유란의 몸 이
곳저곳을 만져댔고 유란의 엄마에게 찬송의 말을 건넸다. 유
란의 엄마는 어쩐지 우쭐해 보였는데 그 이유를 유란은 나중
에야 알게 되었다. 신도들은 유란의 엄마를 사모님이라 불렀
다. 유란을 부를 때는 주춤하거나 아가야, 라고 얼버무리다가
어느 날부터 열매라고 부르기 시작했다. 황목사가 유란을 꼭
끌어안으며 우리 귀한 열매, 라고 말했기 때문이었다. 이후 유
란은 우리목사님교회의 첫번째 열매가 되었다.
　사모님으로 불렸음에도 유란의 엄마는 그 작은 삼각형 방에
서 오래 살았다. 황목사 집에서 함께 살게 된 건 교회를 신축한
다음이었다. 황목사의 아내가 이혼해주지 않아 오랫동안 떨어
져 살아야 했다는 것과 유란의 엄마가 재래시장에 있던 뜨개
공방과 스무 평 아파트를 팔아 교회에 몽땅 기부했다는 것, 공
방 손님이었던 황목사 신도에게 전도받은 뒤 유란의 엄마가 전
도한 사람만 십수 명이 넘는다는 것—공방 손님은 물론 부녀
회를 함께 했던 아파트 주민, 교회가 세 들어 있던 건물주 부
부까지—을 유란은 신도들의 수군거림을 통해 알게 되었다.

유란도 진심이던 시절이 있었다. 목사님은 우리를 이끌어주실 분이야. 유란의 엄마는 어린 유란을 품에 안고 매일같이 속삭였다. 우리 영혼이 길을 잃어 헤매고 있을 때 붙잡아주신 고마운 분이고. 방의 특성상 유란은 엄마 옆에 딱 붙어 누워야만 다리를 펼 수 있었다. 조금만 멀리 떨어져도 벽이나 서랍장에 몸을 부딪혔다. 우리를 구원해주실 유일한 분이야. 꾸벅꾸벅 조는 유란의 귀에 주문 같은 말들이 쏟아져들어왔다. 밤에도 낮에도 유란이 듣는 말은 모두 같았다. 교회에는 늘 사람들이 있었고 누구나 유란을 잡고 같은 말을 했다. 유란은 황목사를 중심으로 한 공동체에서 의심 없이 자라났다. 그러나 학교에서는 수상쩍은 아이가 되기 일쑤였다.

—우리의 영혼은 불안정해요. 거짓과 욕심으로 얼룩진 영혼을 정화시키지 않으면 우리는 영원히 행복해질 수 없어요. 모든 것이 빛나는 세계로 가려면 반드시 인도자, 구원자가 필요해요. 저는 그게 누군지 알고 있어요.

유란의 열띤 말에 선생은 유란의 머리를 꽉꽉 누르듯 쓰다듬었다. 그게 요즘 너희들 사이에서 유행하는 세계관이니? 선생이 장난스러운 얼굴로 물었다.

—만화에 빠져서 숙제를 빼먹었다고 말하고 싶은 건 아니겠지?

—제가 말하는 건 만화 같은 게 아니에요. 이건 영혼의 문

제라고요.

　—그래, 그래. 판타지소설도 웹툰도 적당히 보자. 너한테 중요한 건 오늘의 숙제니까.

　반 아이들이 와르르 웃는 통에 유란은 더 말하지 못했다. 유란에게 그것은 지극한 현실이었다. 유란이 얼마나 강력하고 절대적인 현실 속에 살고 있는지 유란 외에는 아무도 몰랐다. 유란은 자신이 알고 있는 귀한 말, 거룩한 말들을 입안에 가둔 채 그들을 저주했다. 너희들은 무지해. 너희들의 오염된 영혼 같은 건 아무도 거들떠보지 않을 거야. 땅이 꺼지고 지옥 불이 솟구칠 때에야 알게 되겠지. 내가 얼마나 위대한 비밀을 알려주려고 했는지를. 진정한 구원자가 누구인지를.

*

　그때의 진심은 어디로 갔을까. 유란은 이서와 메시지를 주고받으며 생각했다. 밤이 되자 방안에 눅눅한 기운이 스몄다. 내일은 이불을 말려야겠어. 그렇게 적어 보내자 이서가 땀흘리는 이모티콘을 보내왔다. 기숙사는 힘들지 않아요? 이서가 물었다. 난 1인실이라 편해. 유란이 답했다. 일찌감치 합숙생활을 하는 열매들과 달리 유란은 성인이 된 뒤에야 수련원에 들어왔다. 직함이 없는데도 8인실이 아닌 1인실에 배정받은 사람은 유란뿐이었다. 언니는 좋겠다. 이서가 답했다.

이서는 유란을 언니라고 불렀다. 언니. 아무 덧붙임 없이 그렇게만 메시지를 보내는 날도 많았다. 유란은 이서가 보내는 메시지에 꼬박꼬박 답을 보냈다. 점호 시간마다 핸드폰을 반납해야 하는 열매들과 달리 유란은 별다른 제재를 받지 않았다. 유란은 여전히 진심에 대해 생각하고 있었다. 어떤 진심은 왜 그렇게 빨리 변질될까. 이서는 다른 씨앗보다 금세 발아했다. 떡잎이 아닌 넝쿨에 가까운 것을 내밀어 유란을 휘감아왔다. 유란은 그런 이서의 의존과 맹목이 부담스러웠다. 그것은 마치, 진심 같았다. 유란은 쓰고 있던 글자들을 서둘러 지웠다. 어떤 진심은 진심이라서 한심했다. 어떤 진심은 유통기한이 지난 통조림 속 복숭아처럼 쇠 냄새를 풍기며 삭았다. 어떤 진심은 추해졌고 어떤 진심은 다만 견뎌내는 삶으로 전락했다.

〔이서야. 언니 사는 곳에 한번 와볼래?〕

이서는 유란의 초대에 낱낱이 해체한 자음들을 연이어 찍어 보내며 기뻐했다.


유란이 고른 씨앗은 늘 좋은 평가를 받았다. 이탈률이 낮고 충성도가 높아 금세 핵심 전력이 되기 때문이었다. 열다섯 살부터 지금까지 유란은 한결같이 유능했다. 유란은 씨앗 인계를 위한 보고서를 챙겨 방을 나섰다. 좁고 긴 복도를 지나 유란의 유일한 친구인 민주의 방으로 향했다.

501호 방문에 걸린 팻말은 전에 없던 것이었다. 유란은 작은 손들이 색종이며 스티커를 오리고 붙여 만든 것이 분명한 팻말을 잡아 문을 똑똑 두드렸다. 민주는 수련원에서 가장 넓은 1인실을 썼다. 책상과 옷장, 침대를 놓고도 여분의 매트리스를 놓을 수 있을 만큼 넓은 방이었다. 민주는 상담과 선도가 필요한 열매를 데려다 종종 자신의 방에서 재웠다. 열매들과 바닥에 모여 앉아 컵라면을 먹거나 마피아 게임을 하기도 했다. 방을 꾸민 종이꽃과 소품은 대부분 열매들이 만들어준 것이었다.

―민주 쌤이 자고 있어요.

유란이 팻말에 쓰인 문구를 놀리듯 큰 소리로 읽었다. 방문을 연 민주가 팻말을 뒤집어 보였다.

―이것 봐, 여기엔 '민주 쌤이 춤추고 있어요'라고 쓰여 있어. 귀엽지?

아이들 특유의 비뚤배뚤한 글씨를 가리키며 민주가 웃었다. 민주가 담당한 열매들은 작고 무구했으며 자주 춤을 췄다. 신도들의 유치원생과 초등학생 자녀들을 맡아 가르치는 게 민주의 일이었다. 민주는 아이들에게 노래와 춤과 연극과 교리를 모두 가르쳤다. 행사 때마다 민주의 열매들은 가장 중요한 순서를 차지하곤 했다. 촛불을 든 아이들이 말간 얼굴로 합창하거나 알록달록한 옷을 입고 깡충대는 모습을 황목사가 유난히 좋아하기 때문이었다. 건강하고 활기찬 우리 열매들을 보십시오! 황목사는 뿌듯한 얼굴로 신도들을 둘러보며 외치곤 했다. 그러면 민주는 맨 앞자리에서 열성적으로 수술을 흔들었다.

— 이거 사무장님 드리기 전에 네가 먼저 읽어봐. 아마 너희 조로 배정될 거야.

유란이 내민 보고서를 민주가 꼼꼼히 살폈다.

이후의 시나리오는 간단했다. 일대일 멘토 체계를 공동체로 확장시키는 것. 이서는 내일 유란이 보내준 약도대로 이동할 것이다. 구청 뒤에 있는 청소년수련원, 이란 설명은 언제나 유효했다. 바로 옆에 교회와 기도원이 있는데도 사람들은 공공기관에 더 집중했다. 청소년 장기 쉼터를 위탁 운영하면서 보조금을 받고 있으니 완전히 거짓말은 아닌 셈이었다. 이서는 수련원에 와서 유란의 방을 구경하고 이런저런 사정—엄마 재혼 상대가 불편해서 따로 지내고 있어. 여긴 숙식도 공짜고 또래가 많아서 지내기 좋거든—을 들을 것이다. 유란의 말 역시 완전히 거짓말은 아니었다. 황목사의 집은 크고 화려했지만 속속들이 불편했다. 황목사와 그의 아들 때문이었다. 유란은 그들의 상냥함이 어려웠다. 무슨 말을 하든 미소를 짓고 온화하게 양팔을 펼쳐 보이는 게 무서웠다. 무엇보다 불편한 건 황목사의 사과였다. 황목사는 유란의 엄마에게, 유란에게 수

시로 사과했다. 절망에 잠식당한 얼굴로 가슴을 쾅쾅 두드리며 진심을 담아 사과했다. 사과받는 이가 진저리를 칠 때까지, 더이상 사과받지 않기 위해 무언가를 실행하고 말 때까지 집요하게 반복되는 사과였다. 유란은 이서와 어깨를 맞대고 앉아서 적당히 짜깁기한 이야기들을 들려줄 것이다. 시간이 되면 식당에서 잔치국수를 먹고 지하에 있는 휴게실로 내려가 탁구를 치거나 만화책을 들춰볼 것이다. 대홧거리가 떨어질 즈음 휴게실에 온 열매들이 함께 보드게임을 하자고 권해올 것이고, 적당히 턴이 돌아간 뒤엔 열매 중 하나가 우쿨렐레를 꺼내와 동당거릴 것이다. 그러고는 이서에게 묻겠지. 너도 쳐볼래? 아, 근데 이거보다 드럼 같은 건 어때? 우리 교회에 밴드가 있는데 마침 공짜로 드럼 교습을 해주고 있거든.

―드럼 배우고 싶어하는구나. 그럼 정말 내 담당이네.

―꼭 드럼이어야 하는 건 아니고, 두드릴 수 있는 건 뭐든 좋은 거 같아.

―……쉽지 않네.

악기만큼 단순하고 낡기 쉬운 게 어디 있어서? 대꾸하려던 유란이 말을 멈췄다. 민주는 벌써 마지막 페이지를 읽고 있었다. 지난 새벽 이서가 보낸 장문의 문자가 그대로 적혀 있는 부분이었다.

―너는 도움이 필요한 사람들을 정말 잘도 찾아내는구나.

황목사님 딸이어서 그런가?

　─진짜 딸도 아닌데 무슨 소리야.

　─뭔가 파장 같은 게 비슷한 걸지도 몰라. 황목사님도 너도 눈이 밝잖아. 우리가 구원해야 할 사람이 누군지 금방 알아채고. 하긴, 나도 그랬다. 그치? 네가 알려주기 전까지 나는 내가 아픈 줄도 몰랐어.

　고마움의 표시로 춤 한번 춰줄까? 민주가 장난스럽게 물었다. 대신 나랑 같이 춰야 돼. 유란이 손사래를 치며 도망쳤다. 방문을 세게 닫는 통에 덜걱거리는 팻말을 유란은 반대편으로 뒤집었다. 민주 쌤이 춤추고 있어요. 춤추거나 잠들거나, 그렇게 단순하기만 하다면 얼마나 좋을까. 유란과 달리 민주는 점점 더 많은 것을 담당하고 있었다. 붉은 벽돌 건물 안에서의 민주는 처음에는 성가대 피아노 반주를 하는 어린 열매로 충분했다. 교회를 신축한 뒤엔 신도들의 아이 돌보미, 율동 보조를 거쳐 레크리에이션 및 공연 담당이 되었고 수련원이 생긴 뒤엔 청소년 돌봄도 겸해야 했다. 교회가 급격히 커지면서 열매들이 해야 하는 일 역시 몇 배로 늘어난 탓이었다. 유란은 민주의 선량한 눈매와 도무지 요령이라곤 모르는 성실함을 떠올렸다. 민주처럼 신실하고 모든 일에 진심인 열매는 더더욱 복잡하게 착취당할 수밖에 없었다. 언니. 어디서 이서의 목소리가 들리는 듯해 유란은 걸음을 멈췄다. 목소리는 오래전 교회에 딸린 삼각형 방 안에서 어쩔 줄 몰라하던 민주의 것과 닮아 있었다.

이서는 똑같은 내용의 문자를 세 번이나 보냈다. 내용은 같았지만 시작하는 문장과 끝 문장이 조금씩 달랐다. 언니한테 꼭 고백하고 싶은 게 있어요. 언니한테 물어보고 싶은 게 있어요. 언니 제 얘기 좀 들어주실래요. 이서가 말하고 묻고 고백하고 싶어하는 얘기는 정작 헐거운 문장들로 쓰여 있었다. 뜬금없는 곳에서 생략되거나 의미 없이 중복된 글자들이 수두룩했다. 그날따라 걔가 너무 지겨운 거예요. 이서는 적었다. 실습 시간에 가끔 짝을 하는 게 전부인 애였거든요. 같이 밥을 먹지도 않고 집에 같이 간 적도 없어요. 수행평가 때문에 연락처를 주고받았는데 그다음부터 매일 전화를 거는 거예요. 그러고는 듣기 싫은 말만 해댔어요. 이서야, 나는 수학이 너무 어렵다. 답이 딱 하나만 있는 게 너무 어려워. 이서야, 텔레비전에 밥그릇을 던지면 어떻게 되는지 아니. 밥풀이 천장까지 붙는다. 도무지 뗄 수가 없어. 이서야, 너도 친구가 없고 나도 친구가 없는데 우리는 왜 각자 외롭게 지낼까. 이서야, 우리 엄마 아빠 또 싸운다. 다른 땐 대충 흘려듣고 말았는데 그날따라 걔가 너무 지겨웠어요. 대답하고 싶지 않은데 저한테 자꾸만 묻는 거예요. 이서야, 밖이 너무 시끄럽다. 나는 내 방에 숨어 있는데 나가보는 게 좋을까? 그냥 있는 게 나을까? 너무 큰 소리가 나는데 이서야, 너가 나라면 어떻게 할래? 너도 나처럼 무서워할까? 이서야, 갑자기 아무 소리도 나지 않는다. 방금 전까지 소리치고 부수고 깨뜨리는 소리가 났는데 지금은 내 숨소리밖에 안 나. 어떻게 하지? 밖이 너무 조용한데 어떻게 하지? 난 어쩌지?

나가보면 될 거 아냐. 그렇게 말했어요. 진짜 그렇게 생각했으니까. 밖으로 나가봐야 또 밥풀이 천장에 붙었는지 싸움이 끝났는지 알 거 아녜요. 전화를 끊고 난 다음엔 금방 까먹었어요. 새벽이었고, 내일은 전화가 안 왔음 좋겠다, 그런 생각을 하면서 푹 잤어요. 아주 잘 잤어요. 다음날 걘 학교에 안 나왔어요. 어떤 애들은 걔가 크게 다쳤다고 하고 어떤 애들은 걔가 죽었다고 했어요. 어떤 애들은 걔가 죽었든 살았든 머리통이 깨진 것만은 틀림없다고 말했어요. 부부싸움 끝에 일가족 참사, 그런 뉴스가 걔네 집 얘기라고 했어요. 저는 안 믿어요. 애들은 원래 거짓말만 하고 남의 일을 함부로 부풀려서 말하니까. 그런데요, 언니. 걔가 전화를 안 걸어요. 걔는 매일매일 저한테 전화했었거든요. 근데 그날 이후로 전화가, 한 통도 안 와요.

보고서에 쓴 것은 거기까지였다. 유란은 이서가 보낸 문장들을 떠올렸다. 이서는 고백했다. 제가 걔를 죽인 것 같아요.

유란에게 묻기도 했다. 그게 아니라면 대체 제가 무슨 말을 할 수 있었겠어요? 마지막으로 보낸 문자에서 이서는 무수히 찍어놓은 온점 끝에 이렇게 적었다. 언니도 가끔 언니를…… 때가 있나요.

*

—난 그럴 수도 있다고 생각해.

—뭐가?

—영혼의 문제 말야. 네가 전에 말했던 거.

유란이 불퉁한 얼굴로 옆을 돌아보았다. 구원자 이야기를 한 뒤 유란은 반 아이들 모두의 놀림거리가 되어 있었다. 피구를 할 때도 제일 먼저 공에 맞았다. 유란은 운동장 가장자리에 앉아 얼굴이 새빨개지도록 소리치고 있는 아이들을 구경했다. 유란 다음에 공을 맞은 아이들은 유란의 반대편에 모여 앉았다. 유란이 있는 곳으로 걸어온 민주가 옆에 주저앉더니 대뜸 한숨을 쉬었다.

—우리 언니가 진짜 못됐거든. 우주 최강이야. 엄마랑 아빠는 언니가 사춘기라서 그렇다는데 내 생각엔 좀 썩은 것 같아.

—썩어?

—응, 영혼이 썩은 거 같아.

민주가 너무 진지하게 말하는 통에 유란은 웃음을 터뜨렸다. 아, 미안. 유란이 얼른 사과했다. 괜찮아. 우리 엄마도 그래. 내가 무슨 말을 하든 대충 웃고 넘겨버려. 언니랑 방을 따로 쓰게 해달라고 졸라도, 피아노를 사달라고 매일 울어도 그냥 웃고 말아. 더욱 미안해진 유란은 아무에게도 말하지 않은 비밀을 민주에게 알려주기로 했다. 이쪽으로 와줬으니까. 유란은 생각했다. 자신과 나란히 앉은 민주만은 비밀을 알 자격이 있었다.

—걱정 마. 네 언니는 금방 사라질 거야.

—어떻게?

눈을 동그랗게 뜬 민주가 유란에게 물었다. 유란이 우쭐대며 말했다.

—심판의 날이 다가오거든.

민주의 언니는 좀처럼 사라지지 않았지만 유란과 민주는 항상 붙어다녔다. 서로의 집을 확인한 뒤엔 더욱 그랬다. 민주는 붉은 벽돌 건물 옆 한 동짜리 아파트에 살았다. 너네 집은 어디야? 유란은 벽돌 건물 중간쯤을 턱짓으로 가리켰다. 유란과 민주는 근방에 하나밖에 없는 놀이터에서 만나 놀았다. 기울어진 집들의 삼각 구멍 안에 쉽게 부서지는 돌을 차 넣으며 학교를 오갔다. 서로 다른 중학교에 진학하게 되었을 때에도 유란과 민주는 별다른 걱정을 하지 않았다. 놀이터 주위를 서성이면 반드시 한 번은 서로를 만났다. 교통카드를 충전하거나 버스를 기다리다가도, 문제집을 사러 간 곳에서도 두 사람은 자주 마주쳤다. 그러나 그뿐이었다. 유란은 민주와 스치고 싶지 않았다. 서로에게 손을 반짝 들어 보인 뒤 지나가고 싶지 않았다. 주말에 같이 놀면 되잖아. 민주는 그렇게 말했지만 유란에겐 주말이 없었다. 금요일 오후도 토요일도 일요일도 유란은 여러 개의 이름을 가진 교회에 묶여 있었다. 유란은 민주와 만나기 위해 예배와 성경 통독 모임을 빠졌다. 기도회도 봉사활동도 가지 않았다. 유란의 엄마는 불같이 화를 냈으나 황목사는 유란을 의자에 앉혀놓고 이유를 물었다.

─친구랑 같이 있고 싶어요. 혼자는 너무 외로워요.

훌쩍이는 유란에게 황목사가 자애롭게 웃어 보였다.

─얼마든지 같이 있으렴. 여기가 너와 네 친구의 집이잖니.


유란은 민주와 함께 있고 싶었다. 그저 그뿐이었다.


민주는 교회 피아노를 좋아했다. 딱정벌레 날개처럼 반들반들 윤이 나는 검은색 피아노에서 좀처럼 떨어질 줄 몰랐다. 민주가 오랫동안 피아노 학원에 다녔다는 건 알았지만 유란은 민주의 실력이 그 정도인 줄은 몰랐다. 손마디가 분명한 민주의 손가락이 힘차게 건반을 두드렸다. 민주의 피아노는 맑고 울림이 깊었다. 마음속 현에 직접 손을 뻗어 매만지는 것처럼 온몸을 술렁이게 했다. 황목사는 피아노를 새로 조율했다. 성가대 반주를 시작하면서 민주가 교회에 머무는 시간은 점점 더 길어졌다. 얼굴이 작고 둥근 민주가 성가대복을 입고 피아노 앞에 앉을 때마다 유란은 기이한 상실감에 시달렸다. 민주를 지켜볼 수는 있었으나 나란히 앉을 수는 없었다. 민주와 같은 공간에 있었으나 못된 언니를 흉보거나 비밀 얘기를 나눌 수는 없었다.

　―네가 데려온 씨앗이 훌륭한 주님의 열매가 되었구나.

　황목사가 유란을 칭찬한 뒤에야 비로소 유란은 자신이 무엇을 빼앗겼는지 알게 되었다. 그즈음 황목사는 연단 위에서 자주 울먹였다. 마분지 구기듯 얼굴을 일그러뜨린 채 짐짓 흐느끼기도 했다. 우리는 더 많은 하나님의 자녀를 구해내야 합니다. 이 혼탁한 세계의 간악한 삶을 견뎌내느라 불타고 더러워진 영혼들을 어떻게든 구해내야만 합니다. 그런데 여러분, 제가 너무 미약합니다. 제가 너무 작습니다. 제게 조금만 더 힘이 있었더라면, 조금만 더 큰 성전이 있었더라면…… 여러분, 미안합니다. 제가 너무 작고 미력한 존재라 미안합니다. 황목사는 가슴을 쾅쾅 두드리며 진심을 담아 사과했다. 사과받는 신도들이 진저리를 칠 때까지, 더이상 사과받지 않기 위해 무언가를 실행하고 말 때까지 집요하게 반복되는 사과였다. 더 많은 재산, 더 많은 열매. 신도들은 전투적으로 재산을 헌납하고 씨앗을 긁어모았다.

유란이 고른 씨앗은 늘 좋은 평가를 받았다. 유란은 유능했으나 다른 신도들과 동기가 달랐다. 유란은 민주를 돌려받기 위해 씨앗을 모았다. 황목사가 더이상 사과하지 않을 만큼 교회가 커지면, 모두가 만족할 만큼 열매들이 주렁주렁 열리면 민주가 필요 없어질 거라 믿었다. 그러나 어느 틈에 민주는 진심이 되어 있었다. 민주의 언니가 찾으러 왔을 때 민주는 천장이 낮은 삼각형 방에 숨었다. 어린애들 꼬드겨서 이게 무슨 짓이야! 이 사이비 광신도들! 민주의 언니는 닥치는 대로 교회 집기를 때려 부쉈다. 부서지고 깨지는 소리가 울릴 때마다 민주는 방문 손잡이를 양손으로 움켜쥔 채 숨을 죽였다. 잠잠해진 틈을 타 민주가 유란에게 속삭였다. 저것 봐, 우주 최강이지? 영혼이 썩었다니까.


유란은 햇볕에 바짝 마른 이불을 거둬들였다. 해가 스민 부분에 얼굴을 묻자 고소하고 따뜻한 냄새가 올라왔다. 오전 예배를 알리는 종소리가 가까운 곳에서 들렸다. 유란은 이서를 마중나가기 전 마지막으로 방안을 둘러보았다. 손바닥만한 성경책 외에 눈에 띄는 것은 없었다. 유란의 방은 평범하고 적당히 인위적인 물품들로 채워져 있었다. 유란은 이서와 나눌 말들을 머릿속으로 점검했다. 이서가 보낸 문자에 대해선 말하지 않을 것이다. 여러 이름으로 불리는 교회의 내력에 대해서도 열매들의 밤낮없는 노동에 대해서도 말하지 않을 것이다. 수련원에서 지내는 동안 숙식비는 필요치 않지만 학교나 직장에 머무는 때 외의 모든 시간을 오직 교회를 위해서만 써야 한다는 사실도 말하지 않을 것이다. 주일헌금과 십일조, 감사헌금과 주정헌금은 물론 헌신예배헌금을 내야 한다는 사실도, 황목사 탄생일을 기념하기 위한 축하비와 행사를 위한 의상비, 선교를 위한 활동비는 별도 수금이라는 사실도 말하지 않을 것이다. 유란은 실제로 그런 것들에 대해 잘 몰랐으니 완전히 거짓은 아니었다. 첫번째 열매이자 사모님의 딸인 유란은 언제나 예외였다. 혹독한 노동과 가혹한 수금 앞에 유란의 이름이 불리는 일은 없었다.

유란은 자신이 수련원으로 짐을 옮기게 된 계기에 대해 아무에게도 말하지 않았다. 유란의 엄마와 황목사가 어떤 식으로 싸웠는지에 대해서도. 유란의 엄마는 부동산 명의가 왜 황목사와 황목사의 전처, 황목사의 아들 이름으로만 되어 있는지 따졌다. 황목사는 엄마의 사치와 엉망진창인 경제관념에 대해 따졌다. 날이 밝도록 싸움은 계속되었고 아무도 사과하지 않았다. 아침이 되자 황목사 아들이 유란의 방문을 두드렸다. 너 유학 가지 않을래? 황목사 아들이 말했다. 제일 비싼

나라로 보내줄게. 공부를 해도 좋고 여행을 해도 좋아. 나야 교회를 물려받을 거니까 여기 산다지만 너까지 고생할 필요 없잖아. 너 하고 싶은 거 하면서 편하게 살아. 황목사 아들이 유란의 어깨를 두드렸다. 친밀하고 다정한 몸짓이었다. 유란이 수련원에 들어가겠다고 하자 그는 순식간에 태도를 바꿨다. 너 교회에 욕심 있어? 지금 나랑 해보겠다는 거야?

　—언니, 저 버스에서 내렸어요.

　전화 너머에서 이서가 들뜬 목소리를 냈다. 유란은 서둘러 방을 나섰다. 구청 정문에 있는 정류장에서 내린 거지? 그럼 일단 구청을 가로질러서 후문으로 나와야 해. 거기서부턴 금방이니까. 유란은 폭이 넓고 깨끗한 계단을 한 층 한 층 내려갔다. 커다란 유리창으로 햇빛이 쏟아져들어오는 걸 보며 머릿속에 남은 불필요한 말들을 싹싹 지웠다. 매일을 견디는 것, 그저 하던 일을 계속하는 것 외에 어떤 일상이 있는지 유란은 알지 못했다. 유란은 소란한 마음이 가라앉을 때까지 심호흡을 했다. 그럼에도 아직 지우지 못한 문장이 하나 남아 입속을 맴돌았다. 이젠 누구도 진심이 아닌 곳에 왜 열매들만이, 오직 열매들만이 진심인 채로 남아 있을까.

　유란은 이서에게 어느 만큼 왔느냐고 물었다. 거의 다 왔어요. 이서가 말했다. 거의 다 왔어요, 언니. 높고 뾰족한 첨탑이 눈앞에 보여요. 아주 근사한 건물이요.

38

완전한 사과

주말은 대개 쓸모없는 일을 하며 보낸다. 평일엔 생존한다. 최선을 다해 생존하고 최선을 다해 쓸모없어지는 것이 나의 바람이다. 주말의 나는 고양이 사진을 찾아보거나 한 가지 색깔로만 칠한 만다라를 창문 가득 붙였다 뗀다. 사람들 관심이 급격히 식은 옛날 사건 기사에 새로 달린 댓글 수를 세어보기도 한다. 가능한 한 무해하고 쓸모없는 시간을 보내기 위해 주말 내내 노력한다. 나를 방해하는 건 가족뿐이다. 가족과 함께 살던 시절 나는 매일매일 쓸모 있는 인간으로 살아야 했다. 한 시도 가만할 수 없었다.

가족의 문제가 달려 있을 땐 진심을 아끼는 것이 좋다. 오빠에게 너는 참으로 개새끼야, 라고 적은 편지를 보내선 안 된다. 방에서 나오지 않는 동생을 곰팡이 균이라고 불러선 안 된다. 그리고 엄마에겐, 되도록 아무 말도 해서는 안 된다. 엄마에게 하고픈 말은 이제 진담밖에 남지 않았기 때문이다.

나는 때로 불타오르는 아파트 칠층 베란다를 바라보는 꿈을 꾼다. 거기 있는 건 가족이 모여 살던 과거의 집이다. 나는 허공에 떠 있다. 몸이 가볍고 갈비뼈는 온전한 아치형이다. 그것뿐인 꿈인데 깨어나면 턱 밑에 침이 하얗게 번져 있다. 나는 모두의 집을 불태우며, 누구에게도 진심을 이야기하지 않고, 한 주 내내 쓸모 있게 살지 않으려 아등바등 산다. 계산도 사죄도 필요 없는 덤 같은 하루가 주어진다면 그깟 생존쯤 얼마든지 할 수 있다.

일은 할 만해?

엄만 그걸 모른다. 그러니 주말에 전화해 저렇게 물을 수 있는 것이다.

도윤인 여전해?

나는 대답 대신 그렇게 묻는다. 그럼 엄마는 말이 없어진다. 상대방이 대답할 수 없는 걸 물으면 나도 똑같이 해주면 된다. 엄마가 입을 닫으니 기분이 좀 나아진다.

도윤이 방에 밥 넣어주지 마. 냉장고도 싹 비워. 굶어죽기 싫으면 기어나오겠지.

됐다. 밥이라도 제때 먹는지 확인해야지 언제 무슨 짓을 벌일 줄 알고.

안 벌여, 무슨 짓.

도윤은 성실하게 SNS를 한다. 매일 매 순간 모든 감정을 전시하느라 바쁘다. 왜 살지 왜 살아야 하지 나는 왜 아직도 죽지 않았지, 같은 말들이 도윤의 타임라인을 빼곡히 채우고 있다. 그러니 괜찮다. 궁금한 게 많은 사람은 쉽게 죽지 않는다. 생각하는 인간인 척 과시하려는 부류는 죽어도 죽지 않는다. 집에 불이 난다면 도윤은 제일 먼저 뛰쳐나올 것이다. 창문을 깨고 베란다 난간에 매달려서라도 살아남을 것이다. 그러고 나선 SNS에 보란듯이 묻겠지. 불이 났는데도 나는 왜 죽지 않았을까.

곧 네 오빠 재판이다.

엄마는 기어코 그 말을 꺼내고 만다.


오빠는 원래 우리집에서만 쉬쉬하던 개새끼였는데 그날 밤 이후로 만인의 개새끼가 되었다. 그게 개새끼인 줄 모르는 이는 엄마뿐이다. 심지어 오빠도 지가 개새끼인 걸 안다. 아니까 끝까지 사과하지 않았겠지. 아니까 마지막까지 여자에게 협박 전화를 걸고 모가지를 꼿꼿이 세운 채 잡혀가 대형 로펌 변호사를 붙여달라는 개소리를 했겠지.

나는 오빠가 사형이나 무기징역 같은 걸 받았으면 좋겠다.

가슴팍에 빨간 이름표를 붙이고 아무리 모범적으로 살아도 누구도 인정해주지 않는 삶을 살다 죽었으면 좋겠다. 그러니까 탄원서 따위 쓰고 싶지 않다. 쓸 수 없다. 사과하러 왔다고 말해도 비명만 질러대는 여자에게 돈을 건네러 가고 싶지도 않다. 치료비, 위로금, 합의금, 어떤 이름을 붙이든 그건 그냥 돈이다. 그땐 그걸 몰랐다. 내가 자꾸 벨을 누르자 여자는 베란다 문을 열고 뛰어내리려고 했다. 여자는 십일층에 살았고 내 사과가 그녀를 또 한번 죽일 뻔했다. 나는 진심이기 때문에 그녀에게 사과하러 가지 않는다. 엄마는 그걸 알면서도 나한테 자꾸 뭘 하며 지내느냐 묻는다. 뭘 하고 지내니. 요즘 바쁘니.

나는 바쁘다.

방과후 교사를 할 때보다 거기서 잘린 지금이 훨씬 바쁘다. 어제까지는 돈가스 튀기는 일을 했다. 월요일부터는 하교 도우미 일을 한다. 하교 도우미 일은 처음이지만 돈가스 튀기는 일도 그때가 처음이었다. 진심을 담은 돈가스, 라고 간판에 쓰여 있었으므로 나는 그곳에서 일했다. 진심오리지널돈가스와 진심치즈돈가스를 하루 일곱 시간씩 쉬지 않고 튀겼다. 서른 개 중 한 개는 귀퉁이가 타거나 모양이 뒤틀렸다. 이렇게 쉽게 뒤틀릴 진심인가 싶어질 때쯤 사장이 출근해 나와 교대했다. 사장은 뒤틀린 진심을 잘게 잘라 시식용으로 내놓았다. 어린 아이에게는 크게 자른 조각을 주었다. 돈가스를 뱉는 아이는 한 명도 없었다.

오빠가 조금만 덜 개새끼였다면 나도 돈가스 조각을 조카 입에 넣어줄 수 있었을 것이다. 뒤틀린 것 말고 제값을 치른 온전한 진심을. 새해에는 세뱃돈을 주고 추석에는 콩을 넣은 송편을 나눠 먹으며 경쟁하듯 토리에게 절하는 법을 가르쳤을 것이다(토리는 여자가 키우던 검은색 푸들로 그날 밤 죽었다). 나는 아이들이 가게 앞을 지나갈 때마다 한 번도 본 적 없는 조카를 떠올린다. 배냇저고리 속에 숨은 말랑말랑하고 쉽게 찢어지는 연분홍색 손톱을 상상한다.

*

평일엔 생존한다. 나는 하교시간보다 이십 분 먼저 초등학교 후문에 도착한다.

아무래도 이모가 좋겠죠?

면접을 보러 갔을 때 동주 엄마는 대뜸 그렇게 물었다.

프리랜서인 이모가 운동하러 나오는 시간이 하필이면 동주 하교시간인 거예요. 운동도 끝났겠다 조카랑 사이좋게 집까지 걸어오는 게 이상한 일은 아니잖아요. 안 그래요?

나는 고개를 끄덕였다. 동주 엄마는 그런 게 중요한 사람인 것 같았다. 이모라고 불러봐. 면접은 그게 전부였는지 동주 엄마가 동주를 불러다 내 앞에 세워놓고 말했다.

동주가 열 살이나 먹은 아이인 건 당혹스러웠지만 이상할
정도는 아니었다. 학교에서 동주네 집까지는 걸어서 십 분도
걸리지 않았다. 나는 동주를 찬찬히 살폈다. 보통의 얼굴이었
다. 다른 아이와 헷갈리지 않도록 눈썹과 귀 모양을 잘 봐두었
다. 동주도 나를 꼼꼼히 봐두는 것 같았다. 월요일부터는 이모
가 데리러 갈 거야. 이모랑 꼭 같이 와야 돼. 절대로 혼자 오면
안 돼. 알았니? 엄마가 같은 말을 몇 번씩 되풀이하는데도 동
주는 네, 그럴게요, 알겠어요, 꼬박꼬박 답했다. 좋은 아이구
나. 나는 도토리처럼 볼록 솟은 동주의 앞이마를 눈여겨보며
생각했다.

좋은 아이, 동주와 함께 집에 돌아가기 위해 나는 운동을 한
다. 학교 후문과 연결된 작은 공터에 운동기구가 줄지어 서 있
다. 페인트칠과 기름칠을 새로 한 낡은 것이다. 나는 최대한
많은 기구에 올라타 팔다리를 휘젓는다. 가슴 높이에 커다란
다트판 같은 게 매달린 운동기구가 제일 마음에 든다. 원 가장
자리에 대칭으로 붙은 손잡이를 잡고 좌우로 휙휙 돌리는 팔
운동 기구다. 양팔이 쫙 펼쳐지면서 등이 조이고 옆구리가 찢
어질 것처럼 아프다. 그래도 거기 매달려 있으면 비트루비우
스 인간이 된 것 같은 기분이 든다. 이전의 나는 저쯤에 있을
교실에서 아이들에게 레오나르도 다빈치에 대해 가르쳤다. 지

금의 나는 수시로 교문을 훔쳐보며 다트판을 돌린다.

하교하는 아이들은 부산스럽다. 뒤엉킨 아이들 무리가 잔 뜩 빠져나간 다음에야 도토리 이마가 보인다. 동주는 친구와 함께다. 양쪽 뺨이 통통하고 머리칼이 땀에 젖은 남자아이가 동주 등에 업혀 있다. 얼마나 꽉 붙어 있는지 아이 팔이 동주 목을 조르고 있는 것처럼 보인다. 동주는 책가방을 앞으로 메고 뒤로는 아이를 업고 주춤주춤 걷는다. 도토리 이마가 새빨 갛다.

이모!

나를 발견한 동주가 소리친다. 콜록콜록 기침이 따라붙는 외침이다. 나는 동주에게 간다.

이모 운동 끝났어. 집에 같이 가자.

정해진 대사를 다 했는데도 남자아이는 그대로다. 동주 목을 꽉 쥐고 매달려 말똥말똥 나를 쳐다본다. 다리가 부러졌 니? 내가 묻자 아이는 아닌데? 하고 만다.

아닌데요, 라고 해야지. 선생님이 묻든 이모가 묻든 어른이 물으면 존댓말로 아니요, 안 부러졌어요, 괜찮아요, 하는 거 야. 너는 그런 것도 모르니?

동주 목에서 아이 팔을 떼어낸다. 아이가 힘을 바짝 주며 갈 고리처럼 팔을 구부리는 바람에 뜯어내듯이 두 팔을 뗀다. 땅 으로 내려선 아이 팔등에 내 손자국이 발갛게 남는다. 동주 이마가 더 새빨가니까 상관없다. 동주 목은 벌써 울긋불긋하다. 우리 그냥 노는 건데에? 말꼬리를 늘이며 동주에게 도로 업히려는 아이 앞을 내가 막아선다.

동주는 나랑 집에 갈 거야.

동주보다 한 뼘은 작은, 고개를 빳빳이 들고 나를 노려보는 아이에게 나는 다트판 운동기구를 추천해준다.

매달리는 게 좋으면 저기에나 매달려 있든지.

나는 동주를 데리고 학교 후문을 나선다. 넓고 좁은 길을 따라 동글동글한 아이들 뒤통수를 따라 걷는다. 옆에서 동주가 키득거리다 울상을 짓는다.

아줌마 때문에 내일 난 죽었어요.

아줌마 아니고 이모.

나는 호칭을 정정해준다. 동주 엄마는 그런 게 중요한 사람이니까.


하교 도우미만 해서는 먹고살 수 없다. 당연하다. 일자리를 알아봐야 한다. 당연하다.

밤낮으로 구인 광고를 뒤지고 자격과 대우를 계산한 뒤 서류를 넣고 면접을 보고 근무 시간과 수당을 조율해나갈 생각을 하면 그것만으로 기운이 다 빠진다. 나는 바닥에 배를 깔고 누워 통장에 남은 금액을 헤아린다. 통장에 돈이 아주 많았으면 좋겠다. 쓸모없는 날들을 지속하려면 돈이 필요하다.

사실은 학교에서 하던 일을 계속 하고 싶다. 아이들과 함께 모나리자 얼굴에 콧수염을 붙이고 싶다. 젤라틴을 녹여 귀 모양 젤리를 만들고 싶다. 하지만 그럴 수 없다.

선생님 얼굴을 알아본 학부모가 있어요.

교장은 나를 불러다 그렇게만 말했다. 방과후 교사로 사 년을 일한 학교였다. 교장실로 불려간 건 처음이었다. 교장과 독대한 채 홍차를 대접받은 일도 처음이었다. 너무 뜨거운 물을 부어 아무 향도 나지 않는 홍차를 앞에 두고 교장은 같은 말을 조금 바꿔 다시 전했다.

하필 선생님 얼굴을 알아본 학부모가 있어요.

아, 하고 나는 작게 탄식했다. 그걸 대답으로 알아들은 교장 얼굴이 인자해졌다. 나는 손윗사람에게 깍듯하다. 아, 같은 건 대답이 아니다. 그래도 나는 개인 사정 운운하는 사직서를 쓰고 교장실을 나왔다.

내 잘못이 아니란 건 나도 안다. 당연히 오빠 잘못이다. 오빠는 물론 가족들의 얼굴과 신상 정보까지 낱낱이 인터넷에 뿌려버린 누군가의 잘못이다. 전화번호와 집주소, SNS 계정과 이메일주소는 물론 자주 가는 마트 상호까지 온전한 내 것은 아무것도 없었다. 나는 피해자지만 항의하지 않는다. 억울해하며 사람들을 고소하지 않는다. 무언가를 항변하기에 우리 오빠는 너무 개새끼다. 그것을 내가 안다. 내 잘못이 아니라고 해서 내게 다른 선택지가 허락되는 건 아니다.

교장실에서 나와 광역버스를 탔다. 마침 그게 내 앞에 섰고 내가 할 수 있는 선택은 그 정도였다. 버스를 타거나 타지 않거나.

막힘없이 고속도로를 내달린 버스는 한 시간쯤 지나자 사방이 편평한 곳에 다다랐다. 짙은 초록과 더 짙은 초록으로 뒤덮인 길이었다. 밋밋한 길 위로 승객들이 하나둘 내려 사라지기에 나도 따라 내렸다. 어깨가 딱 벌어지고 자세가 곧은 여자 뒤를 따라 걸었다. 낮은 건물들이 길을 따라 돋아 있었다. 철공소, 문짝전문, 비닐가공 같은 게 쓰인 간판 밑을 오래 걸었다.

연립주택이 즐비한 곳에 이르러서야 여자가 나를 돌아보았다. 집 구하시게? 나는 여자가 부동산 문을 열고 냉장고에서 비타오백 하나를 꺼내 건넬 때까지 진짜 집을 구하러 온 사람처럼 의연히 소파에 앉아 있었다. 부동산보다 복덕방이라는 말이 어울릴 것 같은 낡은 소파였다. 길 건너 살구색 연립들이 줄지어 서 있는 게 보였다. 12동 뒤로 색이 다른 꼬리처럼 초등학교 하나가 붙어 있었다.

저곳에 살고 싶다. 문득 그런 생각이 들었다. 이렇게 멀리 떨어진 곳이라면 괜찮지 않을까. 거리에 사람보다 만들다 만

문짝이 더 즐비한 곳이라면 아무도 나를 몰라보지 않을까. 이곳에 살다가 언젠가는 저 교문을 넘어 다시 출근할 수 있지 않을까. 여자가 내 시선 닿는 곳을 살피더니 혀를 찼다.

이 주변 슈퍼들은 아직도 양초를 팔아. 그게 뭔 뜻인지 알아요?

여자는 내게 자주 정전이 된다고, 강풍주의보만 내려도 이일대는 새까맣게 지워진다고 말했다. 그럼 랜턴을 사면 되잖아요? 내가 묻자 여자는 한번 더 혀를 찼다. 재개발 얘기가 나오다 엎어진 곳이라 빈집도 많고 집값도 싸다고 했다. 그런 데들어가 살려면 수리비가 만만치 않을걸. 달에 한 번씩 누수 터지고 보일러 터지고 그런다니까. 계약서를 써야 중개료를 받을 텐데 여자는 꼭 내가 이사오는 게 싫은 사람처럼 굴었다.

저를 아세요?

나는 심장이 쪼그라드는 기분으로 물었다.

집을 팔고도 찜찜해서 그래. 이사한 사람들이 자꾸 부동산에 찾아와서 왜 저딴 집을 팔았느냐고 성질내고 따지고. 외지사람 들어오면 꼭 한 번씩 잡도리를 한다니까.

전 아니에요. 저는 함부로 억울해하고 따지고 그러는 사람아니에요.

여자는 나를 한참 살피더니 열쇠 뭉치를 들고 일어섰다. 전세 월세 매매 평수별로 다 있어요. 일단 보고 얘길 하지 뭐. 부동산 새시 문을 잠그며 여자가 덧붙였다.

그래도 여기가 사람들은 순해. 아주 못 살 곳은 아니야, 여기가.


*


나는 다트판에 매달려 있다. 나의 생존은 나날이 단순해지고 그만큼 저렴해진다.

벤치에 조르륵 앉은 할머니 셋이 나를 구경하다가 여기는 이렇게, 저기는 저렇게, 하고 참견한다. 나는 그녀들의 말대로 한계까지 몸을 기울이며 교문을 살핀다. 동주 엄마 야근이 잦아지면서 나는 하교 도우미 겸 아이 돌보미가 되었다. 어느 날은 저녁 7시까지, 어느 날은 9시까지 동주와 함께한다. 학교 교사로 일했다는 이력을 동주 엄마는 몹시 마음에 들어한다. 동주 수학 공부도 좀 봐주실래요, 동주 이모? 나는 방과후 미술교사였다는 말은 하지 않는다.

이젠 거기서도 흰 털이 나.

할머니 셋은 이제 맥반석 계란을 나눠 먹고 있다. 운동기구와 마주한 곳에 놓인 벤치가 너무 가까워 꼭 내게 말하는 것 같다.

처음엔 새치인가 했다니까.

나지, 왜 안 나. 늙으면 흰 털 나는 게 당연하지.

흰 털이 솟은 위치들이 대수롭지 않게 오간다. 처음 흰 털을 고백한 할머니는 시무룩한 얼굴이다. 새삼 흰 털 고민을 하는 걸 보니 할머니가 아닌지도 모른다. 나는 다트판을 이리저리 돌리며 교문을 살핀다. 운동장이 텅 비어가는데도 동주는 나오지 않는다.

아니다. 여기 봐라, 나는 요즘 검은 털이 난다.

다른 할머니가 말한다. 할머니가 까 보인 이마 쪽 머리 뿌리가 정말 새까맣다. 아유, 세상에. 호들갑과 비난이 쏟아진다. 백발 대가리에 검은 털 올라오면 속이 고장난 거지. 단단히 고장난 거다. 그런 말들이 오가고.

너어는 차암 유난도 하다. 왜 순리대로 살지를 못하니.

처음 흰 털을 고백한 할머니 얼굴이 순식간에 의기양양해진다. 그래서 흰 털이 좋다는 건지 나쁘다는 건지 모르겠다. 검은 털 얘기가 먼저 나왔다면 의기양양한 표정은 다른 할머니게 되었을 것이다. 멀리서 동주가 절뚝절뚝 걸어나온다. 옆에는 아무도 없다.

아줌마.

아줌마 아니고 이모. 다리 부러졌니?

아니요, 하고 동주는 고개를 젓는다. 여전히 좋은 아이다. 업어주겠다고 하자 싫다고 한다. 나는 동주가 먼저 말할 때까

지 기다린다. 시간은 많다. 길모퉁이를 세 번쯤 돌았을 때 동
주가 입을 연다. 승규랑 정강이 걷어차기 게임을 했어요.

그게 게임이니?

게임이래요.

동주와 나는 길을 따라 걷는다.

아줌마, 욕 잘해요?

갑자기 욕은 왜?

배우고 싶어서요.

네가 나한테 배워야 하는 건 욕이 아니라 수학인데. 동주는
절뚝절뚝 걷는다. 나는 느릿느릿 걷는다. 내가 아는 욕은 동주
처럼 이마가 볼록하고 존댓말을 잘하는 아이가 입에 담을 종
류가 아니다. 나는 너무 많은 욕을 알기 때문에 욕하지 않는
다. 좋구나. 나쁘구나. 거기까지만 생각한다.

욕을 배워 뭐하게?

승규 정강이를 까버리게요.

동주는 업어주기 놀이가 어떻게 정강이 까기 놀이로 진화했
는지 설명한다. 승규와 마주서서 서로 아는 욕을 번갈아 외치
는데, 같은 욕을 하거나 타이밍을 놓치면 이긴 사람과 주변을
둘러싼 아이들 서넛이 진 사람 정강이를 힘껏 걷어찬다는 것
이었다. 승규는 누구와 게임을 해도 지는 법이 없다고 했다.

되게 쎄게, 딱 한 번만 까봤으면 좋겠어요.

나는 알겠다고 말한다. 네가 원하는 게 뭔지 내가 다 알겠다고.

도윤도 비슷한 말을 한 적이 있다.
단 한 번이라도 좋다.
도윤은 SNS에 그렇게만 써놨다. 그러고는 금세 지웠다. 무엇에 대한 얘기인지 알 것도 같고 영원히 모를 것도 같았다. 그래서 나는 내 마음대로 해석했다. 한 시간도 안 되어 이전의 글들은 전부 지워지고 새로운 감정과 의문들이 타임라인을 채웠다. 도윤의 감정은 어떻게 이렇게 빨리 휘발되는 걸까. 나는 신기한 마음으로 아까와 비슷하지만 미묘하게 다른 도윤의 감정들을 구경했다. 감정이 사라지면 기억도 함께 사라져야 하는 것 아닌가. 그렇다면 도윤은 왜 방에서 나오지 않나.

사실은 알고 있다. 도윤은 때로 방에서 나온다. 어쩌면 내가 생각하는 것보다 더 자주일 것이다. 도윤은 방을 빠져나와 편의점에서 인절미맛 아이스크림을 사 먹고 피시방에 가서 밤새워 게임을 한다. 집 앞으로 놀러온 친구를 만나 계절에 맞는 옷과 신발을 사러 다니기도 한다. 언젠가는 토익 학원 간판 사진을 찍어 SNS에 올리기도 했다. 그저 지나는 길이었는지 그 학원에 다닌다는 건지 모르겠지만 아무튼 그랬다. 도윤은 잘 걷고 잘 웃고 아무것이나 잘 찍었다. 나는 도윤이 피우는 담배

브랜드와 최근의 발톱 모양을 SNS를 통해 알았다. 그러나 도윤은 이 모든 것을 엄마와 나에게 비밀로 하고 있다.

나는 도윤을 존중하기로 한다.

내가 평일에 생존하고 주말에 쓸모없는 일을 하며 견디는 것처럼 도윤 역시 그럴지 모른다. 쓸모없는 시간을 전부 견디고 난 다음에야 비로소 생존할 힘이 생기는 것일지도. 그것은 개인의 일로 타인이 간섭할 분야가 아니다. 생존에 관련된 일이라면 더더욱 손을 뻗어서는 안 된다. 입안에 폭죽을 숨긴 채 함부로 타인을 헤집고 다녀서는 안 된다.


〔바쁘냐?〕

엄마가 보낸 문자를 나는 한참 들여다본다. 며칠 사이 여남은 개의 문자가 왔는데 내용은 하나같다. 바쁘냐? 바쁘지 않을 때 전화해라. 전화 한 통 할 시간 없이 바쁘냐? 바쁘냐 사이에 야, 가 하나 끼어 있다. 앞뒤 말도 부호도 없이 그냥 야, 한 글자다.

야.

내가 이삿짐을 꾸려 나오던 날에도 엄마는 그렇게 나를 불렀다. 불러놓고 아무 말 없이 숨만 씨근댔다. 고무장갑을 낀 손에 휴지 뭉치가 잔뜩 든 비닐봉지가 들려 있었다. 온 집안에 삭은 생선 냄새가 진동했다. 방문객은 사흘이 멀다 하고 나타나 우리 주변을 배회했다. 현관문 앞이 어느 날은 까나리액젓으로 어느 날은 밟아 터뜨린 고추장 봉지로 엉망이었다. 아파트 관리실에서는 인화성 물질이 뿌려졌을 때만 자신들을 부르라고 했다. CCTV에 수상한 사람이 찍힌 적은 단 한 번도 없었다고 말했다.

쓸데없이 경찰 부르고 그러지들 마쇼. 안 그래도 그쪽 집 때문에 우리 아파트가 전국구로 유명해졌으니까.

그러나 엄마와 나는 수상한 사람을 몇 번이나 봤다. 약속이라도 한 듯 까만 모자와 흰 마스크, 까만 티셔츠 차림이었다. 그들은 세상 모두인 듯도, 단 한 명의 사람인 듯도 했다. 어느 날은 우리를 윽박지르던 관리소장으로도 보였다. 제발 이사가 달라는 호소문과 협박문이 사방에 붙었다. 우리 가족은 물론 입주민 누구도 떼지 않았다. 엘리베이터를 타면 거울에 붙은 종이가 나풀거렸다. 미안하지만, 으로 시작해 제발 꺼져달라, 로 끝나는 글이었다. 엄마는 때를 기다려야 한다고, 금세 물살이 바뀔 거라고 태평한 소리만 해댔다.

사람들은 금방 다 잊어먹으니까 괜찮다. 변호사도 그랬다. 여론이 잠잠해지면 해볼 만하다고. 억울하게 죽은 사람이 어디 한둘이냐. 이보다 더한 일도 쌔고 쌨다.

나는 까나리액젓도 협박문도 내 얼굴을 알아본 학부모도 하나도 안 무서웠는데 엄마의 그 말만은 무서웠다. 나는 빠짐없이 짐을 싸 이사했다. 내 물건이 완전히 없어질 때까지 집안을 들들 뒤졌다.

나는 엄마 대신 조카에게 문자를 보낸다.

[수영아. 너 욕 좀 하니?]

조카는 한참 만에야 답을 보내온다.

[저 요즘 안 그래요.]

뭘 반성하는 건지 모르겠다.

[너 아는 욕 전부 다 나한테 보내줘봐.]

다시 보낸 문자에 전화를 걸어온 사람은 사촌 동생이다. 왜 그러는데? 도대체 애한테 뭘 원하는 건데? 잔뜩 날 선 목소리를 내던 사촌 동생은 내가 자초지종을 설명하자 조금 누그러진다.

그런 거라면 도와줘야지.

고맙다. 그럼 수영이한테,

어릴 때 싹을 밟아놔야 돼. 다시는 그러지 못하게 다리를 분질러놔야지, 아주. 무조건 오냐오냐 감싸고 도니까 평생을 그러고 사는 거야. 같이 속죄하자고 해도 모자랄 판에 고모가 나한테 뭘 부탁했는지 알아? 수영이네 학교에서 탄원서를 받아다 달래, 미친 거 아냐, 정말? 수영이 너 이리 와. 빨리 와.

사촌 동생이 수영을 다그친다.

자, 욕해. 여기다 대고, 빨리 욕해.

수영이 화를 내고 방으로 들어가버린다. 나는 그것을 쾅 하고 방문 닫히는 소리로 짐작한다. 내가 설득해볼게. 기다려. 사촌 동생이 단호한 목소리로 전화를 끊는다. 오 분쯤 지나자 멀티메시지로 한가득 욕이 들어온다. 수영이 보낸 건지 사촌 동생이 보낸 건지 모르겠다. 나는 다시 수영에게 전화를 건다.

이런 건 발음이 중요해.

수영은 잠시 고민하더니 차마 내게 대고 욕할 순 없다며 녹음파일을 보내겠다고 한다.

녹음파일은 한 시간이 지나서야 도착한다. 수영의 목소리는 아니고, 친구 중에 쩐으로 발음할 줄 아는, 찰지고 맛깔스럽게 욕 좀 씹는다는 친구가 대신 녹음해줬다고 수영이 덧붙인다.

〔베프는 아니고 친구의 친구의 친구예요.〕

친구의 친구의 친구 발음은 거침없고 쩐으로 욕 같다. 나는 수영에게 용돈 오만원을 부쳐준다.


너 진짜 이럴 테냐?

무심코 받은 전화에서 거친 목소리가 흘러나온다. 엄마다. 나는 전화를 끊어버릴까 고민한다. 종료 버튼을 누르는 간단한 행위만으로 엄마는 나를 방해하지 못하게 될 것이다. 엄마는 방문객과 다르다. 엄마는 내가 사는 집도, 내가 일하는 곳도, 내가 자주 가는 마트 상호도 모른다.

나라고 속 편한 줄 아냐. 얼굴 한 번 못 봤어도 그애가 내 손
주다.

엄마가 전략을 바꾼다.

매일같이 그애를 생각한다. 밤만 되면 애 우는 소리가 귀에
쩌렁쩌렁해. 좋은 데 가라고, 제발 좋은 데 가서 괴롭지 말라
고 매일 새벽 기도를 다닌다, 내가. 그런다고 그 죄를 다 어떻
게 갚겠냐.

죄는 갚는 게 아니다. 갚아서 없앨 수 있는 건 빚밖에 없다.
무슨 짓을 해도 죄는 그냥 죄로 남는다. 엄마는 새벽 기도를
다닌다면서 그걸 왜 모를까.

그래도 말이다.

엄마 목소리가 은근해진다.

죽은 애가 암만 아까워도, 산 사람은 살아야지 않겠냐.

오빠가 왜 산 사람이야?

나도 모르게 말이 튀어나간다. 엄마에겐 아무 말도 해서는
안 되는데. 엄마한테 하고픈 말은 이제 진담밖에 남지 않았
는데.

오빠는 죽인 사람이지 산 사람이 아니야. 죽은 사람, 산 사
람이 아니라 죽은 사람이랑 죽인 사람이 있는 거라고. 오빠는
살인자고, 거기서 산 사람은,

산 사람은. 살아남은 사람은. 나는 여자를 떠올린다. 사과

하러 간 내가 자꾸 벨을 누르자 베란다 문을 열고 뛰어내리려 했던 여자. 여자는 십일층에 살았고 내 사과가 그녀를 또 한 번 죽일 뻔했다. 내가 살인자가 되지 않았던 건 여자가 휠체어에서 일어날 수 없었기 때문이었다. 여자는 토리를 잃었고 다리를 잃었고 아기를 잃었다. 언젠가 오빠가 출소해 여자를 찾아간다면, 여자의 집에 찾아가 문을 따고 들어선다면 여자는 벌떡 일어나 도망칠 수도 베란다 창문을 열고 뛰어내릴 수도 없다.

나는 오빠가 감옥에서 죽었으면 좋겠어.

어떤 진심은 아무리 기를 쓰고 틀어막아도 새어나가고 만다.

억울해 미칠 것 같은 날도 있었다. 뜨거운 기름에 돈가스를 밀어넣고 있자면 시커멓게 탄 고깃덩어리 같은 게 속에서 치받치는 느낌이었다. 그럴 때면 나는 오빠에게서 받은 것을 떠올렸다. 오빠는 처음 취직하고 나서 내 핸드폰을 새것으로 바꿔주었다. 할부금은 내가 냈지만 아무튼 그랬다. 학교 면접 준비를 할 때 검은색 재킷을 사준 일도 있었다. 너무 새까매서 장례식장 갈 때 더 많이 입었지만 아무튼 그랬다. 공주알밤 한 박스를 집으로 보내준 일도 있었다. 엄마와 나는 그걸 쪄 먹고 삶아 먹고 생밤으로 그냥 깎아도 먹었다. 달고 실한 알밤이었다. 그래서 그렇다. 내가 그 개새끼한테 받은 게 이렇게나 많아서 대가를 치르는 거다. 받은 것들을 되새기다보면 조금은 더 참을 만했다. 참아야 할 것 같았다.

그러나 가장 억울한 건 이런 것이었다. 나는 왜 양껏 오빠를 증오할 수 없나. 저주의 끝에는 왜 늘 습관처럼 죄책감이 들러붙나. 나는 거리낌없이 오빠를 찢어 죽이라고 말하는 사람들이 부럽다. 나도 그들처럼 다만 새까만 사람이 되어 정의로운 악담만을 내뱉고 싶다. 살인자를 욕하는 데 어떤 책임감도 느끼고 싶지 않다.

그날 밤 이후로 나는 오빠에 대해 자주 생각한다. 그러나 생각해보면 오빠가 아닌, 오빠가 훼손한 것들에 대한 생각이다. 어떤 진심도 가닿을 수 없는 사라진 것들에 대한 생각이다.

\*

도대체 무슨 생각이에요?

동주 엄마는 기가 막힌다는 얼굴이다. 나는 그녀 앞에 놓인 동주 핸드폰을 본다. 동주 엄마가 재생 버튼을 누르자 욕이 쏟아져나온다. 찰지고 맛깔스럽게 욕 좀 씹는다는, 수영의 베프는 결코 아닌 친구의 친구의 친구 목소리다. 동주 엄마가 정지 버튼을 누르고 몸을 부르르 떤다.

세상에 나는 이런 욕은 처음 들어봐요.

동주가 줄곧 이어폰을 꽂고 있길래 음악을 듣는 줄 알았다고, 들으면서 곧잘 따라 하길래 랩을 좋아하는 줄 알았다고 동주 엄마가 따진다.

게임을 한다고 해서요.

그 말 같잖은 게임 얘긴 들었어요. 그래서요?

동주가 한 번만 이기고 싶다고.

이기면요? 한 번 이기고 나면 그다음엔요?

나는 솔직히 생각해보지 않았다고 답한다. 되게 쎄게 승규 정강이를 한 번 까게 되는, 그 상황까지만 생각했다고. 동주 엄마가 사나운 얼굴로 나를 노려본다.

최근까지 선생님이었다면서 정말 모르세요? 이럴 땐 최대한 평범하게, 누구 눈에도 띄지 않게 있어야 한다고요. 그 빌어먹을 표적에서 벗어나려면 그냥 딱 순리대로만, 아무것도 하지 않고, 학폭위를 열겠다고 윽박지르지도 않고 우리 애랑 잘 지내라고 비굴하게 뭘 사 먹이지도 않고 딱 이만큼만.

동주 방문이 반 뼘 열려 있는데 동주 엄마는 모르는 눈치다. 말해줄까 하다가 그만둔다. 동주 얘기를 동주만 모르는 건 이상하다.

그렇게 버티면 결국 다 지나간다고요. 처음에 동주한테 관심 가진 이유가 뭐였든 애들은 금방 잊어버리니까, 눈에 띄는 다른 아이라면 얼마든지 또 있을 테니까.

다음 표적으로 옮겨갈 때까지 기다리라고요?

동주 엄마가 한숨을 내쉰다. 아주 낮고 느리고 끈질긴, 듣는 사람의 폐가 다 납작해질 것 같은 한숨이다. 저 집요한 숨이 두 번만 더 흘러나오면 나도 모르게 네, 알겠어요, 그럴게요, 답하게 될 것만 같다.

그게 뭐가 나빠요?

동주 엄마가 묻는다.

내 아일 지키려고 잠깐 비겁해지는 게, 그게 뭐가 나쁘죠?

나는 동주 엄마에게 미안하다고 사과한다. 내가 뭘 몰랐다고, 아니, 아무것도 몰랐다고, 나는 당최 삶에 대해서는 옥수수 씨눈만큼도 아는 게 없다고.

선생님은 학교 일을 하시는 게 좋겠네요.

동주 엄마가 정산해둔 돈을 흰 봉투에 담아 내밀며 말한다. 학교에 있는 아이들에게 골고루 관심을 쏟는 게 선생님에겐 어울리겠다고. 그거야말로 정의롭고 무책임한 태도 아니겠냐고.


나는 모르겠다. 그러나 동주가 원하는 대로 해주고 싶다는 마음만은 진심이었다. 내게 진심이 아닌 날은 단 하루도 없었다. 정말이었다.


하교 도우미를 그만둔 뒤에도 나는 다트판을 돌린다. 몸속

64

어딘가가 건강해질 테니 그것은 쓸모없는 일이 아니다. 그래서 평일에 한다. 재판 일자가 다가오면서 여론이 다시 들썩이고 있다고 엄마가 문자를 보낸다. 탄식인지 원망인지 모르겠어서 답하지 않는다. 나는 이력서 내기를 그만둔다.

다트판을 돌리다보면 동주가 나온다. 나는 동주와 아는 사이고 마침 운동도 다 했다. 그러니 동주와 집까지 사이좋게 걸어가는 건 그리 이상한 일이 아니다. 나는 동주와 하굣길을 벗어나 떡볶이를 먹으러 간다. 더 멀리 시장까지 걸어가 진심을 담은 돈가스를 사주고 싶지만 동주 엄마에게 들킬까봐 참는다. 돈가스 좋아하니? 동주는 아니오, 한다. 돈가스를 싫어하는 아이도 있구나. 나는 어쩐지 안심한다.

동주의 하교시간은 눈에 띄게 빨라진다. 매미처럼 달라붙던 승규는 보이지 않고, 진짜 매미 소리가 우리 뒤를 쫓아다닌다. 나는 동주와 나란히 쭈쭈바를 물고 길목을 돌아 집으로 향한다. 동주의 집은 대체로 비어 있다. 내 집도 마찬가지다. 동주와 나는 각자의 빈집으로 돌아가기 위해 열심히 걷는다.

근데 이모.

응?

한 번은 왜 안 돼요?

동주가 도토리 이마를 손등으로 문지른다. 땀이 흘러 간지러운 모양이다. 얼마나 힘껏 문지르는지 손등 아래로 살갗이 밀려 눈썹이 웃기는 모양으로 일렁인다.

승규 정강이 까는 거. 그거 딱 한 번이면 되는데. 그거면 나는 더 안 괴로울 자신 있는데. 그건 왜 안 돼요?

동주 눈썹이 점점 더 거세게 일렁인다.

그것도 안 되면. 그럼 난 뭘 해요?

*

나는 가만한 사람이다. 가끔 가난하지만 대체로 가만하다.

가만한 사람이 되기 위해선 필사적으로 노력해야 한다. 가만함은 게으름이 아닌 노력의 결과다. 나는 매일 끈질기고 집요하게 가만해진다. 가만한 사람이 되기 위해선 생존도 잠시 내려놓아야 한다. 나는 일을 구하지 않고 집밖으로 나가지 않고 가만히, 가만히 숨만 쉰다.

가만할 때의 나는 사람들 관심이 급격히 식은 옛날 사건이 아닌, 오빠 사건에 대한 기사들을 찾아본다. 무섭게 증식하는 댓글들을 살핀다. 한때 오빠와 알고 지냈던 사람들이 새롭게 증언하는 사건 중에는 내가 아는 것도 있고 모르는 것도 있다. 그게 놀랍다. 내가 아직도 모르고 있던 사실이 있다는 게. 가족에 대한 정보는 이전만큼 떠돌지 않는다. 그건 다행한 일일지 몰라도 내가 가만하지 않을 이유가 되진 않는다. 살인범 가족이 운영하던 고급한정식집이 결국 문을 닫고 가게를 내놓았다는 기사를 읽는다. 엄마 소식은 그런 식으로 내게 전해진다.

도윤은 여전하다. 여전하지만 여전하지 않기도 하다. 타임라인에 올린 마지막 글은 보름 전 것이다. 단지 새로운 계정을 만들었을 뿐인지도 모른다. 그러나 내가 아는 도윤의 계정은 이것뿐이다.

나는 증인이 되기로 결심했다.

도윤의 마지막 문장은 간결하다. 그래서 무슨 일의 어느 쪽 증인을 말하는 건지 모르겠다. 아니. 사실은 안다. 결심이 필요한 일이란 대개 가족에게 상처 주는 일이다. 결심 뒤에는 결코 가만할 수 없는 삶이 기다리고 있다. 도윤은 무엇을 하고 있을까. 다트판을 돌리러 가고 싶다. 어깨가 빠질 것처럼 옆구리가 찢어질 것처럼 아파질 때까지 다트판을 돌리고 싶다. 건강하고 힘찬 인간이 되고 싶다.

한밤인데도 나란히 선 연립들 주변이 환하다. 빈집의 캄캄함보다 드문드문 켜진 빛줄기가 훨씬 또렷하다. 저렇게 환한 곳으로는 나갈 수 없다. 정전이 되면 좋을 텐데. 부동산 여자 말과 달리 정전이 된 적은 한 번도 없다. 누수나 보일러가 터지는 일이 있다는 것도 거짓일지 모른다. 그래도 나는 따지러 가지 않는다. 나는 이 집에서 불을 켜본 적도 보일러를 켜본 적도 없다. 밖에서 누가 벨을 눌러도 나가지 않는다. 무엇보다 나는, 함부로 억울해하고 따지고 그러는 사람이 아니다. 나는 그렇게 격렬하지도 감정이 풍부하지도 않다. 나는 그저 가만한 사람이다.

그럼에도 때로 동주가 보고 싶다.

왜인지 모르겠다. 엄마도 도윤이도 보고 싶지 않은데. 사촌 동생도 수영이도 보고 싶지 않은데. 아무것도 떠올리지 않으려 애를 써도 도토리처럼 볼록한 이마 아래 일렁이던 눈썹과 엄지손가락만큼 작은 귀가 떠오른다. 그러고 보니 동주와 인사를 하지 못했다. 방과후 교사로 일하다 해고됐을 때, 아니, 개인 사정을 사유로 한 사직서를 제출하고 나왔을 때 나는 아이들과 인사를 나누지 못했다. 그럴 여유가 없었다. 지금은 여유가 있다. 나는 손윗사람에게 깍듯하고 손아랫사람에게 다정하다. 손아랫사람의 안부를 묻는 건 그리 이상한 일이 아니다.

나는 몸을 일으킨다. 하루를 보내는 일은 간단하다. 눈을 감고 몸을 웅크리고 생각을 잠그는 것만으로 간단히 날이 바뀐다. 12시 30분. 땅콩잼과 블루베리잼을 바른 식빵을 우유와 함께 점심으로 먹는다. 2시 30분. 창틀에 올려둔 로즈마리 화분 잎을 마른 천으로 하나하나 닦는다. 가끔 잎을 따서 씹는다. 머쓱한 맛이 나지만 뱉지 않는다. 3시 15분. 화요일이니 동주가 교문을 나서는 시각은 3시 40분이다. 샤워를 하고 옷을 갈아입는다. 팔을 움직이기 쉬운, 소매가 헐렁한 옷을 골라

입는다.

다트판에는 할머니가 매달려 있다. 흰 털이 난다고 했던 할머니인지 검은 털이 난다고 했던 할머니인지 모르겠다. 어느쪽이었든 시무룩한 표정만이 기억에 남아 있다. 나는 할머니들이 조르륵 앉아 있던 벤치에 앉아 다트판에 매달린 할머니를 바라본다. 상체가 오른쪽 왼쪽으로 움직일 때마다 다리가 허청허청 흔들린다. 참견하고 싶어지는 모양새다.

나는 할머니를 흘금거리며 교문을 살핀다. 할머니는 다트판에서 내려올 생각이 없고 동주도 나올 생각이 없다. 3시 55분. 동주가 이렇게까지 늦는 건 처음이다. 내가 초조하게 다리를 떨자 할머니가 비켜주랴 하고 묻는다. 다트판은 필요 없다. 나는 교문을 향해 성큼성큼 걷는다.

운동장 저편에 동주가 있다. 친구와 함께다. 동주는 친구 같은 거 없는데. 동주를 둘러싼 네 명은 친구라기보다 울타리 같다. 자꾸 방향을 바꿔가면서 동주를 감싼다. 그러느라 아이들 걸음이 더디고 더디다. 방향이 바뀌는 사이사이 도토리 이마가 보인다. 볼록한 이마가 땀에 흠뻑 젖어 있다. 동주는 책가방을 앞으로 메고 목에 책가방 하나를 더 걸고 있다. 등에 업힌 아이는 승규다. 동주 목을 꽉 죄고 매달려 있다가 중간중간 한쪽 팔을 내린다. 어디를 꼬집었는지 동주가 펄쩍 뛴다. 펄쩍펄쩍 뛰며 교문을 향해 걷는다.

그날 밤 이후로 나는 오빠에 대해 자주 생각한다. 그러나 생각해보면 오빠가 아닌, 오빠가 훼손한 것들에 대한 생각이다. 어떤 진심도 가늠할 수 없는 사라진 것들에 대한 생각이다. 오빠가 도윤의 갈비뼈를 부러뜨렸을 때 나는 화장실에 있었다. 짐볼 같은 게 터질 때 나는 뻑뻑하고 차분한 굉음이 거실에서 두 번 울렸다. 나는 필사적으로 숨을 삼키며 화장실에 숨어 있었다. 두려웠다. 정수리 흉터와 두 달 가까이 깁스를 해야 했던 팔꿈치 같은 곳이 욱신거렸다. 성인이 되었다고 해서 두려움이 사라지는 것은 아니었다.

내가 그때 오빠의 정강이를 걷어찼더라면 어땠을까. 동주를 만난 뒤 줄곧 생각해왔다. 단 한 번뿐이라 해도 되게 쎄게 오빠 정강이를 걷어찼다면, 그랬다면 어땠을까. 도윤은 방문 밖의 세계에서 살게 되었을까. 머리가 한번 더 깨졌을지언정 나는 조금이라도 덜 괴로웠을까.

나는 승규에게 다가간다. 곧장, 승규에게 간다.

그냥 둬!

몇 달에 걸쳐 매일매일 다트판을 돌린 양팔에 힘이 바짝 들어간다. 마구 휘둘러대면 무엇에라도 닿을 것 같고 누구의 멱살이든 너끈히 잡아챌 수 있을 것 같다.

그냥 좀 내버려둬!

고무처럼 늘어난 내 팔이 승규를 동주 목에서 떼어낸다. 동주 목에 휘감기는 양팔을 거침없이 뜯어낸다. 누구와 게임을 해도 결코 지는 법이 없는 아이. 그러나 키는 내 허리께밖에 오지 않고 어쩌면 다섯번째 어금니는 아직 돋지도 않았을 그런 아이. 승규가 바닥에 나동그라진다. 내가 떠민 건지 혼자 넘어진 건지 기억에 없다. 아직 정강이를 걷어찬 것도 아닌데 승규는 너무 작고 볼품없는 꼴이다.

이런 인간이었구나. 나는 망설임 없이 이런 짓을 할 수 있는 인간이었구나. 이렇게 습하고 비열한 눈으로 사실은 아무 상관 없는 어린애를 바닥으로 내던지는, 이런 짓밖에 할 수 없는 인간이었구나. 그런데 그 두 가지뿐인가? 약자가 되지 않으려면 이렇게, 상대를 힘껏 내던지는 인간이 될 수밖에 없나? 뒤를 돌아보니 동주가 저멀리 있다. 동주는 주춤주춤 내게서 멀어지는 중이다. 어느 곳으로든 들어가 문을 잠가버릴 것 같다. 다시는 내게 볼록한 이마를 보여주지 않을 것 같다.

주변에서 다급한 발소리가 들린다. 그래도 나는 확인하고 싶은 게 있다. 사과할 거니? 나는 승규에게 묻는다. 팔이 무겁다. 어디든 가닿을 수 있게 길어진 팔이 견딜 수 없게 무겁다. 할머니들이 참견했듯이 잘못된 자세로 운동을 하면 팔이 망가진다. 나는 바닥으로 팔을 떨군다. 그래도 사과를 해, 라고 말한다. 사과를 해, 승규야 제발,

진심을 다해서.

가까운 곳에서 울음소리가 들린다. 나는 그저 팔을 늘어뜨린 채 답을 기다리고 있다.

애
도
의

방
식

소란하다. 나는 소란한 것을 좋아하고 소란해지는 것을 싫어한다. 이미 소란한 곳에서는 아무도 나를 신경쓰지 않는다. 소란해지기 시작한 곳에서는 대부분 내가 그 중심에 있다. 나를 놀리고 조롱하고 멸시하느라 소란해진 사람들 사이에 서 있는 건 지겹다. 나는 소란한 곳이 좋다. 타인에 의해 한껏 소란해진 상태라면 더더욱 좋다.

소란한 곳에 방치되기 위해선 노력이 필요하다. 특정한 곳에 시선을 두면 안 된다. 누구에게도 동조하지 않고 피곤한 기색으로, 두 팔을 원숭이처럼 늘어뜨린 채 서 있어야 한다. 그런 인간에게 도움을 청하는 이는 드물다. 누가 시비를 걸더라도 그 자세 그대로 꾸뻑 사과하면 그만이다. 소란한 곳에 소란스럽지 않은 인간으로 멈춰 있을 때 나는 가장 안전하다.

그러므로 이곳은 나에게 최적의 공간이다.

나는 미도파 카운터에 서서 그런 생각을 하고 있다.

*

미도파는 성동터미널에 있는 유일한 찻집이다. 체리색 나무
틀에 간유리를 끼운 출입문에는 미도파, 라고만 쓰여 있는데
어째서인지 다들 미도파 찻집이라고 부른다. 미도파는 이곳의
유일한 찻집일 뿐 아니라 유일한 식당이기도 하다. 터미널은
작고 납작한 단층 건물이라 매표소와 화장실, 미도파만으로
내부가 꽉 찬다.

플라스틱 의자가 놓인 대합실을 가운데 두고 왼편에는 매표
소가, 오른편에는 미도파와 화장실이 있다. 화장실 앞에는 커
다란 칸막이가 세워져 있다. 남자 화장실과 여자 화장실 입구
가 딱 붙어 있어 경계를 나누기 위함인데, 화장실로 뛰어들던
사람이 칸막이에 부딪혀 억 소리를 내는 일이 잦다. 카운터에
서 있다가 억 소리가 들리면 칸막이가 남자 화장실 쪽으로 십
오 도쯤 돌아섰겠구나, 생각한다. 나가보면 실제로 그렇다. 성
동은 외곽에 위치한 소도시이고 터미널 버스 노선도 다섯 개
가 전부다. 그럼에도 하루에 서너 번은 억 소리가 들린다. 다

급하고 시간에 쫓기는 사람들, 커다란 짐보따리를 바닥 아무데나 부려둔 채 매표를 하러 방광을 비우러 위장을 채우러 뛰어다니는 사람들이 미도파의 주고객이다.

기차 객실을 흉내낸 미도파의 실내는 촌스럽고 조잡하다. 물결무늬로 두껍게 들어간 체리색 몰딩 때문에 천장이 유독 낮아 보인다. 창틀도 테이블도 전부 체리색, 기차 좌석을 본뜬 직각 소파는 어두운 녹색이다. 먼지가 앉으면 금세 눈에 띄어 하루에도 서너 번씩 테이블을 닦고 소파를 털어야 한다. 대표 메뉴는 믹스커피와 견과류를 잔뜩 넣은 쌍화차. 이전에는 쌍화차에 청계 알 노른자를 넣었다던데 지금은 아니다. 아메리카노와 홍차가 메뉴에 있지만 주문하는 사람은 드물다. 오전 한정으로 콩나물국밥을 판다. 오후에는 생고기를 직접 주물러 만든 함박스테이크를 판다. 돈가스는 팔지 않는다. 나는 그게 좋았다. 온갖 것을 다 팔면서 돈가스를 팔지 않는다는 점이.

찻집이지만 찻집만은 아닌 미도파에서 나는 일 년째 일하고 있다. 원래는 고등학교를 졸업하는 날 성동을 떠날 작정이었다. 돈이 없었으므로 수도권보다는 바닷가를 노렸다. 수험 준비를 하는 내내 선생님들이 니들 그렇게 공부 안 하면 나중에 배 타고 참치 잡으러 다니게 된다. 어디 섬에 처박혀서 시금치 농사나 짓게 된다, 고 말한 데서 힌트를 얻었다. 나는 졸업식에 갈 생각도, 대학에 갈 생각도, 집으로 갈 생각도 없었다. 이 곳을 떠나 누구도 나를 신경쓰지 않는 지역에서 혼자 살고 싶 었다.

졸업이 일주일 남은 시점이었다. 나는 등교하다 교문 옆에 서 있는 익숙한 사람을 발견했다. 왜소한 체구에 마르고 긴 팔 로 자신의 몸을 꼭 끌어안고 선 사람이었다. 익숙하지만 도무 지 익숙해지고 싶지 않은 사람이었으므로 가던 길을 돌아 나 왔다. 불현듯 떠나는 것도 괜찮겠단 생각이 들었다. 졸업식에 갈 것도 아닌데 꼭 졸업식 날에 맞춰 떠날 필요가 있을까. 불 현듯, 문득, 우연히, 그런 말들을 곱씹으며 나는 터미널로 향 했다.

학교가 있는 시내에서 터미널까지는 좁고 긴 길을 오래도록 걸어야 했다. 주위에 있는 거라곤 마른 풀로 뒤덮인 들판뿐이 었다. 상업 지구가 들어설 예정이었으나 개발계획이 엎어지면 서 십수 년간 사람들의 머릿속에서 지워진 구역이었다. 길은 두 갈래로 나뉘어 자갈이 깔린 시멘트 길을 따라가면 시내버 스 정류장이, 마른 흙길을 따라가면 성동고속버스터미널이 나 왔다. 길이 갈라지는 지점에 짓다 만 상가 건물이 을씨년스럽 게 서 있었다. 개발을 대비해 제일 먼저 공사를 시작했다가 가 장 오래된 흉물로 남은 건물이었다. 골조 공사가 칠층에서 멈 춰 시멘트를 붓던 거푸집이 꼭대기 층에 그대로 남아 있었다.

나는 건물 꼭대기를 보지 않으려 애쓰며 흙길을 따라 걸었다.

터미널에 도착해서는 가장 비싼 표를 구매했다. 고속버스가 출발할 때까지 한 시간 오십 분이 남아 있었다. 출입구에 놓인 칸막이를 걷어차지 않기 위해 노력하며 화장실에 다녀왔다. 교복 재킷에 달린 이름표를 뜯어낸 뒤 넥타이로 돌돌 감아 휴지통에 버렸다. 핸드폰에서 몇 개 안 되는 연락처를 삭제하고 나니 한 시간 삼십팔 분이 남았다. 대합실은 추웠다. 겨울바람이 유리문을 흔들 때마다 쩡쩡 소리가 났다. 나는 체리색 나무 문을 밀고 미도파로 들어갔다.

따뜻한 실내로 들어서자 콧물이 흘러내렸다. 코 훌쩍이는 소리도 들리지 않을 만큼 소란스러운 가게였다. 누군가 맹렬하게 부스럭대며 짐보따리를 정리했다. 파란색 대봉투 안에서 옷가지와 슬리퍼 따위가 끝도 없이 나왔다. 누군가 믹스커피를 후루룩 마셨고 누군가 콩나물국밥에 왜 북어가 들어 있지 않느냐고 따졌다. 계란은? 누군가 끊임없이 쌍화차 계란에 대해 물었다. 나는 눈 둘 곳을 찾지 못해 사방을 둘러보다 창문에 붙은 구인 광고를 발견했다. 붓펜으로 직접 써넣은 정갈한 한글이 뜻 모를 한자어, 그러니까 求人, 所定의 給與 같은 글자들과 뒤섞여 있었다.

주문할래?

내 앞에 물컵을 내려놓은 남자가 물었다. 희미하게 얼룩이 남아 있는 주방용 앞치마를 맨 중년 남자였다. 나는 메뉴를 훑어보았다.

돈가스는 없나요?

내가 물었고,

없다.

남자가 답했다. 남자는 내가 메뉴를 다시 살피는 동안 옆 테이블을 정리하기 시작했다. 중간중간 왜 내가 이걸, 하고 투덜거렸다. 국밥 그릇과 깍두기 접시를 제대로 포개지 못해 우르르우르르 소란하게 굴었다. 물컵 하나가 테이블 아래로 굴러떨어져 새된 소리를 냈다. 각자의 이유로 소란한 사람들은 시선조차 주지 않았다. 남자도 신경쓰지 않는 듯했다. 나는 승차권에 찍힌 지명과 출발 시간을 골똘히 들여다보았다. 대봉투 깊숙한 곳에서 멸치 상자를 끄집어내는 손님과 깍두기 접시를 들고 홀을 가로지르는 남자를 꼼꼼히 살폈다.

아저씨, 여기서 일하려면 뭐가 필요해요?

남자가 깍두기 국물이 묻은 손가락으로 카운터를 가리켰다. 카운터는 비어 있었다. 남자가 깍두기 국물을 냅킨으로 닦아낸 뒤 조금 더 분명하게 손가락을 뻗었다. 카운터 왼쪽으로 체리색 나무문이 보였다. 사장실. 남자가 말했다. 사장실에 가서 면접을 보면 돼.

나는 콩나물국밥을 주문했다. 청양고추를 잔뜩 썰어 넣어

국물이 맑고 칼칼했다. 다음날 점심에는 첫 출근 기념으로 남자가 해준 함박스테이크를 먹었다. 남자는 전날처럼 투덜대는 대신 삼각형으로 자른 치즈와 반숙 계란을 함박스테이크 위에 신중히 얹어주었다. 접시 한편에 구운 파인애플과 둥글게 뭉친 밥이 있었다. 나는 접시 위에 놓인 것들을 포크로 뚝뚝 잘라 먹었다. 미도파에 어울리는 촌스러운 맛이었다.

미도파에서 일한 지 한 달쯤 되었을 때였다. 나는 손님 우산을 훔쳐 쓰고 폐점한 찻집을 나섰다. 누군가 테이블 아래 두고 간 것이었는데 유난히 가볍고 우산살이 탄탄했다. 손잡이에 보드라운 가죽이 덧대져 있어 우산을 들면 누군가와 다정히 손을 맞잡는 기분이 들었다. 나는 카운터 밑에 그것을 밀어넣고 오랫동안 만지작거렸다. 찻집 문을 열고 들어서는 사람마다 우산을 두고 간 사람인가 예민하게 살폈다. 바닥에 시선을 두는 사람들을 집요하게 경계했다. 폐점 시간이 될 때까지 우산 주인은 나타나지 않았다.

나는 좋은 우산을 훔쳤다는 생각에 들떠 있었다. 주인이 나타나더라도 돌려줄 생각이 없었으니까 훔친 것이 맞았다. 비가 그친 밤하늘이 청량했다. 입김을 피워 올리며 나는 집으로 가는 좁고 긴 길을 걸었다. 젖은 흙이 신발바닥에 달라붙어 자꾸 멈춰 서야 했다. 공사가 중단된 그 상가 건물이 있는 갈림

길에 들어설 즈음 나는 우산을 펼쳤다. 펼친 우산을 빙빙 돌렸다. 접힌 면에 숨어 있던 물방울들이 사방으로 날렸다.

커다란 우산이 시야를 가려 길이 끝나는 줄도 모르고 걸었다. 이런 좋은 것을 훔칠 수 있다면 찻집에서 삼 년쯤 더 일하고 싶다는 생각을 했다. 날렵한 모양새의 장갑이나 목도리 같은 것. 손가락을 꼼질대거나 간지러운 목을 긁느라 주위를 둘러볼 틈조차 없게 만드는 것. 나는 내가 훔칠 수 있는 크고 작은 것들을 상상했다. 좋은 것과 쓸모 있는 것, 내 손으로 움켜쥘 수 있는 실재하는 것들을 떠올렸다.

들판을 완전히 벗어난 뒤에야 나는 우산을 접었다. 포장된 도로 위는 깨끗이 말라 있었다. 발밑이 미끄럽지 않아 성큼성큼 걸을 수 있었다. 나는 우산과 손을 맞잡고 걸었다. 한 번도 돌아보지 않았다.

*

미도파는 마늘 냄새로 가득하다. 정오에 출발하는 차를 기다리던 할머니가 마늘을 까기 시작한 탓이다. 한파가 몰아닥쳐 난방 온도를 한껏 올려둔 덕에 실내가 덥고 맵다. 할머니는 시종일관 욕을 하며 마늘을 깠다. 나이 칠십이 넘도록 시댁 마늘 심부름을 해야 한다는 신세한탄과 마늘 많이 먹고 장수하는 인간들은 좋겠다는 비아냥이었다. 마늘을 그렇게 잡수셨는데 왜 아직도 인간이 덜 됐을까. 할머니가 큰 소리로 혀를 찼다. 대합실에서 까고 들어오시면 안 될까요. 내가 권하자 할머니는 마늘 껍질을 한 움큼 집어 바닥에 팽개쳤다. 나더러 저 추운 데서 마늘을 까라는 거야? 너도 내가 우습냐? 내가 멀찍이 떨어질 때까지 할머니는 계속해서 마늘 껍질을 던졌다. 마늘 냄새와 흙냄새, 먼지가 공기 중에 수북하다. 나는 빗자루를 가져와 마늘 껍질을 쓸기 시작한다.

동주야.

체리색 나무문을 밀고 들어온 사람이 나를 부른다. 돌아보고 싶지 않다. 나는 이리저리 날리는 얇은 껍질들을 일부러 풀썩거리며 쓸어 담는다. 쓰레받기에 담기는 것보다 소파 아래로 기어드는 것이 더 많다. 나는 소파 아래를 쑤석이며 마늘 까는 할머니 옆을 얼쩡거린다. 마늘 까기에 몰두한 할머니는 나를 본 척도 하지 않는다. 여기요, 깍두기 좀 더 주세요. 어느 테이블에서 나를 부른다. 그래. 미도파에서 나를 부르려면 저렇게 해야 한다. 여기요. 이봐요. 어이, 학생. 야.

동주야.

여자가 다시 나를 부른다. 이번에는 기둥 뒤 테이블에 자리를 잡고 앉아 메뉴판을 펼쳐놓은 채다.

나는 여자를 알고 있다. 여자는 승규의 엄마로 키가 작고 강마른 사람이다. 서 있을 때 마른 팔로 자신의 몸을 꼭 끌어안는 사람이다. 앉은 자리에서 자주 주먹을 쥐는 사람이다. 고무줄로 질끈 동여맸던 단발머리가 한없이 길어지더니 어느 순간 쇼트커트로 바뀌었다. 나는 여자와 여러 번 마주쳤다. 학교 교실에서 교문 앞에서 우리집 앞에서 경찰서에서. 그때마다 여자를 뭐라고 불러야 할지 고민했다. 친구끼리는 서로의 부모를 아버님, 어머니, 하며 친근하게 부른다던데. 조금 덜 친근한 호칭으로 아저씨, 아줌마도 있다던데. 여자에게는 어느 호칭도 마땅치가 않았다. 다행히 내겐 여자를 부를 이유가 없었다. 반대로 여자는 나를 자주 불러 세웠다. 자꾸 나를 찾아왔다. 여자가 묻는 말마다 전부 모른다고 대답했는데도 그랬다.

진실을 말해줘.

어느 날 여자는 그렇게 말하며 통곡했다. 교문 앞이었으므로 하교하던 아이들이 우르르 몰려들었다. 또 쟤야. 누군가 수군댔다. 정말 쟤가 그런 거 아냐? 누군가 의심했다. 야, 너네, 진짜 불쌍한 애한테 그러는 거 아니다. 누군가가, 그건 뭐였을까, 동정이었을까. 나는 그 말에 커다란 손으로 뒷덜미를 와락 붙잡히는 기분이었다.

제발, 제발 딱 한 번만, 동주야.

진실을 알려줘라.

여자가 몸을 옹그린 채 소리쳤다. 몸 전체가 앙상한 스피커가 된 것 같았다. 나는 뒷걸음질치다 그대로 도망쳤다. 한동안 학교에 가지 않았다. 중학교에 다니는 동안 그런 일이 서너 번쯤 더 있었다.

여자는 믹스커피를 주문한다. 메뉴판 제일 위에 있는 제일 싼 것이다. 손님들이 가장 많이 시키는 것이기도 하다. 믹스커피를 준비하는 데는 일 분도 걸리지 않는다. 흰 커피잔에 맥심커피 두 봉지를 넣고 뜨거운 물을 부으면 끝이다. 자개 장식이 들어간 티스푼으로 커피를 젓는다. 쌍화차에는 미니 약과가 서비스로 나간다. 아메리카노에는 버터쿠키가, 함박스테이크에는 옥수수수프가 나간다. 미도파는 서비스에 후한 편이지만 믹스커피에는 아무것도 없다. 나는 빈 쟁반 위에 커피잔 하나를 올려놓는다. 버터쿠키도 두 개 올려놓는다.

여자는 더이상 나를 부르지 않고 커피를 마신다. 마지막 한방울까지 전부 마시고 버터쿠키 두 개도 포장을 뜯어 먹는다. 소란스럽고 덥고 매운 실내에서, 적당한 소음을 내며 모든 것을 먹고 마신다. 나는 찻잔을 씻고 테이블을 닦은 행주를 빨고 영수증을 정리한다. 주방을 기웃대고 발치에 있는 쓰레기통에 새로운 비닐을 깐다. 여자가 금세 카운터로 다가온다. 천원짜리 세 장을 내려놓은 뒤 나를 물끄러미 바라본다. 여자가 짓고 있는 표정을 나는 안다. 비리고 물컹한 것을 입에 물고 있는 표정이다. 아무것도 뱉지 못하는 사람의 얼굴이다.

동주야.

여자가 기어코 나를 부른다.

네게 꼭 하고 싶은 말이 있어.

여자가 카운터에 전화번호를 적은 메모를 내려놓는다. 내가 거스름돈으로 올려놓은 오백원짜리 동전은 가져가지 않는다. 체리색 나무문이 열리고 여자가 완전히 사라질 때까지 나는 기다린다. 문에 달린 풍경이 절그럭 소리를 낸 뒤에야 여자가 남긴 메모를 쓰레기통에 버린다. 오백원짜리 동전은 내 주머니에 넣는다. 이건 훔친 것이 아니라 버려진 것. 나는 들판 위 말라죽은 풀들 위로 동전을 내던지는 상상을 한다. 그건 상상이 아니라 기억일지도 모른다.

승규는 늘 그 동전을 가지고 다녔다. 88올림픽 기념주화라고 했다. 오백원짜리만한 크기에 무게가 상당한 동전이었다. 앞면에는 무궁화가, 뒷면에는 얼굴이 동그란 호랑이의 전신이 그려져 있었다. 상모를 쓰고 머리를 삐뚜름하게 기울인 호랑이였다. 아니, 앞면이 호랑이, 뒷면이 무궁화였는지도 모른다. 앞면과 뒷면은 승규의 말에 따라 매일 바뀌었으니까.

승규는 아무때 아무 곳에서나 불쑥 그 동전을 내밀었다.

앞? 뒤?

승규가 물었다.

앞.

내가 말했다. 승규가 동전을 허공에 던지면 주위를 둘러싼 모두가 동전이 그리는 포물선을 따라 고개를 올렸다 내렸다. 승규가 동전을 낚아채 자신의 왼쪽 손등에 올려놓았다.

앞? 뒤?

승규가 동전에 그려진 호랑이처럼 고개를 삐뚜름하게 기울이고 내게 다시 물었다.

앞.

내가 말했다. 승규는 동전을 덮고 있던 오른손을 떼자마자 내 뺨을 후려쳤다. 너무 순식간이라 손등 위에 놓인 동전이 앞면인지 뒷면인지, 무궁화인지 호랑이인지 확인할 겨를조차 없었다. 귓불이 터질 것처럼 뜨거웠다. 볼 안쪽에서 피가 솟았다. 내가 징징 울리는 귀를 부여잡고 어쩔 줄 몰라하는 사이 승규는 돌아섰다. 아무 일 없었다는 듯 가벼운 걸음걸이로 가 버렸다.

앞? 뒤? 승규가 물을 때마다 나는 따귀를 맞았다. 동전이 던져지면 수 초 내로 틀림없이 맞았다. 승규는 지나던 길에 발끝에 걸린 돌멩이를 차내는 것처럼 망설임 없이 나를 후려쳤다. 나는 화장실 소변기 앞에 서 있다가 맞았다. 강당에서 뜀

틀 넘을 순서를 기다리다 맞았다. 급식실에서 버섯굴소스볶음을 식판에 덜다가 맞았다. 쓰레기를 버리러 가다가 소각장 앞에서 맞았다. 매일같이 있는 일인데도 승규가 내 뺨을 후려친 뒤엔 주변이 극도로 소란해졌다. 승규가 가버린 뒤에도 소란은 가라앉지 않았다. 나는 늘 소란의 중심에 있었다. 나를 놀리고 조롱하고 멸시하느라 소란해진 사람들 사이에 서 있는 건 지겨운 일이었다.

승규가 그랬던 것처럼, 나는 아무 일 없었다는 듯 휘휘 걸어 자리를 벗어났다.

소란에서 멀어지기 위해 승규를 흉내냈다.

뺨을 맞는 일. 그게 특별히 부끄럽진 않았다. 뺨이 아니라도 나는 어디든 늘 맞았으니까. 내가 죽도록 부끄러웠던 건 나의 관성이었다. 앞? 뒤? 이죽거리며 승규가 물을 때마다 반사적으로 튀어나오는 나의 대답이었다. 정답이든 오답이든 상관없이, 오로지 뺨을 맞기 위해 발설되는 나의 대답이 죽을 만치 부끄러웠다. 내가 답을 하는 순간 게임이 성립됐다. 승규와 나의 수직적 위계가 거기 있었다.

*

너가 그 돈가스집 아들 아니냐?

아이고. 옆에 선 젊은 여자가 할머니 손을 꾹 눌러 쥔다. 옷섶을 아무리 당겨도 할머니가 알아채지 못한 탓이다. 젊은 여자는 내 눈치를 보며 노인네가 이제 나이가 들어서, 라고 변명한다. 할머니는 더 묻고 싶은 말이 있는 눈치지만 젊은 여자가 요령껏 할머니를 몰고 간다. 소파에 앉은 할머니는 금세 무릎을 쥐고 아고고, 하느라 나를 잊는다.

몸뚱이가 다 썩었다, 썩었어.

할머니의 푸념에 그렇지, 그렇지, 추임새를 넣으면서 젊은 여자가 내 눈치를 본다. 내가 물컵과 메뉴판을 챙기는 동안 속닥이는 소리가 들린다. 소란한 속에서도 또렷이 들린다.

아이고, 엄마도 참. 돈가스집 아들은 죽은 애고.

죽은 애고?

쟤는 걔잖아. 그 집 아들이. 아유, 암튼 말하지 마요.

말하지 마. 그만해. 나는 그 말을 엄마와 변호사에게서 제일 많이 들었다. 경찰서에서 조사를 받는 중에도 그들은 내 팔죽지를 꽉 눌러 잡고 말했다. 네게 불리할 수 있어. 말하지 마.

나는 젊은 여자와 할머니가 주문한 것을 테이블 위에 하나씩 내려놓는다. 놋그릇에 담긴 콩나물국밥은 잘 식지 않는다.

깍두기와 마늘장아찌, 간장에 조린 메추리알을 차례로 내려놓는 동안 나를 꼼꼼히 살펴보는 건 젊은 여자다. 할머니는 추위에 곱은 손가락을 뜨거운 물잔으로 녹이느라 바쁘다. 나는 시선을 눈치채지 못한 척 남은 것들을 내려놓는다. 양념간장이 담긴 작은 종지, 수저와 냅킨. 종소리가 울린다. 주방에서 음식이 준비되었을 때 서빙을 재촉하는 종소리다. 오래된 종은 속속들이 낡아 둔탁한 소리를 낸다. 땡 소리보다 픽 소리에 가깝다.

당연히 이 동네를 뜬 줄 알았는데.

주방 쪽으로 가는 내 뒤에서 젊은 여자가 말한다.

아직 여기 살고 있는 걸 보면 정말 헛소문인가?

뭐가?

할머니가 묻고,

돈가스집 아들, 쟤가 죽였단 소문 있었잖아.

젊은 여자가 답한다.


돈가스집 아들, 승규는 사고로 죽었다.

있을 법한 사고였다. 공사가 중단된 폐건물에서 중학생 아이 둘이 놀다가 한 아이가 떨어져 죽었다. 방치된 건물답게 아무런 안전장치도 되어 있지 않았기 때문이었다.

정보가 덧붙으면서 사고는 안타까운 비극이 됐다. 중학생

90

아이 둘이 하필이면 폐건물 옥상에서 놀았다. 옥상이지만 사실은 옥상이 아니고, 십층 건물을 짓다 관둔 칠층에서였다. 공사는 합판으로 거푸집을 만든 뒤 시멘트를 부어 바닥을 굳히는 골조 작업 중 중단됐다. 아이들은 건물 바깥쪽을 빙 둘러싼 합판을 난간으로 착각했다. 의심 없이 거기 기댔던 아이가 합판이 부서지면서 떨어져 죽었다. 오랫동안 방치된 합판은 썩어 있었고 사고의 책임을 물을 대상은 불분명했다. 승규의 장례식이 진행되는 동안 떠돈 말들은 거기까지였다.

옥상에 있던 두 아이의 관계가 뒤늦게 밝혀지면서 사고는 사건이 됐다. 나는 경찰서로 상담소로 병원으로 불려다녔다.

승규가 초등학생 때부터 너를 줄곧 괴롭혀왔다는 게 사실이니?

반 아이들의 신고로 학폭위가 열릴 뻔했는데 동주 네가 거부했다는 것도 사실이니?

사건이 있던 날, 승규가 너를 무차별 폭행했다는 증언이 나왔는데 그것도 사실이니?

나는 대부분 아니라고 답했다. 변호사의 조언에 따라 잘 모르겠다고, 충격이 커서 그날 일이 잘 기억나지 않는다고도 했다.

승규가 죽거나 다쳤으면 좋겠다고 생각해본 적 있니?

나는 아니라고 답했다. 내게 질문했던 사람들은 하나같이 미심쩍어하는 표정을 지었다. 그러면서도 승규의 죽음을 불행한 사고로 종결짓고 싶어했다. 학교 선생님들도 엄마도 마찬가지였다. 엄마는 내게 질문하는 모든 사람과 싸웠다.

우리 애한테 무슨 일이 있었는데요?

복어처럼 몸을 부풀린 엄마가 소리쳤다.

우리 애한텐 아무 일도 없었어요. 남자애들끼리 좀 치고받고 놀 수도 있죠. 괴롭힘을 당했다니, 대체 누가요? 있지도 않은 일을 가지고 지금 우리 애를 살인범 취급하는 건가요?

엄마가 소리치는 동안 나는 가만히 서 있었다. 누구에게도 동조하지 않고 어디에도 시선을 두지 않았다. 두 팔을 원숭이처럼 늘어뜨린 채 서 있다가 누가 어깨를 두드리면 그 자세 그대로 꾸벅 인사했다. 소란은 소문으로 이어졌다. 누군가는 소문을 불신하고 누군가는 소문을 맹신했다. 소문 속에서 나는 승규의 정강이를 걷어차기도 하고 승규를 등뒤에서 힘껏 떼밀기도 했다. 학교 복도나 급식실에서 했다면 대수롭지 않을 행동들이었으나 난간이 없는 옥상에서는 그렇지 않았다. 그만큼 당했으니 동주 걔도 한 번쯤은. 암만 억울해도 인간이 어떻게 그러냐. 누군가는 동조하고 누군가는 비난했다. 매일매일이 소란했다. 아무것도, 아무 말도 하지 않는 사람은 나뿐이었다.

*

    고등학교에 입학한 해 봄의 일이었다. 여자가 이틀 연속 나를 찾아왔다. 그전처럼 내 이름을 부르거나 통곡하지 않고 그저 바라만 보았다. 학교 맞은편에 있는 문방구 차양 아래에서 몸을 잔뜩 옹송그리고 있다가 내가 교문을 나서면 말없이 뒤쫓았다. 거대한 혹 같은 게 등뒤에 붙은 기분이었다. 나는 섣불리 뛰지도 방향을 바꾸지도 못한 채 걸었다. 집에 도착해 계단을 오를 즈음엔 여자는 어느새 사라지고 없었다.

    사흘째 되던 날엔 비가 왔다. 여자는 커다란 우산을 들고 차양 아래 서 있었다. 우산보다는 파라솔에 가까운 크기였다. 나는 교문을 나서자마자 문방구를 향해 걸었다. 차양 아래 여자와 나란히 섰다. 여자의 시선에서 벗어날 방법을 몰라서였다. 나란히 서거나 여자 뒤에 서면 집요한 시선에서 벗어날 수 있을 것 같았다. 여자는 미동도 없이 서 있다 불쑥 말했다.

    교복, 잘 어울린다.

    여자의 머리 위쪽 차양이 불룩하게 늘어져 있었다. 빗줄기가 가는 봄비인데도 고인 빗물 양이 상당했다.

    우리 승규한테도 잘 어울렸겠지.

    우산 끝으로 차양의 가장 팽팽한 부분을 찌르는 상상을 하며 나는 여자의 말을 들었다. 언제쯤 진실을 말해줘, 라고 소리칠까. 나는 어떤 식으로든 여자가 원하는 진실을 말해줄 수 없었다. 엄마나 변호사가 원하는 진실도 내겐 없었다.

문득 이상하단 생각이 들지 뭐니. 이상하다 이상하다 생각하다보니 도무지 끝이 나질 않는 거야.

여자가 숨을 골랐다.

승규가 사고를 당했을 때, 네가 119를 불렀지? 사람이 떨어졌어요. 너는 그렇게 말했어. ……왜 너는 사람이라고 했니. 친구도 승규도 아니고 왜 그냥 사람이라고만. 그날 출동했던 구급대원도 그랬지. 승규를 구급차로 옮긴 뒤 네게 물었다고 했어. 가족이나 친구냐고. 그럼 구급차에 함께 타라고. 그때도 너는.

구급차 뒤칸을 활짝 열어둔 상태에서 구급대원은 내게 말했다. 친구분, 어서 타세요. 나는 아니라고 말했다. 아니라고. 나는 그 사람의 가족도 친구도 뭣도 아니라고. 구급차가 떠난 뒤에 나는 좁고 긴 흙길을 오래도록 걸어 집으로 갔다. 평소처럼 이를 닦고 샤워를 하고 손과 발에 크림을 바른 뒤 잠자리에 들었다. 배터리가 다 된 핸드폰도 충전하지 않았다. 승규가 죽었다는 얘기는 다음날 엄마를 통해 들었다. 경찰이 사정 청취를 하러 올 거란 얘기를 듣자마자 엄마는 변호사부터 알아봤다.

너는 거기서 대체 뭘 했니.

그날 엄마가 내게 물었던 것과 똑같은 것을 여자가 물었다.

아무것도, 라고 나는 말해왔다. 엄마와 변호사에게 거듭 같은 말만을 했다. 아무것도 하지 않았어요. 아무 일도 없었어요. 여자의 머리 위로 터질 것처럼 부푼 차양을 바라보며 나는 대답했다.

동전을 주웠어요.

떨어진 것은 동전이었다. 나는 그 높은 곳에서도 그 동전이 승규의 주머니에서 튀어나와 날카로운 소리를 내며 굴러가는 소리를 들었다. 동전이 흙바닥을 구를 때마다 뾰족하고 각진 마찰음이 끼깍 깍 끼이이익 깍 울렸다.

나는 계단을 따라 아래로, 아래로 내려갔다. 사방에서 풀썩이며 시멘트 가루가 날렸다. 건축자재가 아무렇게나 널린 곳에 승규가 누워 있었다. 나는 그쪽을 쳐다보지 않으려 애썼다. 핸드폰 손전등을 켜 바닥을 비추자 멀지 않은 곳에서 빛이 반사되었다. 다가가니 얼굴이 동그란 호랑이가 삐뚜름하게 고개를 기울이고 있었다. 웃는 얼굴이었다. 앞? 뒤? 나는 그렇게 중얼거리며 동전을 주웠다. 아무도 대답하지 않았다.

\*

여자가 함박스테이크를 주문한다. 구운 파인애플을 도막도

막 잘라놓고 먹지 않는다. 노른자를 터뜨려 끼얹은 고깃덩어리를 죄다 으깨놓고 먹지 않는다. 여자는 물끄러미 나를 쳐다본다. 비린 것을 물고 삼키지도 뱉지도 못하는 표정으로 나를 본다. 동주야. 여자는 내가 지나다닐 때마다 작은 목소리로 나를 부른다. 나는 못 들은 척 움직인다. 요란한 소리를 내며 접시를 치우고 덜걱대며 테이블을 닦는다. 간이 싱크대에서 찻잔을 씻다가 커피잔을 하나 깬다.

폐점 시간이 될 때까지 여자는 움직이지 않는다. 으깬 고깃덩어리를 전시하듯 접시 위에 펼쳐놓고 다만 앉아 있다. 주방에서 나온 남자가 여자를 흘긋 바라보고는 신고해줄까, 묻는다.

아는 여자냐?

아뇨.

모르는 사람이에요. 내 대답에 남자의 얼굴이 한층 신중해진다. 앞치마를 돌돌 말아 손에 쥐고는 여자에게 다가간다. 나가요. 남자는 언제나 말이 짧다. 문 닫을 시간이니까 나가요. 여자가 잠자코 자리에서 일어난다. 체리색 나무문이 열리고 녹슨 풍경이 절그럭거린 뒤 사방이 고요해진다. 남자가 화가 난 얼굴로 엉망이 된 접시를 들고 온다.

음식에다 이게 뭔 짓이야. 너 진짜 모르는 사람 맞지?

몰라요.

나는 진심을 담아 말한다. 알 리가 없다. 이미 으깨진 것을 기어코 한번 더 으깨놓는 사람의 마음 같은 건.

미도파는 매표소보다 십 분 늦게 불을 끈다. 인사하러 들른 매표소 직원의 보온병에 팔고 남은 옥수수수프를 담아준다. 콩나물국을 담아줄 때도 있다. 나이가 지긋한 매표소 직원은 주방 남자의 먼 친척이라고 했다. 직원의 어린 아들이 터미널에서 놀다가 후진하는 고속버스 뒷바퀴에 깔려죽었다는 얘기를 손님들에게 들었다. 저 사람이 원래 길 건너 모텔에서 청소일 하던 사람이었단 말이야. 아들 죽고 나서 보상 차원으로 이런저런 얘기가 오가다 터미널 정직원으로 취직시켜주겠단 얘기가 나온 거지. 같은 테이블에서 콩나물국밥을 퍼먹고 있던 손님들이 와글와글 떠들어댔다. 그래도 아들 죽은 곳에서 어떻게 그래. 목구멍이 포도청이지, 그럼 손가락 빨다 아들 따라 죽나? 테이블 위로 순식간에 비난과 동정이 넘쳐났다. 뭐가 어쨌든 저 사람 속은 어떻겠어. 함부로 말하지들 말자고. 누군가의 말에 사람들이 짐짓 근엄한 표정으로 고개를 끄덕일 때였다. 주방에서 나온 남자가 그릇 가득 담긴 뻥튀기를 테이블 중앙에 던지듯 내려놓았다. 남자는 매표소 직원이 작년에 근속 삼십 년 기념 시계를 선물 받았다고 말했다. 직원의 아들은 어릴 때 터미널에 놀러왔다가 버스 뒷바퀴에 다리가 깔린 이래로 터미널 근처에 얼씬도 하지 않는다고, 당연히 살아 있다고 말했다. 남자의 말에 손님들은 겸연쩍어하면서도 끝까지 우겼다.

사람이 잘못 알 수도 있는 거지, 그게 뭐 대수라고.

그건 대수로운 일이다. 사람에 대한 말은 어떤 것이든 다 대수롭다.


나는 나무문을 밀고 나와 오픈 팻말을 뒤집어놓은 뒤 퇴근한다. 터미널 안은 온통 캄캄하다. 터미널 밖도 캄캄한 건 마찬가지다. 나는 가로등 아래 빛이 고인 지점만 골라 밟으며 우산에 대해 생각한다. 내가 훔쳤던 좋은 것, 내 손을 마주잡고 은근한 온기를 전해주던 길이 든 가죽에 대해 생각한다. 하지만 그 역시 죽은 동물의 껍데기에 불과하다.

나는 집을 향해 걷는다. 마른 풀로 뒤덮인 들판을 가로질러, 좁고 긴 흙길을 걷는다. 몇 차례 잔불이 인 탓에 들판 군데군데가 검게 그을려 있다. 불은 모두가 잠든 새벽 치솟았다가 흙덩이에 막혀 시름시름 꺼졌다. 풀이 새까맣게 변했을 뿐 달라진 건 없다. 흐릿한 탄내를 맡으며 나는 걷는다. 여자가 여남은 걸음 뒤에서 나를 쫓고 있다. 여자는 불 꺼진 대합실에서 마르고 긴 팔로 자신의 몸을 꼭 끌어안은 채 내가 나오길 기다리고 있었다. 나는 돌아보지 않고 걷는다. 갈림길이 나올 즈음 여자의 걸음이 빨라진다. 동주야. 크게 숨을 들이쉰 여자가 나를 부른다.

동주야.

나는 멈춰 선다. 항상 멈추고 듣고 대답하는 쪽이었으니까 이번에도 그렇게 한다. 소란한 미도파 안에서는 못 들은 척할 수 있지만 여기선 아니다. 공사가 중단된 상가 건물 코앞에서, 들판의 마른 정적 안에서 나는 멈춘다.

네게 꼭 할 말이 있어.

여자가 다가와 내 앞에 선다. 나는 몸에 힘을 빼고 팔을 원숭이처럼 늘어뜨린다. 여자와 시선을 맞추지 않기 위해 노력한다. 여자가 손을 뻗어 내 손을 잡는다. 이미 죽어버린 동물처럼 여자의 손은 차갑고 딱딱하다. 미안하다. 여자가 말한다. 오랫동안 나를 괴롭게 만들어 미안했다고, 이제 자신은 성동을 떠날 것이라고 말한다. 남편은 계속 돈가스 가게를 할 테지만 자신은 아니라고, 섬에 있는 친정으로 돌아가 해풍 맞은 시금치를 키우며 살 거라고 말한다.

그동안 정말 미안했다. 진심이야.

여자가 말한다. 그러고는 뒤돌아 걷기 시작한다. 무겁지도 가볍지도 않은 걸음걸이다. 흙길이 끝날 즈음엔 무슨 일이 있었는지도 잊어버릴 것처럼 평범하다.

나는 처음으로, 여자에게 진실을 알려주고 싶다고 생각한다.

그날 나는 승규와 단둘이 옥상에 있었다. 처음엔 여섯이었다. 승규가 동전을 던지면 환호하던 무리가 폐건물에 함께 있었다. 해가 지면서 하나둘 자리를 떠나고 마지막엔 승규와 나둘만 남았다. 밤이 늦어도 집에서 찾는 전화가 오지 않는 건 승규와 나 둘뿐이었다. 승규는 계속 계단을 올라가며 강아지 부르듯 나를 불렀다. 동주야, 쭈쭈쭈, 이리 온, 쭈쭈쭈. 옥상에 도착한 뒤엔 늘 그래왔듯 주머니에서 동전을 꺼냈다.

앞? 뒤?

승규가 물었다.

호랑이.

내가 답했다. 동전을 까부르던 승규의 손이 잠시 멈췄다.

호랑이?

승규가 다시 물었고,

호랑이.

내가 다시 답했다. 이 새끼 봐라. 승규가 비죽거리며 동전을 허공으로 던졌다. 평소보다 훨씬 높이, 떨어지는 타이밍을 가늠하기 어려울 정도로 세게. 동전이 시멘트 바닥으로 떨어져 날카로운 소리를 내며 굴렀다. 승규는 구르고 있는 동전을 콱 밟아 누른 뒤 쭈쭈쭈, 하고 나를 불렀다. 동주, 컴 온.

이게 호랑이가 아니면 말이야.

승규가 말했다.

이게 호랑이가 아니면, 넌 아구창을 존나 쎄게 맞는 거야. 어금니가 깨지도록 존나 쎄게. 마지막으로 딱 한 번 기회를 줄게. 앞? 뒤?

……호랑이.

승규가 슬금슬금 발을 뗐다. 무궁화가 잔뜩 그려진 단면이 천천히 드러났다. 운도 존나게 없는 새끼. 승규가 낄낄대며 내게 다가왔다. 나는 뒷걸음질쳤다. 난간이 등에 닿을 때까지 주춤주춤 물러섰다. 동전을 바지 주머니에 챙겨넣은 승규가 양어깨를 번갈아 돌리며 풀었다. 요란하게 손목을 턴 뒤엔 오른손 주먹을 꽉 쥐었다. 왼손이 오른 손목을 단단히 움켜쥐고 있었다. 오락실 앞에 있는 펀치 기계를 칠 때와 똑같은 자세였다. 승규가 상체를 뒤로 깊게 물린다 싶더니 있는 힘껏 주먹을 내질렀다. 동시에 나는,

자리에 쪼그려앉았다.

맞고 싶지 않다고 생각했다. 그뿐이었다.

균형을 잃은 승규가 허공으로 고꾸라진 건 순식간이었다. 내 몸에 다리가 걸리면서 하체가 붕 떴다. 썩고 축축해진 합판 벽이 무게에 밀려 부서졌다. 승규는 비명을 지를 새도 없이 아래로 떨어졌다.

나는 그 모든 장면을 똑똑히 기억했다. 그러나 기억은 언제

고 형태를 바꿔 나를 끌어들였다. 옥상 위 그 자리로 끝없이 나를 불러들였다. 어느 때의 나는 승규의 주먹에 얻어맞아 어금니가 깨졌다. 깨진 단면에 혓바닥을 깊게 베여 입안 가득 피가 고인 채 옥상에서 내려왔다. 승규와 함께였다. 어느 때의 나는 승규에게 휩쓸려 공사장 바닥으로 굴러떨어졌다. 어느 때의 나는 내 머리 위로 막 넘어가려는 승규의 다리를 붙잡았다. 정강이를 꽉 끌어안고 승규의 무게를 견뎠다. 그리고 어느 때의 나는, 쪼그려앉은 채 승규의 정강이를 힘껏, 있는 힘껏 밀쳤다.

거듭되는 상상은 현실보다 혹독했다. 나는 수없이 승규를 붙들고 수없이 승규를 밀쳤다. 매 순간 나는 필사적이었다. 오롯이 진심이었다.


여자는 흙길을 잘도 걸어간다. 넓은 보폭으로 흔들림 없이 앞을 향해 걷는다. 여자는 승규의 마지막이 어땠는지 끝까지 모른 채 살 것이다. 승규가 마지막의 마지막에 어떤 표정으로 나를 마주했는지 모른 채 섬에서 시금치들을 돌볼 것이다. 고요히 평화롭게 늙어갈 것이다. 그를 위해 나는 아무것도 하지 않는다. 끝끝내 아무 말도 하지 않는다.

바늘 끝에서 몇 명의 천사가

남자는 딱 한 번뿐이라고 말했다.

네가 어떻게 사는지 궁금해 들어갔다 그 침대 위에서 딱 한 번 울고 나왔을 뿐이라고.

남자의 말은 하진을 공포에 질리게 만들기 충분했다. 하진은 자신의 집에 누구도 들인 적이 없었다. 가족들조차 하진의 집 비밀번호를 몰랐다. 아니, 하진의 집주소를 아는 사람 자체가 드물었다. 남자 역시 조교 신분을 남용해 하진의 개인정보를 뒤져보지 않았다면 몰랐을 것이었다. 남자는 하진의 대학 선배이자 학과 조교였으나 하진에겐 그저 타인이었다. 하진은 행정 조교라는 직함 외에 남자의 이름조차 몰랐다. 그런 남자가, 하진의 집 앞에서 주거침입 혐의로 경찰에 붙잡힌 채 하진에게 '네가 궁금해서 그랬다'고 말하고 있었다.

—네가 날 한 번이라도 봐줬다면 내가 이런 짓까지 했겠냐? 내가 너무 억울하고 슬퍼서, 진짜 딱 한 번, 아무것도 안하고 진짜 딱 한 번 울고 나왔다.

남자의 목소리는 애원조였으나 내용은 정반대였다. 하진이 마지막으로 남자를 본 건 반년 전이었다. 과 사무실 앞 게시판에 강연 홍보물을 붙이고 있던 남자 옆을 하진이 지나쳤다. 몸을 돌린 남자가 홍보물에 적힌 이름을 가리키며 하진에게 말했다. 다음 학기에 이 사람이 전공 강의를 할 거다. 하진은 짧게 고개를 끄덕여 응수했다. 전 다음 학기 휴학해요. 하진은 휴학했고 연말인 지금까지 학교에 한 번도 가지 않았다. 그 짧은 대화의 어디가 '이런 짓'을 해야 할 이유가 되는지 하진은 알 수 없었다.

경찰은 로맨티시스트였다. 하진에게 그것은 사랑 때문이라고, 사랑은 누구도 어찌할 수 없는 불가항력이라고 말했다. 하진이 남자와 제대로 된 얘기를 해본 적조차 없다고 설명해도 막무가내였다. 짝사랑은 괴롭지. 괴로우면 이럴 수 있어. 머리가 희끗희끗한 중년의 경찰이 뒷짐을 지고 서서 흥얼거렸다. 찬찬히 잘 봐봐요, 인연이라는 게 별거 아냐. 생각지도 못한 곳에서 튀어나온다니까? 하진은 남자가 집 비밀번호를 어떻게 알았겠느냐고, 어딘가에 숨어서, 며칠이고 숨죽여 자신을 지켜보며 여덟 자리 숫자를 하나씩 빼내지 않았겠느냐고 항변했다.

─사랑이 그래. 사랑이, 사람을 아주 끈기 있게 만들어.

경찰이 흥얼대며 남자의 어깨를 툭 쳤다. 이상하게 친근하고 이상하게 여유로워 보이는 행동이었다. 그리고 그들의 기이한 공조가 하진을 주눅들게 만들었다. 같이 출동한 경찰이 뭐라고 입을 열려는 찰나 남자가 말했다.

─잘못했습니다.

남자가 훌쩍거리며 공손히 고개를 숙였다. 하진이 아니라 경찰을 향해서였다.

─정말 잘못했습니다. 깊이 반성하고 있습니다.

그래, 젊은 사람이 말이야. 진짜 이러면 안 되는 거야. 경찰이 남자를 다독이고, 남자가 경찰의 훈계에 고개를 끄덕이며 굽신대는 모습을 하진은 기가 막힌 채 바라보았다. 경찰이 왜 남자의 사랑을 대변하고 있는지 모를 일이었다. 게다가 남자는 왜 자신이 아닌 처음 보는 경찰에게 잘못을 고백하고 용서받고 있을까. 하진의 집에 불법 침입이 일어났고 하진이 신고해 범인을 잡았음에도 모든 처리 과정에서 정작 하진만이 배제된 느낌이었다.

—집 앞은 현장이 아니래요.

어찌 됐느냐고 묻는 옆집 사람에게 하진은 말했다. 경찰이
돌아가면서 상황이 맥없이 끝나버린 참이었다.

—집안에 들어가 있는 걸 잡으면 현장인데, 집 앞에 서 있
는 건 현장이 아니래요. 내 집 도어록에 불이 들어와 있었는데
도, 그게 다르대요.

경찰이 도착했을 때 남자는 이미 하진의 집에서 나와 계단
을 내려오고 있었다. 남자는 아무 경고 없이 훈방되었다. 상습
범인데도요? 옆집 사람이 놀랍다는 듯 되물었다. 침입 증거가
없대요.

옆집 사람은 어제 음식물 쓰레기를 버리러 나가던 하진을
불러 세웠다. 복도에서 오래 기다린 듯 뺨이 붉게 얼어 있었
다. 괜찮아요? 다짜고짜 묻는 바람에 하진은 당황했다. 옆집
사람과 마주한 것도, 말을 나누는 것도 그때가 처음이었다.

—낮에, 너무 크게 울길래요.

하진은 오전 10시부터 오후 5시까지 피자집에서 매니저로
일했고 오후 6시부터 9시까지 일주일에 세 번 과외를 했다.
휴무일에는 종일 도서관에 있었다. 그런데도 옆집 사람은 한
낮에 자주 음악소리가 들린다고 했다. 텔레비전 소리가 크게
울리는 날도 있고, 고함소리가 들리는 날도 있다고. 그런데 아

까는 한 시간 넘게 꺼이꺼이 울더라고요. 그…… 옆집 사람이 잠시 말을 고른 뒤 덧붙였다. 그, 남자분이요.

하진의 낯빛이 변하자 옆집 사람은 제일 먼저 물었어야 할 것을 뒤늦게 물었다.

─누군가와 함께 사시는 것 아니었나요?

─나는 아무와도 안 살아요.

하진이 후들후들 떨며 제자리에 주저앉았다. 손에서 놓친 음식물 쓰레기 봉투가 바닥으로 떨어져 내용물이 흩어졌다. 꽁꽁 얼어 있는 밀가루떡과 단무지 같은 것들을 옆집 사람이 조심스레 그러모아 봉투에 도로 넣어주었다.

옆집 사람의 얘기를 들은 뒤 하진은 집안 모든 곳을 뒤졌다. 선반 위와 책장 안, 싱크대 위와 수납장 안의 물건들을 전부 끄집어냈다. 하진은 전등갓을 벗겨내 안팎을 살폈다. 가전제품을 일일이 뒤집어보고 선반 아래를 더듬었다. 화장실과 옷이 걸려 있는 행거 주변을 샅샅이 뒤졌다. 벽지가 들떠 검게 벌어진 구멍과 가구에 박힌 나사못을 손톱이 뒤집힐 때까지 긁고 떼어내고 돌려봤다. 어디에서도 카메라가 나오지 않자 하진은 잠시 안도했으나 이내 새로운 불안에 휩싸였다. 그럼 대체 누가? 왜? 무엇을 하면서 어디에, 얼마나 머무른 거지? 하진은 뜬눈으로 밤을 새우고 날이 밝자마자 도망치듯 집을 나섰다.

집안은 서늘했다. 하진은 창문을 모조리 열어 12월의 바람이 집안을 휩쓸도록 내버려두었다. 실내는 이미 엉망이었다. 하진은 어제의 자신을 원망했다. 경솔했다. 남자는 엉망이 된 집안을 보고 서둘러 밖으로 나갔다. 극도의 혼란에 빠졌던 어제의 하진이 오늘의 남자를 현장에서 도망치게 해준 셈이었다.

정신 차려. 하진은 집안을 정리하며 곳곳에 말을 심었다. 정신 차려, 서하진. 증거를, 증거를 잡아야 해. 하진은 수납 상자 안에서 구형 핸드폰을 끄집어냈다. 그것에 CCTV 앱을 깔고 책장 꼭대기에 설치하며 하진은 입술을 꼭꼭 물었다. 내일은 외부용 CCTV를 사서 현관 앞에 달자. 남자가 다시 침입한다면, 그래서 핸드폰에 증거가 남는다면 하진은 이것을 사랑 운운하던 경찰 면전에 집어던질 작정이었다. 카메라를 눈치채고 남자가 핸드폰을 부수거나 훔쳐가버린다면 침입 정황은 오히려 확실해진다. 하진은 카메라 각도가 잘 맞는지 수차례 확인하며 핸드폰 위치를 조정했다.

그러다 문득, 하진은 책장 꼭대기에 매달리듯 기대 있던 몸을 뗐다. 딛고 선 의자가 덜걱거렸다. 다시, 다시라고? 하진이 딱딱하게 굳은 얼굴로 주위를 둘러보았다. 남자가 정말로, 또 이 집에 침입한다면 그땐 어떻게 하지? 내가 없는 한낮이 아니라 잠들어 있는 새벽에 저 문을 열고 성큼성큼 들어선다면?

의자에서 내려서던 하진이 크게 비틀거렸다. 침대에 무릎이 닿자 소스라치게 놀랐다.

남자가 여기, 이 침대에 앉아서 울었나?

여기 누워서 텔레비전을 보았나? 저 의자에 발을 얹고 누워 고함을 질렀을까? 방안의 모든 사물이 돌연 낯설게 느껴지기 시작했다. 어딘가에 남자의 흔적이, 체액이, 지문과 체온과 축축한 숨 같은 것이 남아 집요하게 하진을 노려보는 것 같았다. 하진은 뒷걸음질쳤다. 그러나 어느 곳에도 몸을 숨길 수 없었다. 남자가 여전히 이곳에 있었다. 집안 모든 곳에.

현장을 잡겠다는 오기는 순식간에 사라졌다. 이곳은 현장 같은 게 아니라 하진의 공간이었다. 하진이 무방비하게 몸을 펼치고 시간을 보내고 일상을 누비던, 하진과 완전히 밀착된 삶의 공간이었다. 하진은 온몸을 짓누르는 공포 속에서 깨달았다. 남자의 침입으로 인해 하진은 자신만의 내밀한 공간을 상실했다. 남자는 아무것도 부수지 않는 방식으로 하진의 공간을 완전히 훼손한 것이다. 그의 말대로라면 딱 한 번의 침입만으로.

비명을 지르며 집에서 뛰쳐나온 하진 앞을 누군가 가로막았다. 옆집 사람이었다. 두꺼운 패딩 점퍼를 입고 있었음에도 복도에서 오래 기다린 듯 뺨이 붉고 입언저리가 푸르게 얼어 있었다.

─나도 집에 도둑이 든 적 있어요.

옆집 사람은 집으로 도로 뛰어들어가지도, 자신을 밀치고 밖으로 뛰쳐나가지도 못하는 하진을 바라보며 말했다.

─어느 날 집에 들어갔는데 거실에 새카만 발자국이 몇 개나 찍혀 있는 거예요. 사라진 물건도 없고 어디를 뒤지거나 망쳐놓은 흔적도 없었어요. 그냥 발자국만 남아 있었죠. 근데 그게, 그렇게 무서운 거예요. 내 집 천장과 사방 벽이 통째로 뜯겨나간 기분이랄까. 한 달 넘게 집에 들어가질 못하다가 결국 다른 집을 구해 이사했어요.

옆집 사람이 뒤로 한 걸음 물러섰다. 어느 방향으로 가도 좋다는 듯 하진과의 사이에 충분한 거리를 벌려둔 상태였다. 그러고는 천천히 손을 뻗어 자기 집 현관문을 가리켰다.

─우리집으로 올래요?


옆집 사람은 답답하다 싶을 만큼 느리게 움직였다. 현관문을 열고 먼저 집안으로 들어가서는 하진에게 슬리퍼를 내주었다. 정작 자신은 맨발이었다. 하진은 쿠션 여러 개와 좌식 테이블이 놓여 있는 거실 안쪽에 앉았다. 하진에게서 멀찌감치 떨어진 뒤에야 옆집 사람 행동에 조금씩 속도가 붙었다.

하진은 옆집 사람이 내놓은 구운 귤을 바라보았다. 가로로 두껍게 잘라 표면이 바삭해질 때까지 구운 귤이었다. 아무것도 타지 않은 뜨거운 물 한 잔과 구운 귤. 하진은 어느 것에도 손대지 않았다.

내가 왜 여기에 있을까. 하진은 다시금 십 분 전의 자신을 원망했다. 경솔했다. 옆집 사람에게 아무와도 살지 않는다는 얘길 왜 해버렸을까. 이 사람이 이렇게까지 친절한 건 뭔가를 숨기기 위함이 아닐까. 대체 왜 나를 기다렸나. 애초에 이 사람은 내 집에서 나는 소리에 왜 그렇게까지 귀를 기울였지?

빠르게 잔가지를 뻗는 의심 속에서 하진은 망설였다. 그럼에도 무언가가, 틀림없이 익숙했다.

환한 집안에 들어와서야 정확히 마주한 옆집 사람 얼굴은 분명 하진의 기억 속에 있었다. 흐리고 끝이 둥근 눈썹과 동그랗게 여문 코끝. 납작한 물음표 모양의 귀가 머리통 쪽으로 바짝 누운 것도, 미묘한 각도의 주걱턱도 분명 기억에 있었다. 어디서 봤지. 하진은 다른 의미로 혼란스러워졌다. 아는 사람과 모르는 사람 중 어느 쪽이 더 위험한지 가늠할 수가 없어서였다.

—노지 귤이라 달지 않길래 좀 구웠어요. 불에 구우면 단맛이 강해지거든요.

옆집 사람은 테이블을 사이에 두고 하진과 대각선 자리에 앉았다. 표정과 움직임이 전부 노출되지만 하진에게 곧장 손을 뻗을 수는 없는 위치였다. 그가 시선이 어긋나도록 상체를 돌려 앉는 통에 하진은 길고양이라도 된 기분이었다. 나는 위험하지 않아. 네게 손대지 않을게. 자신의 호의가 우월감에서 비롯되지 않았음을 강조하는 듯한 저런 태도를, 하진은 이전에도 본 적이 있었다. 자연스럽고 당연하게 상대방을 배려해주던 행동. 그러나 어딘가 무례할 정도로 천진하고 거침없던 호의. 수십 개로 조각나 있던 기억이 달칵, 소리를 내며 맞물렸다. 얼굴과 장면과 이름이 동시에 떠올랐다.

　—유영?

옆집 사람 얼굴에 경계의 빛이 서렸다. 순간적으로 새어나온 날것의 감정에 하진은 비로소 안도했다. 저 사람도 나를 경계하고 있어. 하진은 잔뜩 웅크리고 있던 몸을 조금씩 풀었다. 상대방의 날 선 경계가 지나치게 견고한 선의보다 훨씬 인간적으로 느껴졌다. 상대방과 비로소 동등해진 느낌이었다.

구운 귤 쪽으로 손을 뻗는 하진에게 옆집 사람이 물었다.

　—나를 알아요?


*


하진의 중학교 시절은 참혹했다. 누구도 직접적으로 괴롭히지 않았으나 그렇다고 해서 참담함이 사라지는 건 아니었다. 하진은 그게 문제라고 생각했다. 뼈가 부러지거나 피부가 뭉개졌다면 하진은 어렵지 않게 이해받았을 것이다. 보호받고 치료받았을 것이다. 그러나 하진의 고통은 하진만이 알았다. 하진은 사춘기라는 단어를 경멸하며 그 시절을 보냈다. 아무나 손쉽게 내뱉는 무책임한 단어가 하진을 정의하는 게 싫었다. 근본적으로 아무것도 해결되지 않았음에도 사람들은 사춘기라는 단어를 듣는 순간 제멋대로 상황을 납득하며 등을 돌렸다.

—거짓말 아니니?

보건교사가 하진을 불러다 그렇게 물은 것도 같은 맥락일 것이었다. 보건교사는 검사 결과지를 이리저리 훑어보며 하진에게 물었다. 장난으로 쓴 건 아니지? 사람들한테 관심받고 싶어서 이런 건 아니지? 정말, 진지하게 대답한 거 맞니? 하진은 입을 다물었다.

학교에서 의무적으로 시행한 심리검사에서 위험 등급을 받은 사람은 하진의 학년에서 모두 네 명이었다. 두 명은 장난이었다고 떠들고 다녔으므로 오히려 화제가 되지 않았다. 하진과 3반의 누군가를 두고 아이들이 수군거렸다. 그럼 쟤 자살하는 거야? 하진은 수업시간 도중 자신을 불러낸 보건교사를 저주하며 복도를 걷고 수업을 듣고 화장실에 갔다. 안 죽어, 안 죽는다고. 하진은 노트에 빼곡히 그런 글자들을 써넣었다. 누가 죽어줄 줄 알고?

보건교사는 하진의 담임선생에게, 담임선생은 하진의 부모에게 검사 결과를 알렸다. 보건교사는 청소년 심리 상담 센터로 하진을 보냈다. 엄마가 걱정스러운 얼굴로 당연하다는 듯 따라왔다. 상담실에서 하진은 아무 말도 하지 않았다. 센터장인지 의사인지 단지 직원인지조차 알 수 없는 남자가 피로에 찌든 얼굴로 하진을 바라보며 물었다. 대답하고 싶지 않니? 그럴 기분이 아니야? 하진의 엄마가 하진에게 바짝 다가앉으며 하진을 달랬다. 괜찮아. 괜찮으니까 선생님한테 다 얘기해보렴. 하진은 짧은 시간 동안 많은 질문을 견뎠다. 어휘만 조금씩 다를 뿐 모두 같은 내용이었다. 남자는 전문 병원에서 정기적 상담을 받으라고 권했다. 여기서 해줄 수 있는 말은 그게 전부라고.

상담실을 나온 하진은 노란색과 파란색 벽으로 둘러싸인 대기실에 앉았다. 의자 여남은 개가 놓여 있을 뿐 을씨년스러운 공간이었다. 엄마는 직원에게 무언가를 묻고 어디론가 부산하게 전화를 걸었다. 분한 마음이 솟은 건 그때였다. 분명 자신의 의지로 침묵했음에도 누가 입과 숨을 틀어막고 있었던 것처럼 가슴이 답답했다. 하진이 작게 헐떡이며 상체를 구부렸다.

—웃기지도 않아. 부모하고 같이 상담을 받으라니.

누군가 하진 옆에 털썩 주저앉았다. 다리를 앞으로 쭉 뻗어 발목을 돌리고 발끝을 까닥였다. 3반의 유영. 하진은 유영을 알았다. 아이들이 그만큼 수군대면 도무지 모를 수가 없었다.

—애초에 부모 때문이 아니면 내가 이런 델 왜 오겠냐고. 안 그래?

유영이 투덜거리며 동조를 구하듯 하진을 바라봤다. 상담, 받았어? 하진이 묻자 유영은 고개를 흔들었다. 엄마가 안 왔어. 부모 없인 상담 못 받는대.

둘은 앞을 보고 앉아 가만히 숨을 골랐다. 복도에 울리는 하진의 엄마 목소리가 점차 커지고 있었다. 명치께가 다시금 꽉 조여왔다. 하진이 숨을 몰아쉬자 유영이 하진의 손을 잡았다. 내려다보지 않아도 알 수 있었다. 유영의 손은 아주 희고, 뼈마디가 가늘고, 손톱이 아주 짧게 잘려 있을 것이었다. 거스러미가 뜯긴 자국이 발갛게 달아올라 있을 것이었다. 유영은 하진을 돌아보거나 괜찮냐고 묻지 않았다. 노랗고 파란 벽의 이음매를 살피듯 그저 앞만 보고 있었다.

엄마는 딱 한 번뿐이라고 말했다.
너를 죽이려 한 건 딱 한 번의 실수였다고.

아빠가 집을 나간 것이 도화선이 되었으나 이전에도 그들은 사이좋은 부부가 아니었다. 하진의 부모는 집안 모든 곳에서 모든 문제를 두고 다퉜다. 끊임없이 서로의 자존심을 뭉개고 비난하고 이기죽거렸다. 니 부모, 너네 가족, 니 딸, 네 잘난 자존심, 네까짓 게 어디서 감히, 같은 말들을 주로 썼다. 싸움이 좀처럼 끝나지 않을 때면 그들은 화난 기색을 숨기지 않고 하진을 불러 다그쳤다. 네가 말해. 너 아빠 따라갈 거야? 엄마랑 살 거야? 너 지금 저딴 인간이랑 살겠다는 거야? 너도 똑같은 년이로구나! 하진이 울음을 터뜨리면 그제야 할일을 다 했다는 듯 각자의 방으로 흩어졌다. 누구도 하진을 데리고 들어가지 않았다.

하진의 아빠는 철저한 사람이었고 가출 역시 그러했다. 옷가지와 가방, 넥타이는 물론 장식장의 양주들까지 빠짐없이 챙겨갔다. 신발장 위에 늘어놓았던 향수와 서재의 만년필 보관함까지 전부. 아빠가 챙겨가지 않은 건 하진뿐이었다. 하진의 엄마는 물건이 빠져나간 빈 공간의 문을 죄다 열어두었다. 하진이 실수로라도 문을 닫으면 길길이 날뛰며 소리쳤다.

한 달이 채 지나지 않아 하진의 엄마는 직장 권유로 휴직계를 냈다. 아빠 직장에 불쑥 찾아가 로비를 서성였고 아무 병원이나 찾아다니며 아프다고 호소했다. 약 봉투가 쌓여갔으나 엄마는 어떤 약도 먹지 않았다. 보다못한 이모가 집으로 들어와 엄마와 하진을 돌봤다. 언니가 정신 차려야지. 하진이는 어쩌라고 이래. 이모는 때로 엄마를 다그쳤다. 이 모든 과정을 하진은 빠짐없이 목격했으나 누구도 하진에게 사정을 설명해주지 않았다. 넌 방에 들어가 있어. 엄마도 이모도 하진에겐 한결같이 그렇게 말했다. 아빠가 집을 나간 뒤에도 엄마는 아빠와 끝없이 싸웠다. 하진은 전화기에 대고 소리치는 엄마의 말만을 들었다. 너, 내가 반드시 후회하게 해줄 거야. 네 새끼 죽여버리고 나도 콱 죽어버릴 거야!

그리고 엄마는 그렇게 했다.

하진은 자신의 방문이 열리는 순간부터 깨어 있었다. 아주 어릴 때부터 하진은 깊이 잠들어본 적이 없었다. 오랫동안 뒤척이다 잠들었고 작은 소리에도 쉽게 깼다. 엄마는 조심스레 방으로 들어왔다. 거실 불빛이 방으로 새어들어 하진은 바들거리는 눈꺼풀을 들키지 않으려고 애썼다. 엄마가 옆에 앉았는지 침대에 누운 하진의 몸이 오른쪽으로 기울었다. 이마에 닿은 엄마 손에서 선득한 냉기와 물기가 흘렀다. 눈을 뜰까 말까. 하진이 고민하는 사이 엄마의 손이 아래로 내려왔다.

하진이 눈을 번쩍 뜨자 엄마는 당황한 듯했다. 그러나 손을 떼진 않았다. 반사적으로 몸을 일으킨 엄마가 상체에 힘을 실어 하진의 목을 눌렀다. 하진은 돼지 소리를 내며 발버둥쳤다. 정신없이 할퀴고 잡아 뜯느라 엄마 손이 아니라 자신의 목과 뺨이 피투성이가 되는 줄도 몰랐다. 이모가 뛰어들어와 엄마

를 끌어낼 때까지도 엄마는 양손을 앞으로 뻗고 있었다. 힘을
주느라 가운데로 한껏 몰린 눈 코 입이 튀어나올 듯 붉었다.
오 분, 어쩌면 삼 분도 되지 않을 시간이었다. 하진은 구역질
을 하다 침대 아래로 떨어졌다. 방바닥에 코를 찧은 다음에야
비로소 고통이 밀려들었다.

　뒤늦게 엄마는 하진을 잡고 오열했다. 하진의 코피를 닦아
주고 오줌으로 젖은 잠옷 바지와 속옷을 벗겨주었다. 하진을
욕실로 데려가 따뜻한 물에 몸을 씻겨주며 엄마는 계속 울었
다. 엄마가 미안해. 엄마가 너무 힘들어서, 너무 괴로워서 그
랬어, 정말 미안해. 이모가 불안한 얼굴로 활짝 열린 욕실 문
앞을 서성였다. 그러나 엄마를 하진에게서 떼어놓진 않았다.
엄마는 하진의 뜯기고 긁힌 뺨과 검붉게 멍이 올라오기 시작
한 턱 아랫부분에 소독약과 연고를 발라주었다.
　—엄마가 하진이 사랑하는 거 알지?
　하진이 고개를 끄덕였다. 벌거벗은 하진을 엄마가 꽉 끌어
안는 바람에 다시금 오줌을 지리면서도 성실하게 고개를 끄덕
였다.
　—엄마 다시는 안 그럴게. 한 번만 용서해줘. 응?
　몸이 식어 하얗게 질린 얼굴로 하진이 대답했다. 응. 엄마.
괜찮아요. 나도 사랑해.

다음날 엄마는 태연한 얼굴로 하진의 담임선생에게 전화를 걸었다. 하진이 심한 장염에 걸려 일주일 정도 결석하게 될 것 같다고 설명하는 엄마의 목소리에 기묘한 생기가 돌았다. 엄마는 하진에게 떡볶이를 해주고 하진의 옆에 붙어앉아 같이 동화책을 읽었다. 주말에만 허락하던 닌텐도를 꺼내 텔레비전에 연결해주고는 엄마 이제 괜찮아, 다 괜찮아, 라고 하진의 귀에 속삭였다. 엄마는 정말이지 괜찮아 보였다. 하진은 화장실에 들어가 소리 없이 떡볶이를 토했다. 엄마는 아빠를 사랑하고 하진을 사랑했다. 그것은 의심할 수 없는 진실이었다. 그러나 엄마는 언제든 잠든 하진의 목을 조를 수 있었다. 그것역시 도망칠 수 없는 진실이었다.

목에 든 멍이 사라지는 데는 꼬박 삼 주가 걸렸다. 노랗게 흐려진 멍을 폴라 티로 가리고 하진은 학교에 갔다. 집에 돌아오니 집안의 빈 곳이 모두 채워져 있었다. 이모 대신 소파에 앉아 있던 아빠가 하진을 맞았다. 우리 딸 보고 싶었어. 아빠가 미안하다. 그런 식의 사과를 하진은 엄마에게도 이모에게도 받았다. 하진은 달리 할말이 없어 고개를 끄덕였다.

하진의 부모는 평범해지기 위해 노력했다. 등산복을 맞춰 입고 주말마다 산과 절을 찾아다녔다. 방송에 나온 맛집에 가려고 몇 시간이고 차를 달렸다. 하진의 피아노 발표회와 초등학교 졸업식에 커다란 꽃을 들고 와 나란히 서서 손을 흔들었다. 하진은 그들이 하는 대로 잘 따랐다. 그리고 집으로 돌아와선 잠들기 전 몰래 방문을 잠갔다. 끝이 뾰족한 작은 머리핀을 베개 밑에 두었다. 인터넷을 검색해 누군가 갑자기 목을 조르면 얼른 손가락을 끼워넣으라는 말 따위를 공식처럼 외웠다. 모로 누워 최대한 몸을 둥글게 말고 잤다. 가까스로 잠이 들면 상냥한 얼굴을 한 엄마가 아주 빠른 걸음으로 하진을 뒤쫓는 꿈을 꾸었다. 아빠는 어디에도 없었다.

중학생이 되면서 하진은 아침 일찍 일어나 잠금장치를 몰래 풀어두는 일을 그만두었다. 하진을 깨우러 온 엄마가 덜컥, 작지만 단호하게 거부당하는 느낌이 좋았다. 엄마가 묻는다면 하진은 무슨 말이든 쏟아낼 작정이었다. 딱 한 번의 실수였다니, 살인과 실수만큼 터무니없고 이기적인 조합이 또 있을까. 하진은 무엇도 잊지 않았고 누구도 용서하지 않았다. 여전히 깊이 잠들지 못했고 쉽게 숨이 엉켰다. 성난 기색에 예민했고 말을 더듬었다.

—어머, 얘가 벌써 사춘기인가봐.

엄마는 잠긴 문 앞에서 그렇게 중얼거리고는 아무것도 묻지 않았다. 하진은 참담한 기분으로 사춘기를 경멸했다. 노트에 몰래 쓰던 말들을 심리검사지에 쏟아놓은 건 그 때문이었다.

재검사는 보건실에서 이루어졌다. 2교시부터 3교시가 끝날 때까지, 하진과 유영은 보건용 침대에서 검사지를 작성했다. 얇고 질긴 커튼이 둘 사이를 가로막고 있었다. 3학년은 재검이 너무 많아서 시청각실에서 본대. 유영이 소곤거렸다. 보건교사가 성교육 수업을 위해 자리를 비우자 유영은 커튼을 냉큼 치워버렸다.

—이거 볼래? 나 이거 어제 생긴 거야.

유영이 교복 셔츠 소매를 끌어올렸다. 팔꿈치 위쪽으로 검붉은 멍이 들어 있었다. 두껍고 각진 형태의 멍을 보는 건 처음이었다. 멍 가장자리가 새까맣고 곳곳에 둥근 점 같은 게 찍혀 있었다. 이런 거 등에도 있어. 볼래? 하진이 고개를 저었다.

—그래서 어제는 종일 엉덩이만 떠올렸어.

—엉덩이?

—오다기리 조의 엉덩이.

하진은 유영의 머릿속에도 검붉은 멍이 있는 게 아닐까 의심했다. 애들이 수군대는 것처럼 정말 정신병자인 게 아닐까. 정신병자, 관심 종자, 자살 중독자. 아이들은 어디서 주워들은 말들을 전부 유영과 하진에게 빗대어 쓰고 있었다. 하진의 의심이 표정에 드러났는지 유영이 짧게 웃었다.

—나 영화 좋아하거든. 집에서는 계속 영화만 봐. 지난주에 웃기는 영화를 봤는데, 히미코라는 사람이 만든 요양원이 배

경이었어. 히미코는 늙은 오카만데, 너 오카마 알아? 나도 정확히는 모르지만 여장 남자 같은 건가봐. 암튼 히미코가 요양원을 만들어. 가족에게 버려졌거나 사회에서 밀려난 게이나 여장 남자들이 거기서 늙어가는 거야. 서로 아무 상관 없는 사람들인데 되게 친하고 서로 엄청 챙겨줘. 가족보다 훨씬 더 가족 같아. 거기서 히미코는 병으로 죽어가고 있어. 히미코를 사랑하는 젊은 게이 역할이 오다기리 조야.

유영의 설명은 너무 어지러웠다. 쾌활한 말투 때문에 귀에는 잘 들렸지만 머릿속까지 내용이 닿지 않았다. 하진은 검사지 문항을 읽으며 대충 고개를 끄덕였다.

—근데 그 오다기리 조가 엄청 타이트한 바지만 입고 나오는 거야. 영화 속에서 누가 죽고 누구는 이루어질 수 없는 사랑을 하고 누구는 버려지고, 암튼 점점 심각한 얘기가 나오는데, 내 눈에는 오다기리 조 엉덩이만 보이는 거지. 흰 바지에 꽉 긴 엉덩이, 번들거리는 천에 꽉 긴 엉덩이. 멜빵을 해도 저래도 되나 싶을 만큼 바지를 위로 추켜 입고 말이야. 엉덩이가 저렇게까지 바지를 씹어 먹었는데 아무도 얘길 안 해줬나? 저게 콘셉트인가? 누가 저 바지를 좀 내려줬어야 하는 거 아닌가? 그런 생각만 드는 거야, 영화를 보는 내내.

유영이 검사지에 커다랗게 동그라미를 그렸다. 하진이 흠칫 놀라자 괜찮아, 라고 말했다. 열심히 써서 내나 대충 써서 내나 결과는 똑같아. 유영이 동그라미를 한 개 두 개 더 그렸다.

—어제 아빠가 나를 혼내는데 갑자기 그게 떠올랐어. 누가 손을 뻗어서 반 뼘만 바지를 내려주면 저 엉덩이가 숨을 쉴 수 있을 텐데. 그래서 오다기리 조 바지를 반 뼘 내려주는 상상을 했어. 영화 내내 꽉 끼어 있어서 그런지 잘 안 되더라고. 계속, 계속 엉덩이만 생각했어. 그랬더니 상황이 끝나 있는 거야. 이게 남긴 했지만.

유영이 이번에는 작은 사각형을 그린 뒤 새까맣게 칠했다.

—그러고 나니까, 아무래도 상관없다는 생각이 들더라. 아빠가 무슨 말을 하든, 뭘 집어들고 휘두르든 오다기리 조 엉덩이만 떠올리고 있으면 되겠구나. 이제 그렇게 해야지, 그런 다짐을 했어. 너는? 너는 그럴 때 뭘 생각해?

나는 그 정도는 아니야.

하진은 생각했다. 나는 너 정도로 불행하지는 않아. 너처럼 살고 있지는 않아. 하진은 동조를 구하듯 하진을 향해 내민 유영의 얼굴을 보았다. 미묘한 각도의 주걱턱과 벌름거리는 콧방울, 머리통 쪽으로 바짝 누운 물음표 모양의 귀가 한눈에 보였다. 하진은 얇고 질긴 커튼을 끌어다 유영과의 사이에 선을 그었다. 엄마는 딱 한 번뿐이라고 했어. 미안하다고 했어. 내게는 잡히는 대로 물건을 휘두르는 아빠도 없고 사각형의 명

도 없어. 나는 그냥 사춘기일 뿐이야. 나는 너만큼, 불쌍하지
않아.

하진은 검사지에 그럴듯한 말들을 골라 쓰기 시작했다.


나는 내가 가끔 (불행하다고) 생각한다. 그것은 (이번 중간고사 성적
이 떨어졌기) 때문이다.

내가 가장 자주 떠올리는 것은 (이달의 용돈)에 대해서이다.

나는 부모님에게 (저녁을 함께 먹자고) 이야기하고 싶다.

나는 혼자 남겨졌을 때 (음악을 듣고 싶다는) 생각을 한다.


재검사 이후 하진은 어디에도 불려가지 않았다. 보건실로
불려가는 일도, 상담 센터에서 무기력한 질문들을 견디는 일
도 없었다. 유영과는 어디에서도 마주치지 않았다. 가까스로
일상이었다.


*


─예전에 같은 중학교를 다녔는데……

하진이 말끝을 흐렸다. 중학교? 무언가를 가늠해보던 유영
의 표정이 부서질 것처럼 건조해졌다. 그럼 아마 기억 못할 거
야. 하진이 삼킨 말끝을 반말로 알아들었는지 유영이 말을 놓

왔다.

　—그즈음 기억이 왔다갔다하거든. 사고 때문에.

　—사고?

　—교통사고나 추락사고 같은 게 아니었을까 싶어. 그런 게 아니라면.

　유영이 머리카락 사이를 손가락으로 헤집어 열었다. 정수리부터 왼쪽 귀 뒤쪽까지 길게 찢어진 흉터가 드러났다. 울퉁불퉁한 선홍색 단면이 어느 부분은 부스럼처럼 솟아 있고 어느 부분은 움푹 들어가 있었다.

　—머리가 이만큼이나 찢어지는 일이, 일상에서 생길 리 없잖아.

　나를 아는 사람이란 말이지. 유영이 작게 중얼대더니 차라리 잘됐다고 말했다. 자신의 신원이 보증되었으니 이제 커피나 차를 내주어도 되겠냐고 물었다.

　—무서워할까봐 맹물을 줬거든. 내 등장이 이래저래 수상했으니까.

　유영이 자리에서 일어서며 웃어 보였다. 보건실에서만큼은 아니지만 말갛고 어딘가 바보스러운 웃음이었다. 유영이 나무껍질과 배 향기가 나는 차를 우리는 동안 하진은 주위를 둘러보았다. 하진의 집과 똑같은 구조일 텐데 파스텔톤을 많이 사용한 유영의 거실은 느슨하고 포근해 보였다. 조금 열린 푸른

색 커튼 안쪽으로 얇고 부드러운 시폰 커튼이 한 겹 더 드리워져 있었다. 하진은 유영을 모르는 채 있기로 했다. 상담 센터 대기실에서 내 손 잡아준 사람이 너라고, 보건실에서 냉정하게 커튼을 쳐버린 사람이 나라고 말하지 않기로 했다. 사라진 기억이 유영의 의지라면 하진은 그걸 존중할 생각이었다.

유영이 영화자막 만드는 아르바이트를 한다고 했을 때 하진은 놀라지 않았다. 기억이 드문드문 사라져도 취향은 변하지 않는구나 하고 생각했을 뿐이었다.

—내가 영화 좋아하는 것도 알아? 혹시 우리 많이 친했니?

유영이 미안해하는 얼굴로 물었으므로 하진은 냉큼 고개를 저었다. 그러나 그건 또 그것대로 겸연쩍은 일이었다. 아르바이트라고 하기엔 페이가 너무 적지만. 유영은 자신이 초벌 작업을 한 몇몇 영화 제목을 댔다. 하진은 본 적도 들어본 적도 없는 영화들이었다. 주로 동물권이나 환경문제를 다루는 독립영화야. 영화관에서 개봉 못하는 경우가 훨씬 많아. 유영이 다큐멘터리 이야기를 하며 하진을 이리저리 끌었다. 하진더러 찻잔과 접시를 씻어달라고 한 뒤 거실에 접이식 매트리스를 펴고 이불을 깔았다. 여기 수압이 세서 설거지를 하면 꼭 윗옷이 젖는다. 그치? 유영은 하진에게 코알라가 그려진 커다란 원피스를 내주었다. 방에서 갈아입고 나오자 새 칫솔과 수건을 내밀었다. 하진은 얼결에 이를 닦고 세수를 하고 유영이 시키는 대로 매트리스에 누웠다. 목 아래까지 끌어올린 이불에서 마른나무 냄새가 났다.

—내일 CCTV 단다고 했지? 설치하는 거 같이 봐줄게.

—그렇게까지 안 해줘도 돼.

—우리집이 복도 안쪽이니까 네가 설치하면 우리집도 안전해지는 거잖아. 아, 그것도 달자. 밖에서 해제 안 하고 문고리 당기면 삐용삐용 소리 나는 거.

—그런 건 그냥 눈속임이잖아. 잠깐 울리고 끝나는 게 무슨 소용이야.

—왜 소용이 없어. 경보음이 울리면 내가 바로 뛰어갈 텐데.

유영이 꼼질꼼질 이불 속으로 파고들었다. 방안에는 커다란 책상과 책장이 빼곡했으니 거실이 원래 잠자리인 모양이었다. 그건 나랑 같네. 하진은 거실 벽면에 바짝 붙여 설치한 자신의 침대를 떠올렸다. 평온하게 몸을 누일 수 있었던 그 침대는 이제 사라지고 없었다. 목이 졸리는 것 같은 통증이 하진을 짓눌렀다. 훅훅 숨을 몰아쉬는 하진의 팔꿈치를 유영이 가만히 잡았다. 가만히 그저 잡고만 있었다.


하진은 생강 냄새에 잠에서 깼다. 거실 안쪽까지 햇빛이 제법 밀려들어와 있었다. 너 잘 자더라. 유영이 구운 배와 꿀을

탄 생강차를 내주며 놀리듯 말했다. 너는 배도 구워먹는구나. 그렇게 말하려는데 목 안쪽이 따끔거렸다. 하진은 잠자코 생강차를 마셨다. 하진이 토스트와 구운 배를 먹는 동안 유영은 거울 앞에 서서 머리를 빗었다. 숱이 적은 단발머리를 뒤로 빗어 단단히 묶는 동안 유영의 뒷모습과 거울에 비친 얼굴이 동시에 보였다. 유영의 신체지만 유영만이 보지 못할 어떠한 각도에 대해 생각하다 하진은 한 가지 사실을 깨달았다. 하진에게는 너무 당연해서 위화감조차 느끼지 못했던 사실이었다.

어제부터 유영은 하진에게 가족 이야기를 단 한 번도 꺼내지 않았다. 가족에게 연락해보라든가 가족 중 누구를 불러 도움을 청하라는 식의 권유 역시 하지 않았다. 하진은 유영을 바라보았다. 어깨에 붙은 머리카락을 떼어내던 유영이 싱긋 웃었다.

CCTV 설치는 금세 끝났다. 외부로 드러난 카메라케이블을 갈무리하던 설치 기사는 경보 센서 설치에 대해 묻자 손사래를 쳤다. 그건 상점에서나 쓰는 거예요. 가정집 현관문에다 설치하면 이틀도 못 가서 떼달라고 할걸요. 유영은 설치 기사가 돌아갈 때까지 하진의 집에 머물렀다. 단 이틀 만에 집은 냄새조차 낯설게 변해 있었다. 하진은 유영이 집안 곳곳을 좀더 부산하게 오가기를 바랐다. 선반을 건드려 책을 쏟는다든가 식탁에 컵 자국을 남긴다든가 신발장에 무심코 장갑을 두고 간다든가 하길 바랐다. 유영의 흔적이 눈에 보이면 남자에 대한 생각에서 조금은 벗어날 수 있을 것 같아서였다.

유영은 실시간으로 CCTV 화면을 볼 수 있는 앱을 자신의 핸드폰에도 깔았다. 화소도 낮고 단조로운 기능뿐인 카메라였지만 좁은 복도를 비추기에 충분했다. 유영은 지구대에 전화를 걸어 아파트 근처에 수상한 남자가 기웃대니 순찰 횟수를 늘려달라고 요구했다. 남자가 다시 나타날 리 없다든가 경찰이 도와줄 거란 말은 하지 않았다. 조심하라고 경고하거나 집 안팎을 초조하게 서성이지도 않았다. 유영은 천천히 사물을 쓰다듬고 하진의 침대에 무릎을 모으고 앉아 있다 일어섰다.

—내가 자주 살펴볼게. 놀러도 오고.

유영은 그렇게 말한 뒤 자신의 집으로 돌아갔다.

책상 앞에 앉은 뒤에야 하진은 자신이 코알라 원피스를 아직도 입고 있음을 깨달았다. 그러나 옷을 세탁해 돌려주는 것보다 더 시급한 일이 있었다. 하진은 전화를 여러 통 걸었다. 피자집 점장은 하진의 집에 스토커가 침입했다는 말을 전부 믿진 않았지만 하루 더 쉬게 해달라는 부탁은 한숨을 쉬며 들어주었다. 과외 일자 변경은 어렵지 않았다. 학과장은 하진의 얘기를 여러 번 되물으며 들었다. 하진의 학번과 이름을 확인하고, 어느 지구대에 언제 접수된 사건인지 물었다.

―징계위원회를 열어주세요. 그리고 다른 학생들 개인정보에 더는 접근하지 못하도록 당장 조교직에서 해임해주세요.

　하진은 똑같은 소리를 학과장뿐 아니라 지도교수, 학생회장, 과대표, 행정처 직원에게도 했다. 휴학한 뒤로 들어가보지 않았던 학과 커뮤니티에도 게시글을 올렸다. 통화를 거듭할수록 목소리는 또렷해지고 서사는 간명해졌다. 그러나 하진은 하진의 집 현관문과 텅 빈 복도를 비추고 있는 CCTV 화면에서 한순간도 눈을 떼지 못했다. 고심 끝에 내린 결론인데도 자꾸 자신이 없어졌다. 남자는 조교직에서 해임되면 그뿐이었다. 징계위원회가 열린다 해도 기껏해야 경고일 게 뻔했다. 그것에 비해 하진이 각오해야 할 것은 너무 많았다. 무엇보다 남자는, 하진의 집을 알고 있었다.

　현관 잠금장치를 다시 한번 확인하려는 찰나 핸드폰이 울렸다. 너무 여러 곳에 전화를 걸어 누구의 전화인지 확인할 길이 없었다. 교수들과 의논한 뒤 다시 연락을 주겠다던 학과장일 수도, 다른 피해 사례가 더 있는지 알아보겠다던 학생회장일 수도 있었다. 하진은 전화를 받았다.

　―너, 꼭 이렇게까지 해야겠냐?

　남자의 목소리에 하진은 CCTV 화면을 돌아보았다. 복도에는 아무도 없었다. 하지만 아파트 현관에는? 엘리베이터에는? 아래층 복도에도 정말 아무도 없나? 계단에도? 골목에도?

—미안하다고 했잖아. 딱 한 번뿐이었다고, 다시는 안 그러겠다고 했잖아! 내가 너한테 뭘 그렇게까지 잘못했냐, 어?

　하진은 그대로 전화를 끊었다.

*

　여파는 생각지도 못한 곳에서 왔다.

　—너 대체 무슨 일을 벌이고 다니는 거니?

　하진의 엄마는 전화를 걸어 대뜸 그렇게 다그쳤다. 하진의 본가로 전화를 건 남자가 다시금 사랑 운운하며 하진의 부모에게 용서를 빌었다고 했다. 스무 살이 되자마자 독립한 하진은 본가에 한 번도 돌아가지 않았다. 남자는 여전히 하진을 제외한 채 하진과 상관없는 사람들에게게만 용서를 빌고 있었다. 게다가 아직도 하진의 개인정보를 멋대로 사용하고 있었다.

　—경찰에 신고도 했다며. 그럼 된 거지 그걸 또 왜 학교에 알리니. 해코지라도 당하면 어쩌려고.

　—그 사람이 내 집에 몰래 들어왔어요. 나를 스토킹해서, 내 비밀번호를 훔쳐서요.

　—딱 한 번이었다면서.

　하진의 엄마가 어린아이를 어르듯 말했다. 이마에 차가운 손이 닿은 것처럼 냉기가 스몄다.

—반성하고 있다고, 앞으로 절대 이런 일 없을 거라고 울면서 빌더라. 너를 쫓아갔다가 정말 우연히 비밀번호를 알게 된 거래. 조교 그만두고 휴학도 하겠단다. 사람이 한 번 실수할 수도 있지 굳이 징계까지 해서 원한 살 일이 뭐가 있니. 요즘 흉흉한 일이 얼마나 많은데. 일단 집으로 와. 집에 와서 얘기하자. 여기 와 있는 동안 새로 집 구해서 이사하면 되잖아.

　—……이사한 집에 그 사람이 또 찾아오면요?

　하진이 말했다. 물기가 흐르는 선득한 손이 이마에서 뺨으로, 턱으로 움직였다.

　—딱 한 번 실수한 거라면서 다음 집에도, 또 다음 집에도 찾아오면요?

　하진의 목소리가 속삭이듯 낮아졌다.

　—그러다 그 사람도 엄마처럼, 딱 한 번만 나를 죽이려고 하면요?


　하진은 세탁한 코알라 원피스를 들고 유영의 집 초인종을 눌렀다. 대부분의 시간을 집에서 보낸다던 말처럼 유영은 금세 문을 열었다. 선뜻 옷을 받아주지 않아 어영부영하는 사이 유영은 하진을 끌어다 자신의 거실에 앉혀놓고 구운 호떡을 가져왔다. 정말 뭐든 구워먹는구나. 웃으려다 말고 하진은 자신의 얼굴이 이상한 형태로 굳어 있음을 깨달았다. 뺨과 입가의 근육이 경련을 일으키듯 빠르게 실룩였다.

—기억이 사라진다는 건 어떤 느낌이야?

그날 하진의 엄마는 비명을 질렀다. 그러고 나서 곧바로 쇳소리를 내며 하진을 비난했다. 그런 옛날 일을, 지금껏 한마디도 않고 있던 일을 왜 이제 와서 끄집어내는 거야? 너도 엄마다 이해한다고 했잖니, 사랑한다고, 전부 다 용서한다고 그랬잖아!

—책임을 물을 대상이 분명해지는 느낌.

—책임?

—영화에서 보면 그런 거 있잖아. 지워진 기록을 찾지 못하게 꼭꼭 감추는 놈이 범인인 거. 내 기억이 돌아오지 않길 바라는 사람이 죄를 지은 사람, 책임져야 할 사람이라는 소리야.

—그럼 넌 누가 범인인지 안다는 거네.

아마도, 라고 유영은 대답했다. 표정 없이 견고해진 얼굴이 구운 도자기 같았다. 매끈하고 단단해 보이지만 터무니없이 쉽게 깨지는 흙색의 도자기 가면. 하진은 구운 호떡을 들고 조금씩 베어먹었다. 잠깐 사이 안에 든 설탕이 미지근하게 굳어 서걱거렸다.

그런 건 용서가 아니야. 하진은 엄마에게 말했다. 십 년이 지나고서야 겨우 말할 수 있었다.

엄마, 내 침묵은 용서가 아니야. 내 침묵은 나를 위한 거였어. 나를 지키기 위한 최소한의 방어가 지금까지는 침묵밖에 없었던 것뿐이야. 나는 계속, 계속. 하진이 호떡을 씹을 때마다 서걱서걱 소리가 났다. 나는 계속, 늘, 엄마가 두려웠어요. 정말이지 엄마가 끔찍했어.

하진은 기이한 소란함에 잠에서 깼다. 엎드려 잠든 건 잠깐이었는지 먹다 남은 호떡이 여전히 테이블 위에 있었다. 철판에 대고 발을 구르는 것 같은 소리가 위에서 옆에서 번갈아 울렸다. 무슨 소리야? 방에서 뛰어나오는 유영에게 하진이 물었다. 유영의 손에 두꺼운 패딩 점퍼가 들려 있었다.

—사실은 저거 때문이었어.

유영이 점퍼 소매에 팔을 끼우며 빠르게 설명했다.

—보통은 헤드폰을 끼고 있으니까 무슨 소리가 나도 잘 모르거든. 근데 언제부터인지도 모르게 저런 소리가 들리는 거야. 윗집에는 개 한 마리를 데리고 언니 혼자 살아. 토리라고, 유기견 센터에서 데려온 새까맣고 늙은 개인데, 개가 저런 소리를 낼 리 없잖아? 경찰에 신고해도 별일 아니라고 그냥 돌아가버리고. 지난주에도 신고했는데 부부 사이 일은 간섭할 수 없다면서 사랑은 불가항력이라느니 개소리만 하더라고. 너네 집에서 나는 소리도 그래서 알았어.

유영이 설명하는 방식은 중학교 때와 똑같이 엉망이었다.

136

하진은 몸을 일으키려다 바로 위에서 울리는 굉음에 비명을 질렀다. 천장이 울릴 정도로 둔탁하고 커다란 소리였다. 전등이 희미하게 깜빡이며 흔들렸다. 이렇게 심한 건 처음이야. 112를 누른 유영이 다급히 주소만 말한 뒤 전화를 끊었다.

—가보려고?

—가봐야지.

유영이 내던지듯 슬리퍼를 벗고 신발에 발을 밀어넣었다. 신고했으니까 경찰이 갈 거야! 하진이 다급히 유영을 붙잡았다. 머리 위에서 크고 작은 것들이 부서지거나 무너지는 소리가 계속해서 울렸다. 사람 목소리가 하나도 들리지 않는 게 이상했다. 개가 짖거나 우는 소리조차 들리지 않았다.

—나는 저 소리가 뭔지 알아. 저게 뭘 의미하는 건지, 나는 알아.

유영이 말했다. 하진이 유영의 팔을 끌어안듯 붙잡고 주저앉는 바람에 유영이 휘청거렸다. 하진이 숨을 몰아쉬었다. 머리 위에서는 너무 많은 것이 부서졌고 더 많은 것이 깨졌다. 사물은 쓸모없어졌을 것이고 공간은 결코 안전할 리 없으며 그 안의 누군가는, 그 안의 누군가는. 가지 마. 하진은 그렇게 말했다. 스스로의 비겁함에 몸을 떨면서도 유영을 붙잡았다.

—나는 그때, 매일매일 기다렸어.

유영이 하진을 조심스레 떼어내며 말했다.

—누가 나를 도와주기를, 누가 딱 반 뼘만 문을 열고 안을 들여다봐주기를. 비명을 지르면 더 많이 맞으니까 베개에 얼굴을 처박고 매일 생각했어. 제발 누구라도, 아주 잠깐만이라도 나를 숨겨달라고.

유영의 목소리가 읊조리듯 작아졌다. 하진에게서 몸을 빼낸 유영이 현관문을 열었다. 찬바람이 밀려들어 주위를 감싸고 있던 온기가 순식간에 사라졌다. 한낮인데도 복도는 어둡고 건조했다. 그럼 나도 같이 가. 하진이 다급히 몸을 일으켰다.

—나는 금방 올 거야. 그러니까 너는.

유영이 장난스러운 얼굴을 지어 보이며 말했다.

—다른 걸 떠올리고 있어. 오다기리 조 엉덩이 같은 거라도.

* 소설의 제목은 중세 스콜라학파의 논쟁 '바늘 끝 위에서 몇 명의 천사가 춤출 수 있나'에서 따왔다.

미
워
하
는

일

고모가 천만원을 사기당한 걸 알게 된 건 일요일 오후였다. 오랜만에 집에 들른 참이었는데 엄마는 어딘가 엉성해 보이는 흔들의자에 앉아 어떻게 봐도 엉성한 편물을 짜고 있었다. 목도리인지 모자인지 모를 것이 안쪽으로 우그러든 채 길어지는 모습을 나는 한참 바라보았다. 참외만한 크기의 털실 공이 엄마가 손을 움직일 때마다 무릎 위에서 움찔거렸다. 뭘 뜨는 거야? 내가 묻자 엄마는 아무것도, 라고 답했다. 마음이 복잡해서 그냥 손가락만 움직이고 있는 거야. 그 흔들의자는 또 뭔데? 내 물음에 엄마는 당근, 이라고 답했다.

　―이걸 일부러 집까지 가져다주지 뭐니, 친절하게도.

　원목이라는 것 외에 흔들의자는 아무런 장점이 없어 보였

다. 엄마가 몸을 흔들 때마다 끼익 꺽 낮고 둔중한 소리를 내
며 움직였다. 다가가 살펴보니 등받이 오른쪽 상단이 무언가
로 힘껏 내리친 것처럼 길게 쪼개져 있었다. 끼익 꺽 소리는
흔들의자 몸통과 다리가 연결된 부분 어디쯤에서 났다. 친절
하게도 남의 집에 거대한 쓰레기를 버리고 갔구나. 나는 작게
혀를 찼다.

엄마는 타인의 호의에 약한 사람이었다. 더 솔직하게 말하
자면 타인의 호의를 받아들이는 자기 자신, 받은 것보다 더 큰
호의를 상대에게 베푸는 스스로의 관대함에 취해 있었다. 무
료 나눔이라곤 하지만 엄마는 저걸 받은 뒤 양배추즙 한 박스
나 두릅 담금주를, 어쩌면 둘 다를 상대에게 내밀었을 것이다.
의자 상태가 저 모양인 걸 알았대도 타박하거나 도로 가져가
라고 말하지 못했겠지. 엄마는 문을 열어줄 줄만 알지 문밖으
로 항아리 하나 밀어내본 적 없는 사람이니까.

—그래서?

—그래서라니?

—고모 말이야. 천만원을 어쩌다가?

엄마는 그제야 기억났다는 듯 한가롭게 흔들거리던 몸을 멈
췄다.

—보이스피싱이라나봐. 전화를 받자마자 세연이가 대뜸 엄
마, 살려줘! 그러더래.

—세연이가?

　—응, 세연이가.

　나는 잠시 침묵했다. 엄마는 어쩐지 열이 오른 것처럼 세연의 흉내, 아니, 세연의 흉내를 내는 보이스피싱범들의 흉내를 내기 시작했다.

　—엄마, 이 사람들이 날 납치했어요. 내 손가락을 자르려고 해요, 제발 살려줘, 무서워요, 엄마, 엄마! 그러면서 막 비명을 지르고 흐느끼고 난리도 아니었다지 뭐니. 그래서 고모가 살려주겠다고, 엄마가 꼭 살려줄 테니 거기 가만히 있으라고 소리쳤대.

　—고모가?

　—그래, 고모가.

　—그래서 어떻게 됐는데?

　—어떻게 되긴. 그놈들이 하라는 대로 계좌에서 천만원을 찾아다 바친 거지.

　—대체 왜 그랬대? 세연이는 이미,

　—죽었지.

　엄마가 무심히 답했다. 어느 틈에 뜨개바늘을 뽑아 무릎 위에 단정히 올려둔 채였다. 마름모꼴 편물을 손에 쥔 엄마가 실을 풀기 시작했다. 광택도 보슬보슬함도 사라진 노란 털실이 거침없이 풀려나왔다.

—시원했대.

—뭐가?

—세연이가 살려달라고 막 소리치는 게 좋더래. 엄마가 살려주겠다고 큰소리치니까 속이 뻥 뚫리는 거 같더래. 돈 천만원을 지하철 사물함에 넣으면서도 아깝지가 않더래.

무릎 위로 수북해진 털실을 휘적거리며 엄마가 말했다. 털실 공이 바닥에 떨어져 거실 반대편으로 굴러가면서 기다란 선을 만들어냈다. 노랗고 맨들맨들한 선. 내 발 앞에 그어진 금지선을 바라보고 있는데 엄마가 너도 알잖니, 하고 말했다. 너도 알잖아, 세연이는,

—살려달라고 소리쳐보지도 못하고 죽었잖니.

그래도 천만원은 너무하다고 생각했다. 속시원해지는 대가로 천만원이라니 고모는 여전히 세상 물정을 모르는구나. 그런 거라면 차라리 내가 먼저 고모한테. 떳떳하지 못한 생각들을 이어가다 나는 고개를 저었다. 저열하기 짝이 없는 생각들이었다. 그럼에도 한번 싹튼 '차라리'는 덩굴처럼 솟아 좀처럼 사라지지 않았다.

적어도 나는 세연의 흉내를 내는 보이스피싱범들보다 더 실감나게 세연을 흉내낼 수 있었다. 세연이었다면 무서워요 엄마, 같은 촌스러운 대사는 하지 않았을 것이다. 고모는 세연의 무서움을 달래줄 줄 아는 사람이 아니었으니까. 제발 살려주

세요, 같은 애처로운 대사도 하지 않았을 것이다. 고모가 아니라 우리 엄마에게라면 모를까. 그런 같잖은 흉내에 천만원이라니. 입안이 썼다.

*

고모의 이름은 오명선. 어릴 때부터 고모라 불렀지만 내 진짜 고모는 아니었다. 엄마는 내게 자신의 지인을 모두 이모라 부르게 했다. 내 주위에는 항상 십수 명의 이모가 있었다. 엄마가 다니는 곳에 따라 계속해서 다른 종류의 이모가 생긴 탓이었다. 엄마가 학부모회에 있을 땐 회장 이모와 반장 이모가, 독거노인 봉사활동을 다닐 땐 봉사 이모가, 취미생활을 할 땐 뜨개 이모나 줌바 이모가 생기는 식이었다. 고모를 집에 처음 데려왔을 때에도 엄마는 나를 인사시키며 앞으로 이모라고 불러, 라고 말했다. 그 말에 난색을 표한 건 내가 아닌 고모였다.
—이모는 너무 허물없어 보이잖아.
그래? 엄마가 당황해서 물었다. 선생님 사장님 하는 것만큼이나 흔한 호칭 아냐? 아냐, 언니. 고모가 딱 잘라 대답하고는 나를 보며 말했다.
—고모. 나는 고모라고 불러.
무슨 차이인지 모르겠으나 그런 과정을 통해 그녀는 나의 유일한 고모가 되었다. 고모 이름 앞에 별다른 수식이 붙지 않아서 나는 엄마가 고모를 어디서 만난 건지 한동안 알지 못했다. 고모에 대한 인상적인 이야기는 건물에 관한 것이었다. 고모가 세 살 때 삼층짜리 상가 건물을, 스무 살이 되었을 때 십층짜리 오피스텔 건물을 부모로부터 선물 받았다는 이야기였다.

—삼십 살에는 뭘 받았어요, 고모?

내가 묻자 고모는 얼굴을 찡그리며 답했다.

—건물 대신 구원을 받았지.

고모는 일주일에 두 번쯤 우리집에 놀러왔다. 올 때마다 작고 예쁜 포장지에 싸인 물양갱이나 금빛 유산지에 낱개로 싸인 밤절임 같은 걸 가져왔다. 포장을 벗기면 촉촉한 팥 냄새, 오렌지시럽 냄새가 나는 것들이었다. 고모는 작은 나무 포크로 양갱 모서리를 조금씩 잘라 차와 함께 먹었다. 엄마가 과일을 잘라 내놓으면 껍질이 없는 것과 씨가 없는 것만 골라 먹었다. 이를테면 수박이나 포도는 먹지 않았고 딸기는 꼭지를 따서 내놓았을 때만, 복숭아는 병조림만 먹었다.

고모는 항상 예쁜 것, 고급스러운 것만 두르고 지니고 들고 다녔다. 고모가 가진 것 중 가장 초라한 몰골을 하고 있는 건 다름 아닌 세연이었다.

세연은 발뒤꿈치로 무심코 밟아 으깨진 물양갱처럼 얼굴이 납작한 여섯 살짜리 여자애였다. 키가 작고 삐삐했고 콧잔등과 뺨에 주근깨가 가득했다. 세연을 처음 만났을 때 나는 몹시 실망스러운 기분이었는데, 그건 세연이 못생겨서라기보다 빨간 머리가 아닌 까닭이었다. 당시 초등학교 3학년이었던 나는 거의 모든 출판사에서 나온 빨간 머리 앤 책을 소장하고 있었다. 내가 앤 셜리를 좋아하는 걸 아는 이모들이 사다 안겨준 것들이었다. 나는 그중에서도 가장 못생긴 얼굴의 앤 삽화가 표지에 박혀 있는 두꺼운 양장본을 좋아했다. 비쩍 마른 얼굴에 우울한 입꼬리, 창백한 얼굴에 발작하듯 찍어놓은 노랗고 빨간 주근깨들. 세연은 그 표지의 얼굴과 꼭 닮은꼴이었다. 푸석푸석한 검은 단발머리를 제외하면 정말 똑같았다.

나는 빨간 머리 앤의 얼토당토않은 거짓말들이 좋았다. 앤의 망상은 목덜미가 간지러울 정도로 창피했으나 앤이 가진 드높은 뻔뻔함만은 매력적이었다. 그 모든 걸 잠자코 받아주는 늙고 무해한 독신 남매의 삶도 마음에 들었다. 어린아이는 뻔뻔하고 어른은 과묵한 그런 관계를 내가 오랫동안 동경해왔다는 생각이 들었다. 나는 앤이 똑똑해지거나 길버트와 연애를 하거나 교사 시험에 합격하거나 하는 장면은 전부 건너뛰었다. 매슈가 죽는 장면도 초록색 지붕 집을 팔아버리는 장면도 읽지 않았다. 가장 좋은 것과 가장 나쁜 것을 걷어내고 나면 평화로운 일상만이 남았다. 나는 요란한 망상 속에 살되 그것이 다음날까지 이어지지는 않는 앤의 해프닝만을 거듭해 읽었다.

세연은 외모 외에 앤 셜리와 닮은 구석이 전혀 없었다. 재잘대며 뛰어다니기는커녕 자기 무릎을 꽉 끌어안은 채 가구 틈에 끼어 앉았다. 소파와 협탁 사이처럼 비좁고 기댈 곳 없는 자리만을 골라서였다. 엄마나 고모가 부르면 뒤통수와 엉덩이에 먼지를 붙인 채 작은 쥐처럼 기어나왔다. 먼저 말을 걸지 않으면 온종일 입을 꼭 붙이고 있었다. 그럼에도 나는 세연이 오면 내 방으로 데리고 들어가 놀았다. 내 주변에 주근깨가 그토록 많은 사람은 세연뿐이었기 때문이었다. 그토록 많은 주근깨와 점을 하나도 빼주지 않은 사람도 고모뿐이었다. 고모는 세연의 콧잔등에 선크림 한번 발라준 적이 없었다.

나는 세연을 간혹 앤이라 불렀다. 앤에게 거짓말 놀이를 가르치는 건 쉬운 일이었다. 세연은 내가 하는 말들을 곧잘 따라 했다. 나는 앤이 된 세연을 방밖으로 불쑥 내보내 어른들의 환심을 사는 데 열심이었다. 세연은 내가 시키는 대로 줄무늬 반스타킹을 팔에 신고 물구나무서는 시늉을 해 보이거나 이모들이 모여 앉아 굴전을 부쳐 먹는 복판에서 알을 빼앗긴 닭 흉내를 내고 들어왔다. 이모들은 쉽게 웃고 큰 소리로 호응해서 쇼를 하는 보람이 있었다. 이모들이 세연에게 준 용돈은 내가 가졌다. 이런 일들은 고모가 세연을 우리집에 자주 맡겼기 때문에 가능했다. 고모는 한밤중에 세연을 데려다놓고 사흘씩 데려가지 않기도 했다. 새벽에 서둘러 뛰어나간 엄마가 잠옷 차림의 세연을 안고 들어오는 일도 있었다.

—그 여자 정말 너무한 거 아냐?

아빠는 세연이 집에 올 때마다 못마땅한 얼굴을 했다. 처음엔 고모가 사온 빈티지 와인이나 간식들에 체면치레는 할 줄 아는 여자라고 말하던 아빠는 세연이 오는 날이 잦아질수록 그 여자, 정신 나간 여자, 바람난 여자 하는 식으로 고모를 불렀다.

—당신도 적당히 해. 그렇게 허허실실로 웃어넘기니까 사람들이 만만하게 보는 거 아냐.

—만만하긴. 그런 거 아냐.

—아니긴 뭐가 아냐? 당신 호구 취급 당하는 거 당신 빼고 다 알 텐데.

아빠는 세연이 가져온 작은 배낭을 발로 콱콱 밟았다. 세연의 갈아입을 옷과 용도를 알 수 없는 길고 얇은 수건, 색연필 같은 게 든 배낭이었다. 아빠가 큰소리를 낼 때마다 세연은 엉덩이를 조금씩 뒤로 밀어 벽으로 갔다. 책상과 책장 사이의 비좁은 틈에 억지로 몸을 밀어넣고 작게 새근거렸다. 나는 앤,

하고 세연을 불렀다.

　—앤, 지금이야.

세연이 납작한 얼굴을 들어 나를 보았다. 나는 세연의 겨드랑이 밑에 양손을 끼워 세연을 일으켰다. 체크무늬 목도리로 세연의 목과 머리를 돌돌 감싸고 생일날 받은 돌고래 브로치를 정수리에 달아주었다. 핑크색 발레 튀튀는 세연에게 컸지만 그럭저럭 허리에 걸쳐지긴 했다.

　—앤, 너는 지금부터 우리 아빠한테 노래를 불러주는 거야. 아빠가 제일 기뻐할 만한 노래로, 율동도 하면서. 할 수 있지?

세연이 작게 고개를 기울이며 물었다.

　—기뻐하는 거, 찬양?

　—아무거나.

나는 세연을 서둘러 거실로 떠미느라 그애가 어떤 얼굴을 하고 있는지 보지 못했다. 세연은 전에 없이 빠른 속도로 거실로 튀어나갔다. 이모들 앞에 설 때 주저주저하면서 나를 몇 번이고 돌아보던 모습과 사뭇 달랐다. 양손을 허리에 착 붙인 세연은 정확히 아빠의 맞은편에 섰다.

엄마와 아빠, 그리고 나는 한동안 세연만을 바라보았다. 세연은 절도 있는 동작으로 팔다리를 움직였다. 부르고 있는 노래와 한 치의 어긋남도 없이 제자리를 돌고 폴짝대고 머리와 엉덩이를 흔들었다. 여보야, 사랑하는 나의 여보야. 처음 그런 가사를 내놓았을 때만 해도 아빠는 어처구니없어하는 웃음을 지었다. 낭군님, 사랑하는 나의 낭군님. 그런 가사로 이어진 뒤에도 헛웃음을 짓는 정도였다. 그러나 세연이 요란하게 엉덩이를 두드리며 여보야 낭군님 여기 나 좀 이뻐해줘요, 라고 노래한 뒤에는 얼굴이 딱딱하게 굳었다.

세연은 자동인형처럼 혼자 구부러지고 꺾이고 쪼그려앉아 바닥을 굴렀다. 노래가 다 끝난 뒤엔 돌연 발을 쾅쾅 구르더니 손나팔을 하고 이렇게 외쳤다. 우리들의 구원자 황목사님, 여보야 사랑해요! 비쩍 마른 몸 어디에서 그토록 우렁찬 소리가 나오는 건지 깜짝 놀랄 만큼 큰 호령이었다.

아빠가 자리에서 벌떡 일어나 엄마를 끌고 안방으로 들어갔다. 세연이 홍조가 오른 얼굴로 나를 돌아보았다.


—뜨개 모임에서 만났어. 진짜야.

엄마는 아빠에게 여러 가지를 설명하느라 바빴다.

—처음부터 그렇게 말했잖아, 뜨개 공방에서 만났다고. 그건 진짜야.

—그건? 그럼 어떤 건 가짠데?

—가짜는 없어, 그냥.

—그냥?

—그냥…… 당신한테 말을 좀 못 했어.

나는 안방 문에 귀를 붙이고 앉았다. 세연은 내 방 책장과 책상 사이의 틈에 종이 개구리처럼 끼여 있었다. 세연은 내내 어리둥절한 얼굴이었다. 쇼가 끝난 자리에 왜 환호와 칭찬이 없는지 의아해하는 얼굴이기도 했다.

―세연 엄마가 뜨개 모임에 애를 데리고 왔더라고. 우리가 한번 모여 앉으면 너덧 시간은 줄곧 뜨개질을 하거든. 근데 그 시간 동안 애가 의자에 앉아서 꼼짝을 않는 거야. 자는 것도 아니고 우리 얘길 듣는 것도 아니고 핸드폰을 하는 것도 아니고, 그냥 가만히 앉아서. 자폐가 있는 아이인가 싶어서 모임 사람들이 자주 챙겨줬어. 그랬더니 언제부턴가 엄마 없이 세연이만 공방에 오더라고. 밤이 깊어 공방 문을 닫을 때가 됐는데도 세연 엄마가 오질 않으니. 어쩌겠어, 저렇게 어린 애를 경찰서로 보낼 수도 없고. 모임 사람들끼리 번갈아서 애를 봐 줬지.

―그게 무슨 뜨개 모임이야 호구 모임이지.

―우리도 따끔하게 말을 해야겠단 생각에 세연 엄말 불러 다 앉혔어. 이러면 아동학대로 관련 기관에 신고하겠다고도 했어. 근데 세연 엄마가 대뜸 그러는 거야. 제 남편이 지난달 에 죽었어요.

아빠의 한숨소리가 거실까지 울렸다. 짜증이 가득 섞여 당 장이라도 딸꾹질로 이어질 것 같은 소리였다.

—그런 사람한테 어떻게 야박하게 굴어.

—남편은 왜 죽었다는데?

엄마는 대답하지 않았다. 이후에는 그러지 마, 사람마다 다 사정이 있는 거지 안 그래도 힘든 사람한테 그렇게 못되게 굴지 마, 아빠를 어르듯 말하는 나지막한 목소리가 방문 너머로 들려왔다.

*

〔언니가 우릴 한심해하는 거 알아.〕

중학생이 된 세연은 내게 그런 문자를 보내왔다. 나는 문자의 내용보다 우리라는 단어에 놀랐는데, 세연이 고모와 자신을 한 덩어리로 묶어 생각할 거라곤 짐작 못했기 때문이었다. 내 기억 속에서 고모는 혼자서도 충분한 사람이었다. 혼자여야 충분한 사람이기도 했다.

〔언니, 우리 앤 놀이 할래?〕

내가 아무런 답도 보내지 않자 세연은 혼자 놀이를 시작했다. 핸드폰 화면에 다 뜨지 않을 정도로 긴 문자를 보내기도 하고 서너 개의 덩어리로 나뉜 문자를 며칠에 걸쳐 보내기도 했다. 대부분 앞뒤가 안 맞는 망상들이었다. 나는 하나도 빼놓지 않고 문자를 읽었다. 문득 끊긴 문자가 마무리되지 않고 다음 문자로 넘어가면 한없이 초조해졌다. 그럼에도 뒤 내용을 묻진 않았다. 망상은 그런 거니까. 아무렇게나 시작하고 무책임하게 끝나버려도 괜찮은 것. 세연이 하는 앤 놀이 역시 그랬다. 누구도 책임질 필요 없는 이야기를 누가 듣든 말든 상관없이 발설하는 데 목적이 있었다.

〔앤은 고약한 할머니와 살고 있습니다. 고약한 할머니는 아무와도 말을 할 수 없어 고약해졌습니다. 고약한 할머니는 뒷산 나무에 주먹만한 구멍을 파고 그 안에 말을 하기 시작했습니다. 낮에도 밤에도 구멍을 찾아가 떠들었습니다. 구멍 안으로 떨어진 말들은 조그만 부스러기가 되고 딱지 앉은 나무껍질이 되고 눈알만한 열매가 되었습니다. 고약한 할머니는 말하기를 멈추지 않았습니다. 주먹만큼 머리통만큼 허벅지만큼 자라고 자란 말들은 이윽고 앤이 되었습니다. 고약한 할머니는 나무에 매달린 앤을 떼어 집으로 가져갔습니다. 고약한 할머니가 말을 뱉는 구멍에 발뒤꿈치가 걸려 다리를 잘라내야 했지만 아랑곳하지 않았습니다. 앤은 고약한 할머니의 말들로 이루어졌으니까요. 내어준 말들을 어떤 방식으로 떼어가든 그건 고약한 할머니의 마음이었습니다. 고약한 할머니는 김치통에 앤을 넣어 이불 밑에 묻어두었습니다. 가끔 뚜껑을 열어 앤이 충분히 썩었는지 살폈습니다. 앤이 쉽게 썩지 않아 할머니는 더럽고 질척한 말들을 골라 김치통 안에 뱉었습니다. 아무

와도 말을 할 수 없어 고약해진 할머니는 이제 더할 나위 없이 고약한 할머니가 되었습니다.]

〔앤은 잃어버린 손가락을 찾으러 강으로 떠났습니다. 강에는 너무 많은 손가락이 떠다니고 있어 앤은 영영 자신의 손가락을 찾을 수 없었습니다.〕

〔앤은 커튼에 불이 붙는 소리를 알고 있습니다. 그것은 뜨거운 차를 마실 때처럼 호로록 소리가 납니다. 앤은 텔레비전에 불이 붙는 소리를 알고 있습니다. 그것은 전자레인지 안에서 팝콘을 튀길 때처럼 우드득 꽝꽝 소리가 납니다. 앤은 스펀지케이크에 불이 붙는 소리를 알고 있습니다. 그것은 소리 없이 새까맣게 녹아버립니다. 앤은 사람에 불이 붙는 소리를 알고 있습니다. 그것은 끔찍한 비명을 지릅니다. 비명을 지른 건 앤이 아닙니다. 앤은 젖은 이불에 둘러싸여 욕조 안에 들어 있어요. 앤을 욕조에 넣은 사람은 몸에 불이 붙은 사람입니다. 불이 붙은 사람이 들어가기에 욕조는 너무 작습니다. 앤은 아주 작아서 욕조에 딱 맞아요.〕

그즈음 고모는 우리집에 거의 오지 않았다. 엄마는 고모가 어떻게 지내는지 아는 눈치였다. 그림을 시작했거든. 엄마는 그 정도만 내게 말했다. 색연필을 써서 아주 오랫동안 색칠하는 그림이라고. 손바닥만한 것을 칠하는 데는 일주일이, 가슴팍만한 것을 칠하는 데는 꼬박 한 달이 걸린다고 했다. 쌀알만

큰 작은 동그라미를 끝없이 겹쳐서 그리는 그림이야. 설명을
듣는 것만으로도 멀미가 날 것 같았다.

가끔 세연에게서 연락이 온다고 하자 엄마는 놀란 눈치였
다. 세연이가 뭐라니? 글을 쓰는 것 같아. 나도 그 정도만 엄
마에게 말했다. 아주 작은 이야기를 끝없이 겹쳐서 쓰는 글이
야. 얘기들이 좀.

—좀?

—좀 뻔해서 지겨워.


세연은 고모보다 먼저 우리집에 발길을 끊었다. 엄마는 미
심쩍어하면서도 내심 안도하는 눈치였다. 이제 그애도 다 컸
으니까. 엄마가 말했다. 나는 손가락을 꼽아 세연의 나이를 헤
아려보았다. 내가 중학교 2학년이었으니 세연은 열한 살이었
다. 학교는 불규칙하게 다니는 데 비해 우리집엔 정기적으로
찾아오던 세연이었다. 그런 세연이 우리집에 발길을 끊은 이
유를 나는 알고 있었다. 누구에게도 말하지 않고 나 혼자만 알
았다.

학교에서 집으로 돌아오는 길이었다. 여름방학 직전이었으
나 아무도 들떠 있지 않았다. 호르몬과 날씨 때문에 피로해진
아이들이 끈적끈적한 공기를 뚫고 교문을 나섰다. 두셋씩 무
리 지은 아이들도 혼자 걷는 아이도 물속을 걷는 것처럼 걸음

이 느렸다. 나도 느릿느릿 혼자 걸었다. 등을 뒤덮고 있는 책가방 때문에 등허리와 겨드랑이에서 땀이 솟았다. 나는 간혹 팔을 들어올려 땀냄새가 나는지 확인했다. 하교한다고 해서 일정이 끝나는 게 아니었다. 수학 학원은 책상 간격이 좁아 땀냄새와 씨근대는 숨소리가 옆자리에 고스란히 전달됐다. 에어컨 바람에 급히 마른 땀 냄새는 특히 역겨웠다.

교문 앞은 세 개의 골목으로 나뉘어 있었다. 두 골목은 주택 단지와, 한 골목은 육교가 놓인 큰 도로와 이어져 있었다. 나는 육교를 건너 마을버스를 타야 했다. 나와 비슷한 경로의 아이들이 대부분이라 도로와 이어진 골목이 유난히 붐볐다. 남자는 그 붐비는 골목 한복판에 서 있었다.

이상할 만큼 어깨가 좁은 남자였다. 얇은 여름용 셔츠 때문에 더욱 왜소해 보였는지도 모르겠다. 남자는 학교에서 몰려나오는 아이들에게 등을 돌린 채 골목 중간에 서 있었다. 둘씩 걷는 아이들이 남자를 피해갔다. 혼자 걷는 아이들도 대부분 남자를 비껴갔다. 좁은 골목에서 몸을 돌리느라 아이들의 가방이 남자를 툭툭 치는데도 남자는 움직이지 않았다. 서넛씩 걷는 아이들이 남자를 밀치고 지나갔다. 그런 아이들은 나란히 선 대형을 조금도 포기하려 들지 않았다. 끝에 선 아이가 남자를 툭 밀치고, 또 반대편 끝에 선 아이가 남자를 툭툭 밀쳤다. 남자는 조금씩 세게 밀쳐져 골목 가장자리로 밀려났다.

하나가 피하고 둘이 피하고 서넛은 툭툭 치는 이상한 리듬이 이어졌다. 내 앞의 셋, 둘, 그리고 내 앞의 하나. 이제 내가 골목을 빠져나갈 차례였다.

남자의 몸이 크게 펼쳐졌다. 대각선으로 활짝 벌린 양팔이 우스꽝스럽다고, 그렇게만 생각한 찰나였다. 남자는 이제 막 남자를 피해간 아이에게 오른팔을 휘둘렀다. 어깨를 움츠리고 혼자 걷던 아이였다. 남자가 품에서 꺼내 휘두른 물건이 아이 뒤통수를 후려쳤다. 쩍, 소리가 울렸다. 덜 익은 수박이 어긋난 방향으로 쪼개지는 것 같은 소리였다.

골목은 정적에 휩싸였다. 머리를 맞은 아이가 맥없이 주저앉은 뒤에야 낮은 비명소리가 여기저기서 울렸다. 남자는 몸을 앞으로 수그린 채 멈춰 있었다. 남자의 물건은 바닥으로 내동댕이쳐진 뒤에야 깨졌다. 신문으로 둘둘 만 참기름병이었다. 골목 가득 고소하고 진득한 냄새가 퍼졌다. 아이들이 우르르 뛰기 시작했다. 서로를 밀치고 거침없이 짓밟으며 엉망으로 뒤엉켜 골목을 빠져나갔다.

고작 한 발자국 앞에서 벌어진 일이었다.

나는 흐느끼며 집까지 달려갔다. 실제로는 마을버스를 타고 집요하게 따라붙는 사이렌 소리를 떨쳐내며 집으로 돌아왔을 것이나 내내 달리는 기분이었다. 그 골목에서 조금이라도 빨리 벗어나기 위해 달리고 또 달렸다. 집에 도착한 다음에는 신발도 다 벗지 못한 채 안방으로 뛰어들었다. 엄마는 외출복 차림이었다. 핸드폰과 지갑을 핸드백에 넣고 있던 엄마가 놀란 얼굴로 나를 돌아보았다.

—세상에, 그런 일이 있었구나. 얼마나 놀랐니?

엄마는 내 얘기를 듣는 내내 초조해 보였다. 엄마 허리를 꽉 끌어안고 있는 나를 한 손으로 다독였지만 한 손으로는 핸드폰을 만지작거렸다. 남자가 어떤 방식으로 웅크리고 있었는지, 혼자 걷던 아이를 어떤 식으로 공격했는지, 그것이 왜 우르르 이동하며 남자를 밀친 아이들 무리가 아니라 하필 혼자 걷던 아이였을지 내가 이야기하는 동안 엄마의 대답은 조금씩 건성이 됐다. 그래, 그래, 세상에 별일이 다 있다. 세상에, 저런. 근데 주영아.

—엄마가 좀, 빨리 가봐야 돼.

티슈를 뽑아 내 젖은 얼굴을 닦아주며 엄마가 말했다.

—세연이가 혼자 라면을 끓여먹으려다 냄비를 엎었다지 뭐니. 뜨거운 국물에 손을 데었대서 일단 찬물에 담그고 있으라고 했거든. 엄마가 얼른 가서 병원도 데려가고 약도 발라주고 해야 돼. 어린애 혼자 얼마나 무섭고 아프겠니. 이건 정말 너무, 너무 시급한 일이야.

나를 꽉 끌어안았다 놓은 엄마가 몸을 일으켰다. 미안함이 가득 담긴 얼굴로 나를 돌아보았으나 이미 선택을 끝낸 뒤였다. 방을 나서던 엄마가 문득 내게 물었다.

—그 남자가 너도 때렸니?

—아니.

—혹시 너한테 욕을 하거나 으름장을 놓거나 그랬어?

—……아니.

—그래, 그럼 괜찮아. 그런 건 아무것도 아니란다. 오늘은
학원 가지 말고 집에서 푹 쉬어. 우리 딸은 씩씩하니까 금방
괜찮아질 거야. 그렇지?

나는 안방에 혼자 남겨졌다. 현관문 여닫는 소리가 물속에
서처럼 깊고 낮게 울렸다.


엄마는 밤이 되어서야 집으로 돌아왔다. 양손을 붕대로 둘
둘 감은 세연과 함께였다.

—아무리 기다려도 애 엄마가 오질 않잖아. 아니, 애가 화
상을 입었다는데, 양쪽 손이 다 이 모양인데 어떻게 안 올 수
가 있어? 그깟 기도회가 뭐라고? 내가 세연이 손을, 수포가
잔뜩 올라온 손을 사진 찍어 보냈는데 그걸 보고도, 그걸 보고
도 기도나 하고 있을 수가 있어?

광분한 엄마를 아빠가 달래며 안으로 들어갔다. 세연은 자
연스레 내 방으로 들어와 내 옆에 엉덩이를 붙이고 앉았다.
양손을 들어올린 채로 조금씩 조금씩 몸을 밀어 나와 벽 사이

에 안착했다. 아파? 내가 묻자 작게 훌쩍이는 소리를 냈다. 나는 복잡한 마음으로 주근깨투성이인 세연의 얼굴을 내려다보았다.

엄마는 정성껏 세연을 돌봤다. 여섯 시간마다 붕대를 풀어 상처 부위에 화상 연고와 마데카솔을 반씩 섞어 발라주었다. 이를 닦아주고 세수를 시키고 얼굴과 온몸에 베이비로션을 바른 뒤 톡톡 두드려주었다. 밤이면 열이 오르지 않는지 살피고 화장실에 간 세연이 작게 매미 소리를 내면 곧장 달려가 엉덩이를 씻어주었다.

—애가 이렇게 어린데.

아빠가 혀를 찼다.

—암만 종교에 미쳤대도 그렇지, 이 정도 방치면 범죄 아냐?

세연이 올 때마다 불만을 토로하던 아빠조차도 그때만큼은 낯가리는 고양이처럼 구석에 숨는 세연의 머리를 무심히 쓰다듬곤 했다. 세연의 물컵에 빨대를 꽂아주거나 음료수 뚜껑을 열어주었다. 세연이는 뭐가 먹고 싶대? 퇴근하면서 엄마에게 전화를 걸어 일부러 묻기도 했다.

세연의 손은 비교적 빠르게 나았다. 집요하게 돌봄 받은 얼굴 역시 보얗고 둥글어졌다. 엄마가 주근깨 크림을 콧잔등에 발라주면 세연은 얼굴을 찌푸리면서도 얌전히 턱을 들고 앉아 있었다. 초등학교는 방학이 빨라서 다행이라고 엄마가 말했다. 삼 주뿐이었던 내 여름방학이 끝나버린 건 전혀 모르는 눈치였다.

나는 다시 학교에 갔다. 등교할 때도 하교할 때도 그 골목을 지나야 했다. 등교할 때는 괜찮았다. 아무렇지 않은 얼굴로 그곳을 지나칠 수 있었다. 하교할 때는 많은 것이 골목에 드리웠다. 어깨를 옹송그린 남자가 어디선가 불쑥 튀어나와 내 머리통을 후려칠 것 같았다. 골목 초입에만 서도 짙은 참기름 냄새가 났다. 숨을 참고 걸으면 검게 삭은 참기름이 코앞으로 뚝뚝 떨어졌다. 비어 있는 골목도 사람이 있는 골목도 무섭긴 마찬가지였다.

나는 무엇과도 부딪히지 않기 위해 바짝 긴장한 채 걸었다. 담벼락에 붙어 걷는 통에 어깨가 하얗게 긁혔다. 지나던 사람이 무심코 헛기침을 해도, 종이가 날려 바스락대도, 둔중한 발걸음 소리가 조금만 가까워져도 나는 비명을 지르며 주저앉았다. 참기름병으로 머리를 맞은 아이는 방학이 끝났는데도 등교하지 않았다. 어딘가를 잘못 맞아 눈이 안 보인다고 했다. 지네처럼 발이 많고 기다란 흉터가 생겼다고 했다. 그것이 내 얘기가 될 수도 있었다. 그애 걸음이 조금만 빨랐어도 정수리를 맞는 건 나였을 것이었다. 나는 다리를 절뚝이며 땀에 흠뻑 젖은 채 골목을 빠져나갔다. 매일매일이 지옥 같았다.

집에 돌아오면 엄마가 말끔하게 씻겨놓은 세연이 소파에 앉아 있었다. 붕대를 푼 세연의 손에는 발그스름한 얼룩만이 남았다. 더이상 약을 바를 필요도 없었다. 그럼에도 세연은 우리집에 있었다. 납작하고 억울한 얼굴을 하고 세연은 늘 내 방을 차지했다.

—이모.

세연이 소파에 나란히 앉은 엄마에게 속살거리는 소리를 들으며 나는 주먹을 쥐었다. 그러고 보니 세연은 아주 어릴 때부터 내 엄마를 이모라 불렀다. 이모라니, 그건 너무 친근한 호칭 아냐?

—이모, 저는 정말로, 거기 가고 싶지 않아요.

엄마가 다 안다는 듯 고개를 끄덕였다.

고모는 툭하면 학교에 있는 세연을 끌어다 기도원으로 데려갔다. 세연이 도망쳐 나오면 일주일이고 열흘이고 집에 혼자 있도록 내버려뒀다. 세연이 화상을 입었다는 얘기에 고모는 뒤늦게 연락해 오히려 화를 냈다. 그러게 세연이 너, 내가 샘물수련원으로 들어오라고 했잖니? 여기 수련원은 밥도 다 알아서 해주고 잠잘 곳도 내주고 예배도 아침저녁으로 열리는데! 고모의 전화를 끊어버린 건 아빠였다. 미친년 같으니라고. 아빠의 욕설에 세연이 안심한 얼굴을 했다. 응석 부리듯 엄마의 옆구리를 파고들었다.

억울한 마음이 든 건 그때였다. 저 자리에 있어야 할 사람은 세연이 아니었다. 매일 밤 머리통이 깨지는 악몽을 꾸고 골목 길을 지날 때마다 조금씩 오줌을 지리는 내가 저들 사이에 있 어야 했다. 엄마 아빠가 다정하게 묻고 어르고 보듬어야 할 대 상은 세연이 아닌 나였다.

밤이 되자 세연이 내 방으로 들어왔다. 내 침대에 나란히 누 워 잠을 자는 건 어릴 때부터의 습관이었다. 세연이 이불 속으 로 들어오려고 할 때 발가락을 꼼질대 간지럽히는 것도, 기어 코 파고든 세연이 내 팔죽지를 끌어안고 잠드는 것도 오래된 습관이었다. 나는 이불 속으로 파고드는 세연을 세차게 떠밀 었다. 세연이 당황한 얼굴로 바닥에 주저앉았다.

—그래서 뭐?

내가 다그치듯 세연에게 물었다.

—교회 사람들이, 그 사람들이 너한테 무슨 짓을 했는데? 널 때렸어?

—아니.

—너한테 욕을 했어? 그 사람들이 널 함부로 만졌어?

—……아니.

—그럼 아무것도 아니네.

세연이 놀란 얼굴로 나를 올려다봤다. 나는 세연의 주근깨 투성이 얼굴을 똑바로 내려다보며 말했다. 얼굴이 둥글어졌어

도 푸석푸석하던 머리칼이 보드라워졌어도 몸에서 좋은 냄새
가 나도 여전히 엉망으로 찍혀 있는 주근깨만을 바라보며 말
했다.

　─그럼 아무 일도 없었던 거잖아. 아무것도 아니라고. 그러
니까 유난 떨지 마.

　불쌍한 척 좀 그만하라고. 세연이 방에서 나간 뒤에야 나는
내가 몸을 뒤로 한껏 젖히고 있었음을 깨달았다. 부자연스럽
게 펼쳐졌던 어깨가 순식간에 쪼그라들었다. 세연은 그날 밤
작은 배낭을 챙겨 사라졌다. 집으로 간 건지 교회 수련원으로
간 건지 알 수 없었다.

*

〔그때 언니가 내게 왜 그랬는지 알아.〕
내게 보낸 마지막 문자에서 세연은 말했다.
〔내가 도둑년이었기 때문이지.〕

*

　─나 같아도 그랬을 거 같아.
　─뭐가?

엄마가 흔들의자에서 일어났다. 털실 무더기에서 빠져나온 노랗고 가느다란 먼지들이 허공으로 떠올랐다. 더할 나위 없이 하찮은 덕에 먼지들은 어떤 제약도 없이 마음껏 떠돌았다. 재채기가 나올 것 같았다.

─세연이가 전활 걸어 이모 살려주세요! 그렇게 소리친다면 말이야. 나도 고모처럼, 그랬을 거 같아.

─천만원을 찾아다 준다고?

─그것까진 아니더라도, 백만원쯤은.

엄마가 겸연쩍은 얼굴을 했다. 그러고는 거실 반대편으로 굴러간 털실 공을 주워와 갈무리하기 시작했다. 실이 풀썩일 때마다 노란 먼지가 뿜어져나왔다.

세연의 장례식장에서 고모는 울지 않았다. 고모를 빙 둘러싼 교인들이 눈물 흘릴 틈도 없이 떠들어댔기 때문이었다. 그들은 빈소에 빼곡히 모여 앉아 쉼없이 기도하고 쉼없이 노래했다. 모든 자리를 차지하고 앉은 통에 세연의 친구들은 제대로 조문조차 하지 못했다. 엄마와 나도 멀찍이서 영정 사진을 보았다. 세연이 어떻게 죽었는지 정확히 아는 사람은 아무도 없었다. 철거중이던 건물이 내려앉았다고도 하고 공사중이던 건물 외벽이 무너졌다고도 했다. 어느 쪽이든 무거운 것에 깔려 죽은 것만은 사실인 듯했다. 주님께서 가장 귀히 여기는 자, 가장 어여삐 여기는 자를 먼저 데려가심이니. 고모의 머리에 손을 얹은 황목사가 그렇게 말했을 때 고모는 드디어 입을 뗐다.

─왜요? 우리 세연이는 주님을 믿지도 않았는데 왜 그애를 어여삐 여겨요? 왜 함부로 데려가요?

세연이 죽은 뒤에야 고모는 황목사에게 의탁하는 걸 멈췄다. 엄마는 드디어 고모가 마음을 바로 세운 거라 기뻐했지만 나는 믿지 않았다. 그렇게 쉽게 바로 세워질 마음이었다면 세연을 그렇게 방치하지 않았겠지. 그토록 어린 세연이 남의 집 차가운 현관 앞을 서성이며 관심을 구걸하게 내버려두지 않았겠지. 비루한 세연을 보지 못했던 고모가 죽어버린 세연이라고 볼 수 있을 리 없었다. 게다가,

─이것 봐. 고작해야 보이스피싱범에게 돈을 내주고 속이 시원해졌다느니 하는 꼴을.

달라진 건 아무것도 없었다. 세연아, 봐. 이 한심한 꼴을 좀 봐. 네 엄마는 아직도 돈으로 평안을 사고 우리 엄마는 여전히 선인 놀이에 빠져 있다. 나는 흔들의자에 앉아 몸을 움직였다. 박차를 가하듯 세게, 더 세게 의자를 밀었다. 끼익 꺽 비틀린 소리를 내던 흔들의자는 몸통이 눈에 띄게 기우뚱해진 뒤로는 오히려 어떤 소리도 내지 않았다. 조금의 덜컹거림도 없이, 약간의 소음도 없이 깊이 누웠다 일어서기를 반복했다.

나는 세연을 찾으러 그 교회에 가본 적이 있었다. 5월의 한 낮이었고, 중간고사가 끝난 참이라 가방이 가벼웠다. 마을버스를 타고 구청 정류장에서 내렸다. 구청을 가로질러 후문으로 나가자 놀랄 만큼 너른 땅이 나타났다. 뾰족하고 거대한 첨탑이 세워진 교회 건물을 중심으로 기도원과 청소년수련원이 양옆에 배치되어 있었다. 또 무얼 짓고 있는지 운동장 구석에 거대한 가림막이 처져 있었다.

가림막 옆에서 나는 천천히 숨을 골랐다. 고모가 있을 기도원과 황목사가 있을 교회, 세연이 있을 청소년수련원 중 어느 곳으로 갈지 결심이 필요했다. 교회는 너무 컸다. 당장이라도 고꾸라질 듯 거대한 첨탑 때문에 선뜻 발이 그쪽으로 떨어지지 않았다. 기도원 현관문에는 굵은 사슬이 연결된 자물쇠가 달려 있었다. 유리문 안쪽으로 벗어둔 신발이 빼곡했으나 약간의 인기척도 없었다. 나는 내심 안도하며 기도원으로부터 멀어졌다. 청소년수련원은 밝고 소란했다. 활짝 열린 문 안쪽으로 아이 여남은 명이 보였다. 똑같은 색 체육복을 입은 그 아이들은 대걸레와 손걸레를 들고 여기저기 흩어져 있었다.

—어떻게 오셨어요?

단발머리 여자가 다가와 물었다. 코가 높고 턱이 둥근 사람이었다. 콧잔등에 주근깨는커녕 점 하나 돋아 있지 않았다. 사람을 찾으러 왔어요. 그렇게 말해놓고 나는 금세 후회했다. 찾으러 왔다니, 누구를? 세연이를? 찾아서는 뭘 할 건데?

―친구가 여기 있어요? 이름이 뭔데?

여자가 뒤편에 있는 아이 하나를 부르더니 가서 민주 쌤 모셔와, 라고 속닥거렸다. 나는 여자가 이끄는 대로 반들반들하게 닦인 복도를 따라 걸었다. 곳곳마다 아이들이 있었다. 손걸레로 유리창을 닦고 복도에 걸린 액자를 떼어 먼지를 털고 빗자루를 기다란 막대에 묶어 천장을 쓸었다. 정신없죠, 오늘이 대청소 날이라서요. 운동장에서 카펫도 털 건데 그러면 정말 천둥소리 같은 게 나요. 이따 놀라지 말아요. 여자가 가볍게 말하며 웃었다. 복도 끝 상담실에 다다르자 여자는 잽싸게 책상 위를 정리하고 의자를 끌어다 나를 앉혔다.

―찾는 사람은 가족이에요? 친구?

나는 입을 다물었다. 드문드문이긴 해도 세연과 지낸 시간이 줄잡아 오 년은 되었다. 그건 가족이라 부르기엔 너무 짧고, 친구라 정의하기엔 너무 내밀한 시간이었다. 내가 망설이자 여자가 질문을 바꿨다.

―여긴 일종의 고해소 같은 곳이에요. 마음이 답답한 사람들이 우릴 많이 찾아오거든요. 마음 터놓고 얘기할 사람이 없거나 외롭고 힘든 사람들, 다 비슷하게 괴로운 사람들이니까 긴장할 거 없어요. 이름이 뭐예요? 주영이? 주영이는 어때요, 학교생활이 힘들진 않아요? 가족들이 주영이 얘기를 잘 들어

주나요?

아무 말도 하고 싶지 않았다. 그러면서 무슨 말이든 하고 싶기도 했다. 그날 이후 세연은 단 한 번도 우리집을 찾아오지 않았다. 아빠는 평온한 일상으로 돌아갔고 엄마는 폴 이모와 함께 새로운 댄스 강습소에 다니기 시작했다. 나는 여전히 하교할 때마다 구석진 곳에 생쥐처럼 몸을 붙이고 걸었다. 참기름 냄새가 날 때마다 오줌을 지린다는 말은 누구에게도 하지 못했다.

여자는 신중한 얼굴로 내 얘기를 들었다. 내 쪽으로 상체를 기울인 뒤 오른편 귀가 내게 가까워지도록 자세를 조절했다. 어깨가 좁은 남자 얘기를 할 땐 괜찮나요, 하며 내 어깨를 토닥였고 참기름병 얘기를 할 땐 웃음을 참는 것처럼 콧잔등을 찌푸렸다. 나는 계속해서 여자를 살폈다. 거짓말을 하고 싶다는 충동이 든 건 그때였다. 무슨 말이든 틀림없이 들어주고 말겠다는 여자의 태도가 나를 들뜨게 했다.

─남자 옆을 지나갈 때요. 그애가 말하는 걸 제가 들었어요.

─무슨 말을?

─그애는 말했어요. 씨발, 걸리적거리는 인간이 여기도 있네. 남자가 참기름병을 꺼내 그애 머리를 내리쳤어요. 한 번, 두 번, 세 번, 병은 이미 산산조각나 남은 게 없는데도 남자는 계속 팔을 움직였어요. 사방으로 참기름이 흩뿌려져 주변 사

람들 모두가 고소한 냄새를 풍겼어요. 하지만 경찰 조사를 받을 때 이런 건 말 안 했어요. 그애가 남자에게 꺼지라고 했다는 말은요. 그애도 머리가 깨졌으니 충분히 대가를 치른 셈이잖아요?

무서웠겠다. 여자가 말했다. 눈앞에서 그런 일을 목격하는 건 무서운 일이에요. 주영이 잘못이 아닌데도 계속 생각나고 불안하고 억울하기도 하고, 그렇지요? 여자가 어르듯 말했다. 종이를 꺼내 내 앞에 펼쳐놓고는 이런 말도 했다.

—주영이만 괜찮다면 우리 상담 쌤과 만나볼래요? 여기 이름이랑 전화번호, 집주소만 써주면 무료로 상담받을 수 있어요. 거기 빈칸에 주영이가 만나러 온 사람 이름도 써주면 내가 찾아줄게요. 무슨 일이든 우리가 다 도와줄 수 있어요.

거짓말쟁이. 나는 의자에서 일어났다. 가방을 멘 채로 앉아 있었으니 따로 챙길 것도 없었다. 복도로 나오자 여자가 황급히 뒤쫓았다. 자꾸 겁내고 도망쳐서는 아무것도 나아지지 않아요. 여기선 선생님이랑 친구들이 얼마든지 도와줄 수 있어요. 친구는, 친구는 안 찾을 거예요? 조금 전까지만 해도 복도에 가득하던 아이들이 한 명도 보이지 않았다. 아주 가까운 곳에서 종소리가 울렸다. 유리창이 울릴 정도로 묵직하고 커다란 소리가 두 번, 세 번 이어졌다. 나는 주변을 돌아보지 않으려 애쓰면서 수련원을 빠져나왔다. 텅 빈 운동장에 붉고 긴 카펫이 가득 깔려 있었다.

비켜, 이 새끼야. 그애는 그런 말을 하지 않았다. 고개를 숙인 채 남자 옆을 빨리 지나가려 애썼을 뿐이었다. 남자는 누구의 입에서 욕설이 흘러나온 건지 가늠하지 못한 채 딱딱하게 굳어 있었다. 남자를 흘긋대거나 노려보는 아이들이 사방에 가득했다. 시선을 피한 것은 그애뿐이었다. 씨발, 걸리적거리는 인간이 여기도 있네. 나는 그렇게 말했다. 남자를 똑바로 노려보면서 이런 말도 했다. 꺼져, 이 병신아. 고작 한 발자국 앞에서 벌어진 일이었다. 참기름병에 머리가 깨진 아이는 중간고사가 다 끝나도록 등교하지 않았다. 공황장애 때문에 외출을 못한다고 했다. 말을 심하게 더듬는다는 말도 돌았다. 그것이 내 얘기가 될 수도 있었다. 남자가 조금만 신중했더라면 머리가 깨진 건 나였을 것이다.

나는 서둘러 집으로 돌아갔다. 다른 아이들이 눈치채지 못하게, 누가 욕을 했는지 들키지 않게 최대한 숨을 죽였다. 더는 잠들어 있는 세연의 귀에 네 엄마는 미친년이야, 라고 말해선 안 됐다. 세연의 수첩에 도둑년이라고 써선 안 됐다. 나는 다리를 절뚝이며 땀에 흠뻑 젖은 채 골목에서, 집에서 도망쳤다. 절뚝일 때마다 온몸에서 끼익 꺽 끼익 꺽 소리가 났다. 매일매일이 지옥 같았다.

미도

─난 사실 아무것도 하고 싶지 않아.

너의 동생이 말했다.

─결국은 내가 하게 되겠지만. 그게 뭐든.

그것은 너의 무능을 탓하는 말이었다.

너는 거실 테이블에 쌓여 있는 무수한 종이를 바라보았다. 통화 기록과 입출금 내역서, 카톡으로 주고받은 메시지 캡처본들이 불규칙한 능선을 그리며 쌓여 있었다. 엄마를 위해선 어떤 일도 하고 싶지 않아. 그렇게 말하면서도 너의 동생은 엄마의 일과를 분기별로 모아두었다. 변호사와 상담을 하고 구치소로 면회도 다녀왔다고 했다. 너는 전부 처음 듣는 얘기들이었다.

―뭐 그런 인간이 다 있을까.

너의 동생이 종이 무더기를 양손으로 꽉 누르며 몸을 기울였다. 너는 소파 옆 바닥에 쪼그려앉아 있었으므로 동생의 상체가 너에게 쏟아질 듯 가까워졌다. 목덜미를 잡힌 개처럼 너는 작게 짖었다.

―무슨 그런 뻔뻔한 인간이 다 있을까.

너의 동생이 너를 똑바로 쏘아보며 말했다.


사건 관련 기사를 찾는 건 어렵지 않았다. 오타까지 똑같은 기사들이 포털 사이트에 무한 복제되어 올라와 있었다. 너는 그 속에서 유효한 말들을 골라내려 애썼다. 아이를 학대한 여자. 돌봄방, 지인들의 아이 여럿을 돈을 받고 돌봐주면서 폭언을 퍼붓고 신체적 학대를 서슴지 않은 오십대 여자. 사실과 추측이 뒤섞여 뒤룩뒤룩해진 기사를 너는 몇 번이고 다시 읽었다.

―이게 엄마라고?

네가 사진 속 사람을 가리키며 물었다. 그것은 사람이라기보다 검고 큰 베개처럼 보였다. 롱 패딩으로 몸을 꽁꽁 싸맨데다 덮어쓴 모자 위로 목도리를 감아놓은 탓이었다. 몸을 꼿꼿이 편 상태인데도 얼굴은커녕 머리칼 한 올 드러나지 않았다.

―나라면 모를까 언니는 한눈에 알아봐야 되는 거 아냐?

엄마가 그렇게 애지중지 키웠는데.

너의 동생이 빈정대듯 말했다.

—돈은 안 받았대. 선의로 한 무료 봉사였다고 억울해하더라.

—선의?

—그래, 선의.

너의 동생은 잠시 침묵했다. 네가 기사 내용을 이해할 시간을 주는 건지 꿈틀대는 여러 감정을 다스리고 있는 건지 알 수 없었다. 자극적으로 조립된 문장들을 전부 이해하진 못했지만 너는 일단 태블릿 화면을 껐다. 너의 동생은 지금껏 자신이 사는 집에 너를 부른 적이 없었다. 굳이 너를 집으로 불러앉혀놓은 데에는 이유가 있을 것이었다.

—난 언니한테 얘기할 생각 없었어. 재판이 열리는 걸 알아봤자 언니가 할 수 있는 일도 없으니까. 그런데 엄마 생각은 다르더라고.

맨바닥에서 냉기가 올라왔다. 너는 엉덩이를 들썩여 바닥과 틈을 약간 벌렸다. 손바닥을 끼워 깔고 앉아 너는 너의 집 거실을 떠올렸다. 좁은 거실에 놓인 양모 러그와 그 위에 잠들어 있을 검고 허약한 개. 너의 동생이 노크하듯 테이블 위를 똑똑 두드린 뒤 말했다.

—납치 감금 트라우마에 시달리고 있는 모자란 딸. 선처를 구하기에 그것만큼 좋은 카드가 어디 있니? 할 수 있는 건 다

해봐야지. 엄마는 그렇게 말했어.

*

모자란 아이.

너는 모두에게 그렇게 불렸다.

너는 제때 뒤집기를 했고 돌잡이를 할 즈음 걸음을 뗐다. 가르쳐준 순서대로 숫자 자석을 냉장고에 붙일 줄 알았고 개와 고양이를 구분할 줄 알았으나 너는 늘 모자란 아이로 불렸다. 너의 엄마 때문이었다. 엄마는 너의 눈빛이 흐리고 멍하니 정지해 있는 시간이 길다고 모두의 앞에서 안달했다. 어딘가 틀림없이 모자란 부분이 있을 거라는 견고한 의심 속에서 너는 자랐다.

유치원 버스에서 내릴 때 너는 짧은 손가락을 고물거려 스스로 안전벨트를 풀 줄 알았다. 버스 계단을 내려서던 걸음을 돌려 자리에 두고 온 우산이나 물통 따위를 챙겨올 줄도 알았다.

—미도는 행동이 조금 느릴 뿐 꼼꼼하고 성실한 아이예요.

너의 유치원 선생은 웃음을 한껏 담아 너를 칭찬했다. 그것은 너의 기질을 설명한 것이었으나 너의 엄마는 단박에 얼굴을 일그러뜨렸다.

─선생님이 보시기에도 그렇죠?

─네? 네, 뭐, 아무래도 그렇죠.

너의 엄마는 유치원 선생의 말을 발달지연 내지는 발달장애로 받아들였다.


너를 가장 걱정하는 사람은 너의 엄마였다. 느리고 멍한 아이는 금세 부족한 아이가 됐고, 정확한 통계나 수치 없이도 어딘가 모자란 아이, 덜떨어진 아이가 됐다. 그러고 나서는 순식간이었다. 너는 과도한 관심과 애정 속에 재정의되었다. 발달이 느리고 감정이 풍부하지 못하며 또래와 잘 어울리지 못해 지속적인 관심과 적절한 치료가 필요한 아이. 가족의 상시적인 돌봄과 반복적 지도가 필요한 아이. 너는 어린이용 젓가락을 움직여 콩장 알을 하나씩 집어 옮기는 데 문제가 없었다. 덧셈과 뺄셈도 곧잘 했다. 정해진 박스 안에 블록들을 차곡차곡 포개 넣어 뚜껑을 덮을 줄도 알았다. 친구와 손을 잡고 다니진 않았으나 그애들의 이름이 무엇인지, 하원할 때 어느 아파트 입구에서 내리는지도 기억했다. 그러나 너는,

모자란 아이였다.

적어도 너의 엄마는 너를 그렇게 대했다.

─미도.

엄마가 너의 이름을 부를 때 너의 표정은 덜 무른 콩처럼 단

단해졌다. 또렷하게 앞을 보려 애썼다.

—미도, 집에 들어오자마자 손 씻었니?

너는 손톱 밑까지 문질러 닦은 후 물기를 꼼꼼히 닦아낸 손을 들어 보였다. 엄마가 너를 스쳐지나갔다. 손목을 움켜쥐거나 수건을 내던지지 않는 것은 통과의 표시였다. 손톱 밑에 낀 때를 칫솔로 박박 닦아낸 뒤 몇 번이고 검사받지 않아도 된다는 뜻이었다. 너는 작게 숨을 내쉬었다. 아주 작게, 호르르르 빠져나가는 숨이 너의 뼛속에서만 진동하게끔, 엄마의 귀에 들리지 않게끔.


—네 주머니 속에 뭐가 들어 있는지 엄마는 알고 있어.

너의 엄마는 종종 엄숙한 얼굴을 하고 말했다. 너의 양어깨를 붙들어 자신의 얼굴을 한껏 너에게 들이민 채였다. 너는 엄마가 뿜어내는 미지근한 콧김을 쐬며 엄마의 말을 들었다. 너의 주머니는 대부분 비어 있었다. 간혹 땅콩사탕 껍질이나 동전 같은 게 들어 있기도 했다. 비어 있는 주머니도 사탕 껍질이 든 주머니도 위험하지 않았다. 그러나 너는 엄마에게 양어깨를 잡힘과 동시에 주머니를 꽉 틀어쥐었다. 보여줄 수 없는 것이, 들키면 안 되는 것이 정말로 거기 있다는 듯이.

호르르르, 너는 작게 숨을 내쉬었다. 천천히 호르르르, 다섯 번쯤 숨을 내쉬면 너의 엄마는 자애로운 얼굴로 돌아왔다. 너를 놓아주고 머리를 쓰다듬었다. 엄만 다 알아. 너의 엄마가 양손을 활짝 펴 너의 머리통을 잡았다. 손가락으로 너의 관자놀이를, 목덜미로 이어지는 연한 부위를 꾹꾹 주물렀다.

─네 조그만 머리통 속에 뭐가 들어 있는지 훤히 다 알지.

주머니쥐가 된 기분으로 너는 고개를 끄덕였다.

너의 엄마가 주방으로 들어간 뒤에도 너는 복도에 서 있었다. 장바구니에서 유기농 두부와 토란대, 시금치 같은 것들을 꺼내 아일랜드 식탁 위에 늘어놓는 엄마를 바라보았다. 너의 엄마는 얇고 질긴 천으로 만든 장바구니를 식탁 위에 펼쳤다. 각 귀퉁이를 맞춰 한 번 두 번 접었다. 세 번 네 번에 걸쳐 장바구니는 작은 사각형이 되었다. 모서리가 비틀리거나 대칭이 맞지 않으면 다시 처음부터 접었다. 너의 엄마는 반듯하게 눌러 각을 잡은 장바구니를 케이스 안에 넣었다. 모서리부터 살살 밀어넣던 너의 엄마가 조금씩 힘을 가했다. 종내에는 쑤셔넣듯 케이스에 넣어 억지로 똑딱이를 채웠다.

너는 정사각형으로 접은 장바구니가 작고 길쭉한 직사각형 케이스에 맞춤하지 않다는 걸 알고 있었다. 그러나 말없이 엄마를 지켜보았다. 너는 모자란 아이였고, 너의 엄마는 무엇이든 기어코, 자신의 뜻대로 해내는 사람이기 때문이었다.


너는 몸을 웅크렸다. 너의 동생과는 일찌감치 헤어졌지만 동생이 남겨놓은 말들이 신발 속 돌처럼 너를 찔렀다. 성가시고 선명하게 이물감이 느껴지는데도 발목까지 신발끈을 조여 묶은 탓에 쉽사리 빼내지 못하는 작은 돌 같은 말이었다. 너의 동생은 너를 싫어했고 자신의 감정을 숨기는 법이 없었다. 어떻게 해야 언니처럼 살 수 있어? 동생은 자주 너에게 물었지만 그건 너가 동생에게 묻고 싶은 말이었다. 어떻게 해야 동생처럼 살 수 있나. 모자라지도 넘치지도 않게 꼭 맞춤으로. 버스 안내방송에서 익숙한 지명이 들렸다. 너는 하차 벨을 누르고 시간을 들여 조금씩 몸을 폈다. 하차시 버스가 정차하면 이동합니다. 너는 안내문구에 따라 움직였다.

난 사실 아무것도 하고 싶지 않아. 버스에서 내린 뒤 집 쪽으로 걸으면서 너는 중얼거렸다. 좁고 구불구불한 길 위에서 말은 흔적도 없이 사라졌다. 하얗게 피어오르는 입김을 얼굴로 밀어내며 너는 걸었다. 외벽을 노랗게 칠한 낡은 빌라가 보였다. 너의 엄마가 샀고 한때 너의 동생이 살았으며 이제는 네가 살고 있는 집이었다. 얘기할 생각 없었어. 알아봤자 언니가 할 수 있는 일도 없으니까. 너는 다시금 중얼거렸다. 냉정한 말이었으나 반박할 수 없었다. 너는 대체로 비겁하고 틀림없이 무능한 채로 평생을 살아왔다. 그것이 너의 엄마가 바라던 너의 삶의 방식이었다.

개는 배를 한껏 드러낸 채 잠들어 있었다.

너는 희고 긴 털로 짜인 양모 러그와 그 위에 잠들어 있는 검고 허약한 개의 모습이 상상과 조금도 다르지 않아 안심했다. 네가 삶에 대해 예측할 수 있는 건 이 정도였다. 개에 관한 지극히 일부분에 불과한 무엇. 유기견 보호소에서 데려올 때 개는 지독한 피부염을 앓고 있었다. 지속적인 치료로 부스럼은 나아졌지만 켜켜이 올라온 각질과 열기는 잡지 못했다. 구부러진 네 다리 사이로 드러난 뱃가죽이 아직도 새빨갰다.

동물병원 의사는 개를 보며 불쌍하게도, 라고 말했다. 어미 뱃속에 있을 때부터 영양 공급이 원활치 못했을 겁니다. 약하고 병든 탓에 버려졌을 수 있어요. 장애 때문에 불가피하게 무리에서 떨어졌을 수도 있고요. 너는 진료 테이블 위에 엎드려 있는 개를 바라보았다. 개는 아프고 불편해 보였으나 불쌍해 보이진 않았다. 개는 꾸준히 너와 눈을 맞추고 조용히 기뻐하며 꼬리를 흔들었다. 의사가 뭔가를 종용하듯 쳐다봤으므로 너는 두 손을 공손히 모은 채 의사처럼 말해보았다. 어미에게서 버려지다니 불쌍하게도. 의사가 만족한 듯 말을 이었다.

—피부질환은 견주분 노력에 따라 결과가 달라져요. 얼마든지 극복할 수 있어요.

—극복할 수 있다면 장애가 아니잖아요?

—그렇죠. 장애는 따로 있죠.

　의사가 개의 뒤통수에 대고 손가락을 딱딱 튕겨 보였다. 개는 너에게 집중한 채 꼼짝도 하지 않았다. 그 모습이 견딜 수 없이 사랑스러웠으나 의사는 혀를 찼다.

　—이것 보세요. 이애는 소리도 잘 못 들어요.

　불쌍하게도. 의사가 다시 한번 말했다. 너는 그 말을 따라 하는 대신 개를 안고 병원을 나왔다. 너는 불쌍해하기 위해 개를 데려온 게 아니었다. 너는 극복이 아닌 회복을 원했다. 회복에 필요한 건 동정이 아니었다.


　너는 살금살금 걸어 러그 위에서 잠든 개에게 다가갔다. 기척이 가까워지면, 냄새가 진해지면 개는 깨어난다. 눈뜨자마자 맹렬히 꼬리를 흔들며 등짝을 바닥에 비벼댈 것이다. 네가 쓰다듬을 수 있도록 가슴을 한껏 내밀고 새빨간 배를 드러내겠지. 너의 손이 멀어지면 펄쩍 뛰어올라 너의 얼굴을 핥으려 들 것이다. 균형을 잃은 네가 엉덩방아를 찧으면 눈높이가 낮아진 너를 보며 개는 한층 더 즐거워할 것이다. 이 정도로는 안 되는 걸까. 너는 의아해졌다. 이 정도 환대면 매일을 살기 충분하지 않나.

　비겁하고 무능한 채로 사는 동안 너는 늘 지적받았고 쉽게 경멸당했다. 네 머릿속에 뭐가 들어 있는지 엄만 전부 다 알

아. 너는 배구공 잡듯 무감하게 너의 머리통을 잡아올리던 커다란 손을 떠올렸다. 이것도 몰라? 이렇게 될 줄 정말 몰랐다는 거야? 머리가 있으면 유치원생도 이 정도는 알겠다! 맥주 캔과 닭 뼈 따위를 너에게 집어던지던 누군가의 강마른 손도 떠올렸다. 그건 정말 이상한 일이었다. 너는 너의 엄마가 바라는 대로 살아왔다. 너의 엄마는 너에게 세계를 가르친 사람이었다. 그러나 엄마는 너를 세계로부터 가장 멀리 떼어놓은 사람이기도 했다.

— 엄마가 뭐라든 난 반대야.

너의 동생은 그렇게 말했다. 깔고 앉은 손바닥이 저릿해지기 시작할 즈음이었다. 동생의 집은 낯설었고 너는 그 집에서 나올 때까지 거실 이상은 들여다보지 못했다. 너는 동생의 침실이 궁금했다. 동생이 어떤 샴푸와 치약을 쓰는지, 수건을 어떤 방식으로 접어 수납장 안에 넣어두는지 궁금했다. 동생의 집에도 움직일 때마다 삐걱삐걱 소리가 나는 조잡한 운동기구가 있는지 궁금했다. 그러나 너는 아무것도 깔려 있지 않은 거실 맨바닥, 그것만을 볼 수 있었다.

— 엄마는 언닐 이용해 동정표를 얻어보겠다는 심산이야.

서른이 넘도록 사고만 치고 다니는 모자란 딸을 지극정성으로 돌보고, 지역 사람들에게 봉사하며 견실한 삶을 살았다, 그런 걸 내세우고 싶은 거겠지. 언니가 그간 사기당한 내역만 줄줄 읊어도 설득력 있을걸. 다단계에 속아 전세금 날린 거며 남자한테 속아 사채 쓴 거며 종교 시설에 끌려가 감금당했던 거며.

—……

—근데 그런 건 이유가 안 돼.

베란다 문이 조금 열렸는지 바람소리가 날카롭게 울렸다. 테이블 위에 쌓인 종이들이 파르륵 몸을 떠는 것도 같았다. 너의 동생이 말했다.

—학대는 그냥 학대야. 거기엔 어떤 이유도 붙으면 안 돼.

*

누군가 긴 복도를 걷고 있다. 슬리퍼의 단단한 고무바닥이 소음과 발자국을 동시에 찍어낸다. 호르르르, 너는 작게 숨을 내쉰다. 천천히 호르르르, 다섯 번 일곱 번 숨을 내쉬지만 발소리는 좀처럼 사라지지 않는다. 너는 오래된 캠핑 용품과 구식 청소기, 어린이용 헬멧 따위가 쌓인 팬트리에 숨어 있다. 아무리 숨을 내쉬어도, 아무리 시간이 흘러도 누군가는 자비로워질 기색이 없다.

너의 엄마는 그애들을 예쁜꼬마선충이라고 불렀다. 예쁘구

나. 참 예뻐. 너의 엄마는 그애들이 선충처럼 몸을 질질 끌며 구석으로 기어가 몸을 숨길 때까지 그애들의 모든 움직임을 지켜보았다. 우리 예쁜 꼬마가 이렇게나 컸구나. 팔이 이만큼, 다리가 이만큼 빠져나올 만큼 컸어. 그런데 어쩌니. 우리 꼬마는 뇌가 없는데.

그애들 얼굴에 곰팡이처럼 번지던 푸른 공포를 너는 보았다. 연하고 부드러운 솜털이 두려움 때문에 빳빳이 솟구치는 걸 너는 아주 가까이에서 보았다. 너의 엄마가 자리에서 일어나는 순간 그애들 얼굴에 순차적으로 퍼지던 거대한 출렁거림을, 너는 한 번의 붓질로 그려낼 수 있었다. 그애들은 필사적으로 미소를 짓고 너의 엄마 팔뚝에 뺨을 비볐다.

—저는 선생님을 세상에서 제일 사랑하는 것 같아요.

—같아요?

너의 엄마 목소리가 싸늘해지면 그애들은 얼른 말을 바꿨다.

—선생님을 제일 사랑해요. 선생님은 신님 같아요. 아니, 선생님은 신이에요.

어쩔 줄 몰라하는 아이들을 너의 엄마는 좋아했다. 그애들이 어찌해야 하는지 일러주는 것이 너의 엄마가 가장 좋아하는 일이었다. 너의 엄마가 가장 싫어하는 건 어찌해야 하는지 일러주었음에도 그것을 따르지 않는 아이였다. 너의 엄마는 그런 아이를 솎아내 조용히 방으로 데려갔다. 가까스로 울음을 멈춘 아이의 눈가를, 뺨을, 콧물로 얼룩진 인중과 턱 밑을 향기나는 티슈로 닦아주었다. 그러고는 은밀히 속삭였다.

—너처럼 멍청한 애는 엄마 아빠랑 같이 살 자격이 없어.

—네 아빠가 너를 여행 가방에 담아 내다버릴 거다. 이제 지렁이랑 살아야겠네, 우리 꼬마는.

—딱 한 번만 용서해달라고 선생님이 얘기해줄까? 땅에 파묻히기 전에 선생님이, 구해줄까?


그러니까 너는 알고 있었다. 너의 엄마가 무엇을 하는지, 무슨 짓을 하며 살아왔는지.

네가 엄마의 집에서 나온 건 고작 이 년 전이었다. 너의 엄마는 너를 위해 아주 오랫동안 상담 센터에 다녔다. 너는 엄마와 나란히 가족 상담을 받기도 하고 여러 검사를 받으며 혼자 심리 상담을 받기도 했다. 상담 센터 선생님은 너에게 자주 물었다. 무엇을 하고 싶어요? 무엇이 당신을 가장 힘들게 하나요? 엄마와 나란히 앉아서는 결코 답할 수 없는 질문들이었다.

네가 상담을 받는 동안, 혹은 치료를 받는 동안 너의 엄마는 센터 대기실에서 기다렸다. 그곳에 온 다른 부모들과 말을 나누고 산만하거나 우울하거나 난폭한 아이들과 친해졌다. 너의 엄마는 모자란 아이를 키우는 괴로움을 제법 잘 극복한 사람처럼 보였다. 너의 엄마는 돈이 많았고 집이 넓었고 시간도 많

았으므로 상담 센터에서 친해진 사람들의 아이를 잠깐씩 돌봐
주기 시작했다.

—우영이 엄마가 어떤 심정인지 내가 다 알아.

너의 엄마는 상냥하게 그들을 달랬다.

—마음 굳게 먹어요. 지금 다 소진해버리면 견딜 수가 없
어. 우리 애들처럼 선하고 얼룩 한 점 없는 사람을 이용해먹으
려는 인간들이 얼마나 많은데. 내가 지금껏 딸 때문에 안 당해
본 일이 없어요. 그래도 어쩌겠어, 우리 애는 우리가 지켜야
지. 그러려면 자꾸 숨을 돌려야 돼.

너의 엄마는 아이들 부모에게 잠시 숨을 돌리고 오라고, 파
트타임으로라도 돈을 벌어 상담비에 보태라고, 허리를 다친
노모의 병시중을 충분히 들고 오라고 말해주었다. 내가 도와
줄게. 너의 엄마가 자애롭게 말했다. 아이들은 너의 엄마를 신
이라고 불렀다. 아이들의 부모는 너의 엄마를 구원자라고 불
렀다. 그리고 그들은 지금 모두, 피해자가 되었다.

너는 알고 있었다. 그런데 무엇을?

너의 동생과 달리 너는 너의 엄마에게 분노하지 않았다. 뻔
뻔하고 극악스럽다고도 생각하지 않았다. 단지 네가 놀란 것
은 그게 죄가 된다는 사실이었다. 몸을 꽁꽁 숨긴 채 수갑을
차고 경찰서로 끌려갈 만큼 중대한 범죄가 된다는 사실이었
다. 너는 사건 기사들을 다시 찾아 읽어보았다. 학대받은 아

이는 실제로 뇌기능이 떨어지기도 합니다. 뇌 호르몬이 비활성화되어 말이 어눌해지고 지능이 낮아지고 학습이 부진한 상태로 접어들죠. 너는 소아정신과 의사의 말을 골똘히 들여다보았다. 너의 엄마가 모자란 아이라고 정의한 순간부터 보란듯이 모자라진 너에 대해 생각했다. 아시잖아요, 우리 애가 어떤지. 우리 애가, 많이 모자라요. 너는 평생을 그 말에 갇혀 살았다.

*

아침 일찍 너는 두 통의 전화를 받았다.

하나는 이름이 복잡한 로펌 변호사에게서 온 전화였다. 복잡한 것이 로펌 이름인지 변호사 이름인지 분간할 수 없었다. 변호사는 너와 상의할 일이 있다고 했다. 미도씨가 공범으로 조사받게 될 수도 있어요. 변호사는 다른 설명 없이 그렇게만 말했다. 시간과 장소, 약도를 포함한 문자를 보내놨으니 그리로 오시죠. 전화는 금방 끊겼다.

다른 하나는 너의 동생이 건 전화였다. 동생은 전에 없이 다급한 목소리를 냈다.

—어린이집 앞에 유튜버들이 진을 치고 있어서, 내가 나갈 수가 없어.

너의 동생에 관한 댓글이라면 너도 어제 보았다. 저 여자 딸이 P시 구립 어린이집에서 보육교사로 일함. 얼마 전 거기서도 아동학대사건 터짐. 너는 그 밑에 줄줄이 붙은 댓글들도 보았다. 그년이 범인인 듯. 그 어미에 그 딸. 내일 내가 저년 참교육 하러 간다. 나도 간다, 정의 구현하러.

너의 동생은 피해자 부모와 만나기로 했다는 카페 약도를 너에게 보냈다. 혹시 저것들 중 하나라도 따라붙어서 피해자 신상까지 털리면 나는 진짜 세상 다시없을 쌍년이 되는 거야. 너의 동생은 격해진 감정 때문에 숨을 몰아쉬었지만 너에게 해야 할 말은 또박또박 몇 번씩 반복해 전달했다.

—11시 약속인데 무조건 일찍 가. 지금 출발해. 그분들이 늦더라도 기다려. 재촉하지 말고 그냥 기다려.

—그리고?

—사과해야지. 그분들 오시면 잘못했다고, 정말 잘못했다고 말해.

—그리고 또?

—또 뭐?

—사과하고 나서는 뭘 해야 돼?

—하긴 뭘 해. 혹시라도 용서해달라는 말 같은 건 절대 하지 마. 사과에 무슨 조건을 붙여. 잘못했다고 진심을 다해 빌어, 계속 빌기만 해. 그건,

네 동생이 잠시 망설이다 덧붙였다.

―언니가 제일 잘하는 거잖아.


너는 동생의 말대로 출발했고 기다렸다. 네가 제일 잘하는 것을 하기 위해서였다. 카페는 지하철역 앞에 있는 데 비해 사람이 없었다. 너는 창가에 앉아 바깥을 살폈다. 대형 프랜차이즈 커피전문점이 눈에 띄는 것만 세 개였다. 왜 이곳이 약속장소가 되었는지 알 것 같았다.

카페 일층에 진열된 빵을 사서 나가는 사람은 꽤 있었으나 이층으로 올라와 자리를 잡는 사람은 드물었다. 무거운 회색 테이블이 점점이 떨어져 있는 이층은 모든 것이 조화롭지 못했다. 통유리창으로 쏟아져 들어오는 햇빛과 노란 조명등이 엉켜 기묘한 그림자를 만들었다. 알 수 없는 악기가 진저리치듯 고음을 내는 음악이 계속 이어졌다. 너는 뜨거운 커피를 앞에 두고 앉아 얼굴도 모르는 사람을 기다렸다. 커피에서 질 나쁜 흙 냄새가 났다. 너의 뒤에 있는 오래된 화분에서 나는 냄새인지도 몰랐다.

서너 명의 사람이 이층으로 올라와 각각의 모서리를 차지하고 앉았다. 너는 그들의 묵직한 가방을 보고 고개를 돌렸다. 사과를 받으러 오는 사람이 어떤 모습일지 가늠할 수는 없었으나 노트북이나 화구를 챙겨올 것 같진 않았다. 멀지 않은 곳에 대학교가 있으니 그곳 학생들인 모양이었다. 너는 테이블에 드로잉북을 펼쳐놓는 사람을 잠시 바라보았다. 11시가 되자 너는 긴장한 채 주위를 살폈다. 옷차림을 점검하고 테이블위에 수북이 찢어놓은 냅킨을 정리했다. 12시, 오후 1시가 되어서도 너는 사과하지 못했다. 너의 동생이 메시지를 보내 그들과 만났는지 물었다. 너는 기다리고 있다고 답했고 너의 동생은 계속 기다리라고 다시 답했다. 너는 계속 기다렸다.

―졸작으로 제출할 포트폴리오에 대해 선입견 없는 평가를 듣고 싶어요.

여자가 다가온 건 네가 세번째 커피를 주문해 마시고 있을 때였다. 입안이 텁텁하고 심장이 빠르게 뛰었다. 날카로운 고음을 내는 악기가 너의 안에서 연주되고 있는 것 같았다. 마시멜로를 얹은 뜨거운 코코아를 마시고 싶다는 생각을 억지로 털어냈다. 사과하러 오는 사람이 어떤 모습을 하는지 가늠할수 없었으나 달고 뜨거운 코코아를 마실 것 같지는 않았다. 너는 너의 입에서 흙냄새가 날까 걱정하며 앞에 선 사람을 올려다보았다.

―도와주실 건가요?

네가 대답하기도 전에 여자는 맞은편에 앉았다. 머리를 뒤로 조여 묶은 여자는 눈이 둥글고 인중이 짧아 어려 보였다.

그러나 길쭉한 귀와 코, 오래 연습해 마련한 듯한 미소 지은 얼굴이 늙어 보이기도 했다. 여자의 불균형한 얼굴이 카페와 잘 어울린다고 너는 생각했다.

　—약속이 있어요.

　—아주 잠깐이면 돼요.

　—하지만 약속이……

　—저는 삼 년을 유급했어요. 이번엔 꼭 졸업해야 돼요.

　여자가 거침없이 가방을 열어 두꺼운 파일북을 테이블에 올려놓았다. 일행분 오시면 바로 일어날게요. 남는 시간 동안 사람 하나 살린다 생각하시면 되잖아요. 알록달록한 페이지가 너의 앞에서 빠르게 넘어갔다. 너의 표정 어딘가에서 빈틈을 읽어낸 여자가 바짝 다가앉았다.

　—어려운 일도 아니에요. 이것과 저것 중 무엇이 더 좋은지 골라주시면 돼요.

　—그냥 골라요?

　여자가 고개를 끄덕였다. 너는 잠시 고민하다 덜 알록달록한 것을 골랐다. 그럼 이건요? 저건 어떤가요? 여자가 곧바로 다른 페이지를 펼쳐 물었다. 너는 더욱 덜 알록달록한 것을 골랐다.

　페이지가 거듭 넘어갔다. 너는 처음엔 신중했으나 점차 혼란스러워졌다. 네가 하고 있는 것이 어딘가 무용하고 불필요한 선택 같았다. 파일 안에는 패션잡지에서 오려낸 듯한 사진 여러 장이 아무런 연관성도 없이 들어차 있었다. 어느 때는 모델들이 입은 화려한 옷이 나왔다가 어느 때는 곡선이 유려한 자동차가 나왔다. 이런 걸로 무슨 졸업 작품을 하는 걸까. 여자는 무엇이 더 나은지, 어느 쪽이 더 세련되었는지, 어떤 색감에 더 마음이 드는지 쉬지 않고 물었다. 그러나 너의 어떤 대답도 기록하지 않았다.

두꺼운 파일을 절반쯤 살폈을 때, 이게 무엇이든 간에 상당히 수상쩍고 무엇보다 지루하다는 생각이 들 즈음 여자가 힘찬 손짓으로 파일을 덮었다.

—새우장덮밥 좋아해요?

이렇게까지 도와주셨으니 저도 보답을 해드리고 싶어서요. 아니, 지금 주신 의견이 제게는 큰 도움이 되었어요. 사실 상대해주는 사람이 없어 심적으로 많이 힘들었거든요. 제가 말을 걸면 다들 무시하고 피하고 누구 하나 관심 가져주질 않더라고요. 저는 졸업이 이렇게나 절박한데. 이번이 정말 마지막 기회인데 말이에요. 그런데 성함이 어떻게?

너의 안에 있던 악기가, 고집스럽게 고음만을 짓쳐내던 악기가 너의 앞으로 걸어나온 것 같았다. 너는 여자가 쏟아내는 말의 절반도 이해하지 못했다. 너는 어떻게든 묻는 말에 대답

하려 애썼다. 테이블 위에 떨어진 단어들을 주워담으려 허둥
지둥 눈을 굴렸다. 여자는 점점 빨리, 더 많은 말을 했다. 의기
양양해진 얼굴의 여자가 너를 불렀다. 미도. 너는 고장난 것처
럼 우뚝 멈췄다. 미도, 미도라고 하는군요.

　—미도씨, 밥 먹으러 가요. 내가 살게요.

　여자가 너를 잡아끌었다. 저는 약속이 있어요. 네가 중얼대
자 여자는 자신을 염치도 없는 뻔뻔한 사람으로 만들 셈이냐
며 화를 냈다. 너는 여자에게 이끌려 카페를 나섰다. 네가 카
페를 돌아보며 머뭇거릴 때마다 여자는 미도, 하고 강한 억양
으로 너를 불렀다. 미도씨. 나랑 가요. 얼른.


　너에게는 비슷한 기억이 있었다. 한여름이었고 사거리 횡단
보도 앞에서 신호를 기다리고 있었다. 그때 만난 노인이 너에
게 한 가지를 물어왔다.

　—잊고 싶은 일이 있나요?

　너는 그렇다고 대답했다. 고개를 끄덕였는지 말로 대답했는
지 기억은 확실치 않았다. 다만 너는 그렇다고, 잊고 싶은 일
이 있다고 온몸으로 답했다. 노인은 너의 팔짱을 끼고 횡단보
도를 건넜다. 너는 너의 엄마가 일러준 장소로 가서 배도라지
즙 한 박스를 사와야 했다. 맥문동과 백합, 대추가 들어 있어
기관지에 좋다는 배도라지즙이었다. 염증을 가라앉혀 숨쉬기

가 편해질 거라고, 이걸 선물해줄 사람이 있다고 너의 엄마는 말했다. 너는 그게 누구인지 알 것 같았다.

—우리는 너무 많은 걸 알아요. 그렇지 않나요?

노인이 자꾸 뒤돌아보는 너를 다독이며 말했다.

—태어나는 순간부터 우리는 너무 많은 걸 배워요. 너무 많이 배우고 너무 많이 생각하고 너무 많이 계산합니다. 그러면 불행해져요. 우리가 알아야 되는 건 그런 잡다한 것들이 아니에요. 우리는 우주에 대해 알아야 해요.

—우주?

—우주의 진리. 그걸 알면 근심이 사라집니다. 우리는 명상을 통해 우주 진리를 통달합니다. 명상은 모든 걸 비우는 일이에요.

너는 노인이 소개해주는 사람들을 만났다. 노인이 소개해준 사람들이 소개해준 또다른 사람들을 만났다. 그들 모두가 우주에 대해 호의적인 것은 아니었다. 누군가는 우주에 진심이었고 누군가는 우주라는 단어가 나올 때마다 피식피식 웃었다. 노인은 그들이 아직 덜 비워져서라고 설명했다. 그러고는 미도야, 단호한 목소리로 너를 불렀다.

—미도야. 넌 나랑 가자.

너는 노인을 따라 고속버스를 타고 시내버스를 타고 택시로 갈아탔다. 우주진리명상센터가 있다는 통영에 도착할 때까지 너는 많은 것을 비웠다. 너의 이름으로 되어 있는 오피스텔 전세금을 빼고 입출금 통장에 든 돈을 모조리 뺐다. 통영의 한 관광호텔에 너를 남겨두고 노인은 사라졌다. 담쟁이덩굴이 잔뜩 말라붙어 있는 적갈색 건물에서 너는 한 달을 살았다. 속았다는 사실은 진즉 알고 있었다. 그러나 돌아갈 곳이 없었다.

　—미도씨는 선한 사람이에요. 딱 보면 알죠.

　여자는 너의 몫으로 나온 새우장덮밥을 끌어다 자기 앞에 놓았다. 간장에 절인 큼직한 새우가 머리까지 통째로 올라 있는 덮밥이었다. 여자는 능숙한 손길로 새우 머리를 떼어냈다. 여자 옆으로 쌓이는 새우 머리를 너는 하나 둘 세었다. 계란 노른자를 터뜨려 새우와 밥과 청양고추와 김가루를 섞은 뒤에야 여자는 너의 그릇을 돌려주었다. 여자는 자신의 그릇에서 새우를 골라내 다시금 머리를 떼어내기 시작했다.

　—선한 사람이 살기 좋은 세상은 아니죠. 사람들은 선한 사람을 좋아해요. 왜 좋아하는지 알아요?

　—선해서?

　—만만해서.

　여자가 킬킬 웃었다. 킬킬. 너는 여자의 태도가 바뀐 이유에 대해 생각하고 싶지 않았다. 너는 여자가 권하는 대로 새우를 씹었다. 유부가 든 맑은국을 마시고 감자고로케를 추가해 먹었다. 쿰쿰한 흙냄새 대신 비리고 짠 맛이 입안을 채웠다.

─고민하고 있죠? 내가 어떤 종류의 사기꾼인지 가늠해보
느라.

─……

─난 물건 안 팔아요. 지구 종말에 관심 없고, 굿도 안 하고
부적도 안 써요.

─졸업도 안 하나요?

─아니. 그건 진짜.

그릇을 깨끗이 비운 뒤 여자는 나가서 좀 걷자고 말했다. 춥
긴 한데 눈이 오는 건 아니니까. 여자는 그렇게 말하며 두꺼운
파일북이 든 가방을 어깨에 멨다. 오래전 철길이었던 산책로
를 따라 걷는 동안 여자는 친근하게 너에게 팔짱을 껴왔다. 산
책을 권한 사람치고 여자는 조금도 두리번대지 않고 곧장 앞
으로만 나아갔다. 이 사람들은 왜 이렇게 걷자고 할까. 왜 꼭
팔짱을 끼고, 어디론가 다급히 데려가려고 할까. 너는 우주,
라는 단어가 나올 때마다 피식피식 웃던 사람을 떠올렸다.


─구원 같은 거 믿지 마요, 미도씨. 누가 미도씨를 구원해
주겠다 그러면 백 프로 사기야. 남한테 맡기면 걔네가 제일 먼
저 하는 게 뭔지 알아요? 구렁텅이로 떠미는 거야. 한번 호되
게 망쳐놔야 구원이 실감나거든.

너는 그만 걷고 싶다고 말했다. 여자는 못마땅한 얼굴로 공원 벤치에 앉은 너를 바라보았으나 말을 멈추진 않았다. 너는 주머니에 손을 넣고 몸을 작게 웅크렸다. 다리를 어떻게 해야 할지 몰라서였다. 너는 바닥에 하체를 대고 너의 몸을 온전히 느끼는 방식으로 앉는 게 좋았다. 무릎이 심장에 닿고 팔이 종아리를 감싸는 게 좋았다. 너의 개가 그 옆으로 와 나란히 앉으면 네가 느낄 수 있는 몸이 두 배로 늘어났다. 너는 개의 물그릇에 깨끗한 물을 충분히 부어주고 나왔는지 고민하기 시작했다. 항상 열기에 허덕이는 너의 개는 물을 많이 마셨다.

─나를 구원할 수 있는 건 나뿐이에요. 그래서 우리는 자기계발, 자기 혁신을 핵심 가치로 잡고 있어요.

여자는 어느새 우리, 그녀가 알고 있는 무리에 대해 얘기하고 있었다.

─삼 주간의 합숙훈련을 거치면 완전한 현대인으로 거듭날 수 있어요. 자존감 훈련도 하고 처세술도 익히고 누구도 만만하게 보지 못하도록 다양한 시뮬레이션을 경험해보는 거예요. 언제까지 만만한 사람으로 살 거야, 미도씨? 이제 미도씨 자신을 위해서 투자해야 될 때예요.

─합숙은 안 돼요.

여자가 너의 옆에 바짝 다가앉았다. 왜? 합숙 말곤 뭐가 되는데?

—내게는 개가 있어요.

—개를 돌봐줄 곳은 어디든 있어요.

여자가 너의 어깨를 붙잡았다. 개를 돌보는 일보다 훨씬 중요한 일이 미도씨 앞에 있잖아. 모르겠어? 은근하고 강압적인 어조로 여자가 말했다. 완전한 삶이 미도씨 눈앞에 펼쳐지는 거예요. 우리가 그렇게 만들어줄게. 여자는 오래전부터 너를 알고 지낸 사람처럼, 짧은 시간 너를 다루는 방식을 완벽히 파악한 사람처럼 말했다. 그러니까 너의 엄마처럼.

너는 고개를 저었다. 너에겐 정말로 개가 있었다.

—개를 돌보는 사람은 나예요.

너는 여자가 너를 놓아줄 때까지 기다리지 않았다. 네가 벤치에서 일어서자 여자의 손이 애매한 각도로 허공에 남겨졌다. 너는 그 손에서 벗어났다. 검고 허약한 개가 감기에 걸릴까봐 너는 실내를 따뜻하게 데워두고 나왔다. 너의 개는 갈증을 못 이겨 물그릇의 물을 다 마셔버렸을 테고. 새빨갛게 달아오른 배를 이빨로 물거나 발톱으로 긁어대고 있을지 몰랐다.

—그런데요.

너는 서둘러 역 쪽으로 뛰려다 말고 여자를 돌아보며 입을 열었다. 여자의 얼굴에 반짝, 희망이 서리는 걸 무시하고 말했다.

—나는 선한 사람이 아니에요. 그쪽이 틀렸어요.

너의 동생은 너를 보자마자 화를 냈다. 너의 집으로 일부러 찾아온 건 단지 화를 내기 위해서만은 아닌 듯했다. 너의 동생은 창밖을 자주 내다봤다. 차들이 이중 삼중으로 주차된 좁은 골목에 간혹 플래시가 번쩍이는 게 보였다. 너의 동생은 어린이집에 이틀간 연차를 냈다고, 주말까지 너의 집에 있겠노라고 말했다. 화를 내는 일과 설명하는 일을 동시에 하느라 동생은 바빠 보였다.

—기다리라고 했잖아. 꼼짝 말고, 언제 올 거냐 재촉도 말고, 무조건 기다리라고.

—왔었대?

—그걸 어떻게 알아. 언니가 끝까지 기다렸어야 왔는지 안 왔는지를 알지.

그러네. 너는 고개를 끄덕였다. 걱정과 달리 너의 개는 공을 가지고 놀고 있었다. 보드라운 천으로 만들어진 공은 움직일 때마다 안에 든 방울이 요란하게 울렸다. 딸랑딸랑딸딸랑딸랑 너의 개는 방울소리 없이도 충분히 신나 보였다. 개의 물그릇에도 물이 충분히 남아 있었다. 너는 미지근해진 물을 버리고 그릇을 헹군 뒤 새 물을 담아주었다.

—변호사가 이상한 소리를 하던데.

개가 가지고 놀던 공이 책장 밑으로 굴러들어간 뒤에야 너의 동생은 말을 꺼냈다. 공을 꺼내려고 개가 가는 앞다리를 이리저리 뻗었다. 너는 공을 꺼내주려다 개가 너에게 도움을 청하면 그때 꺼내주기로 마음먹었다.

—언니가 엄마 집에 같이 살고 있었다던데 정말이야?

—난 오피스텔에 살았어. 엄마가 불러서 집에 자주 갔지만.

—얼마나 자주?

—일주일에 서너 번. 허튼짓하는지 밥 제대로 먹는지 봐야 한다고 엄마가.

초인종이 울렸다. 깜짝 놀란 너의 동생이 인터폰을 확인하러 달려갔다. 너의 개가 기어코 끌어낸 공을 입에 물고 너를 돌아보았다. 바짝 세운 몸과 표정이 의기양양했다. 너는 간식을 꺼내 개에게 던져주었다. 개가 내던진 공이 도로 책장 밑으로 굴러들어가 너는 조금 웃었다. 초인종이 쉼없이 울려 누군지 내다보지 않아도 알 것 같았다. 망할 유튜버 새끼들. 너의 동생이 인터폰 전원을 꺼버렸다.

집에는 식재료가 별로 없었다. 배달 음식을 시키기도 여의치 않아 너와 동생은 냉동실에 얼려둔 식빵을 구워먹기로 했다. 버터를 꺼내 빵을 굽던 너의 동생은 뭔가를 골똘히 생각하다 빵 한쪽 면을 까맣게 태웠다. 우유를 부어 양송이수프를 한 냄비 끓인 너에게 면박을 주지도 않았다. 너는 조리법에 쓰인 대로 우유와 수프 가루를 몽땅 쏟아부은 다음에야 그게 4인분이라는 걸 깨달았다. 너와 너의 동생은 국그릇 가득 수프를 떠놓고 마주앉아 식사를 했다.

—언니.

수프를 몇 번 떠먹다 말고 너의 동생이 너를 불렀다. 너는 어쩐지 대답하고 싶지 않았다. 오늘 너는 너무 자주 불렸고 너무 많은 답을 했다. 며칠분의 목소리를 전부 써버린 것 같았다. 너는 한 번 두 번 수프를 떠먹었다. 호르르르 호르르 요란한 소리를 내며 수프를 먹었다. 국그릇 가득 담긴 수프를 다 먹은 뒤 설거지를 하러 가는 너를, 너의 동생은 한 번도 눈을 떼지 않고 지켜보았다. 너는 냉장고 옆 수납장을 열어 너의 동생이 쓸 새 칫솔을 꺼냈다. 언니. 너의 동생이 더는 기다릴 수 없다는 듯 너를 불렀다.

—언니는 알고 있었지?

그러니까 너는 알고 있었다. 당연히.

너는 한여름을 떠올렸다. 폭염과 폭우가 짧은 주기를 두고 번갈아 찾아오던 이상한 여름이었다. 이렇게 계속 비가 오면 우리 예쁜꼬마선충들이 썩어버리겠어. 너의 엄마는 홀로 즐거워했다. 독서실 책상을 여섯 개 들여놓은 방안에서 아이들은 각자 숙제를 하거나 그림책을 읽었다. 너의 엄마는 거실에서

방까지 이어져 있는 긴 복도를 일부러 소리 내어 걸었다. 슬리
퍼의 단단한 고무바닥이 소음과 발자국을 동시에 찍어냈다.
너의 엄마는 공부하고 있는 아이 등뒤에서 불쑥 얼굴을 들이
밀기도 했다. 예쁘구나. 참 예뻐. 너의 엄마는 일러준 대로 하
는 아이들을 아낌없이 예뻐했다. 삼겹살집에 데려가거나 회전
초밥집에 데려가 한껏 먹이고 텅 빈 그릇 사진을 찍어 아이 부
모에게 보냈다. 역시 선생님은 대단하세요. 선생님은 우리 아
이 은인이세요. 너의 엄마는 흥얼흥얼 곡조를 붙여 답신을 읽
고 또 읽었다.

그러나 예외가 있었다. 너의 엄마는 달마다 한 아이를 골라
특별석에 앉혔다. 긴 복도 중앙에 놓인 특별석은 주방에서도
거실에서도 방안에서도 보였다. 선택된 아이는 칸막이가 없는
좁은 책상에 앉아 모두의 감시를 받아야 했다. 7월의 아이는
서하였다. 서하는 고지식하고 순진했다. 너의 엄마가 기다려,
라고 말하면 양손을 모은 채 한 시간이고 두 시간이고 기다렸
다. 서하는 시키는 대로 하는 아이였으나 7월의 아이가 되었
으므로 이유 없이 채근당했다. 너의 엄마는 서하의 귀에 대고
수시로 속삭였다.

—너 지금 수학 문제 풀기 싫다고 생각했지? 문제집을 몰
래 찢어버렸니?

—선생님은 전부 다 알고 있어. 선생님 눈에는 네 머릿속이

환히 들여다보이는구나.

너의 엄마는 서하의 문제집을 한 장 두 장 찢어냈다. 그림책을 찢고 연필을 분질렀다. 색색깔 사인펜을 꺼내 노트에 낙서를 하고 지우개를 조각냈다. 그러고는 태연한 얼굴로 주방으로 가 간식을 준비하던 너의 엄마는 아이들이 호들갑을 떨며 선생님을 부르면 곧바로 달려왔다.

—선생님, 서하가 책을 찢었어요.

—연필도 부러뜨렸어요. 서하는 이상해요.

너의 엄마는 서하의 양어깨를 꽉 붙들고 자신의 얼굴을 들이밀었다. 겁에 질린 서하가 뒤로 물러서자 서하의 몸을 세차게 흔들었다. 서하의 목과 머리가 목각 인형처럼 덜걱덜걱 흔들렸다. 아이들이 서하를 흉내내며 낄낄댔다. 서하는 좀, 머리가 나빠요. 서하는 뇌가 없으니까 지렁이랑 살아야 해요. 아이들이 너의 엄마 눈치를 보며 앞다투어 말을 쏟아냈다. 3월의 아이가, 5월의 아이가 너의 엄마에게서 들었던 말들이었다. 서하네 엄마는 키가 작으니까 우리가 도와줘요. 어떻게? 우리가 엄마 대신 서하를 여행 가방에 담아 쓰레기장에 버리면 돼요. 그럼 새가 뜯어먹어요. 아니야. 쥐가 뜯어먹어. 아무나 뜯어먹고 서하는 없어져요.

서하가 울음을 터뜨렸다. 서하는 원숭이처럼 울어요. 더러워요. 눈물과 콧물로 얼룩진 서하의 인중과 턱 밑을 너의 엄마가 부드러운 티슈로 닦아주었다.

　—우리 예쁜 꼬마 목이 다 쉬었구나. 너는 기관지가 나쁘단
다. 이렇게 콧물이 나서 훌쩍거리고 있지 않니. 이런 건 배도
라지즙을 먹어야 낫는다. 병이 다 나으면 가방에서 꺼내줄게.

　서하가 너의 엄마를 끌어안았다. 조금이라도 틈이 생길까
필사적으로 달라붙어 너의 엄마 팔뚝에 뺨을 비볐다. 선생님
살려주세요. 저는 선생님밖에 없어요. 너의 엄마 얼굴에 곰팡
이처럼 번져가던 푸른 희열을 너는 보았다. 우월감으로 출렁
거리는 엄마의 뺨을, 아이들이 충성을 맹세할 때마다 저절로
솟구치는 입꼬리를 너는 전부 보았다.

　알고 있었냐고? 당연히 알고 있었다.

　그 아이들이 있었기 때문에 너는 엄마에게서 도망칠 수 있
었다.

　—나는 계속 그렇게 컸어. 너는 어릴 때 아빠랑 살아서 몰
랐겠지만.

　너는 너의 동생 얼굴에 희미하게 서리는 죄책감을 신중히
살폈다. 근데 그게 왜 학대를 모른 척할 이유가 된다는 거야?
너의 동생이 그렇게 따지고 든다면 당장 태도를 바꿀 셈이었
다. 너는 너의 엄마 안색을 살펴 원하는 답만을 토해내며 살아

왔다. 미도, 하고 너의 엄마가 부르면 훈련된 개처럼 제자리에 멈췄다. 너의 엄마가 하는 말은 어떤 것도 거역하지 않았다. 엄마 외의 사람을 대할 때도 그렇게 했다. 네가 엄마에게 배운 건 그것뿐이었다.

─그게 학대라는 걸, 범죄가 된다는 걸 난 지금 알았어.

개가 축축한 코를 너의 손등에 문질렀다. 너는 바닥에 몸을 납작하게 붙이고 책장 밑으로 굴러들어간 공을 끄집어냈다. 개가 들뜬 얼굴로 상체를 바닥에 붙였다. 한껏 치켜든 엉덩이가 꼬리를 휘두를 때마다 들썩였다. 너는 거실 반대편으로 공을 던졌다. 딸랑딸랑딸딸랑딸랑 요란한 소리와 함께 공이 굴러갔다. 공을 향해 튀어나가는 개는 허약해 보이지도, 불쌍해 보이지도 않았다.

─언니는 어떻게 했으면 좋겠어?

너의 동생이 물었다. 한껏 누그러진 목소리에 너는 안도했다. 다 받았으면 좋겠어. 네가 작게 웅얼거리는데도 동생은 다그치지 않았다. 너의 동생은 잠자코 네가 다시 말하기를 기다렸다. 재촉 없이, 계속 기다렸다. 개가 공을 입에 물었는지 방울소리가 멈췄다.

─엄마가 죗값을 다 받았으면 좋겠어. 지은 죄만큼 정확히.

너는 항상 너의 동생 같은 사람이 되고 싶었다. 모자란 사람도 다만 선한 사람도 아닌 너의 동생 같은 사람. 학대는 그

냥 범죄라고 너의 동생은 말했다. 사과할 때 조건이 없듯 범
죄에도 붙일 수 있는 이유가 없다고. 그러니 이건 너의 동생
이 원하는 답이 분명했다. 너는 칭찬받길 기다리는 개처럼 너
의 동생을 향해 고개를 들었다. 검은 개가 뛰어와 너의 몸에
옆구리를 딱 붙인 채 기대앉았다. 공은 어디로 갔는지 보이지
않았다.

밤은 내가 가질게

# 1

어머니, 주승이 때리셨어요?

여자가 얼굴을 찌푸린다. 무슨 소린지 모르겠다는 표정을
지으려 노력한다. 여자는 가끔 저능한 척하고 귀가 안 들리는
척하며 마른 덩굴인 양 몸을 뒤튼다. 전부 연기다.

여기, 이거 보세요. 내가 주승이 어깻죽지를 가리킨다. 새끼
손가락만한 크기의, 파랗고 반들반들한 멍이 거기 있다. 여자
가 기억을 더듬는 척하는 사이 주승이 바지를 벗긴다. 식탁 모
서리에 부딪혔다고 둘러댈 수 없는 곳, 넘어져서 다친 거라고
우길 수 없는 허벅지 안쪽과 옆구리 등지, 겨드랑이 아래를 샅

샅이 살핀다. 차가운 손이 닿자 주승이가 콩벌레처럼 몸을 오그린다. 상관없다. 내가 지금 하는 일은 정의롭고 타당하다. 심지어 주승이를 위한 일이기도 하다.

말씀 안 하시면 저희도 원칙대로 처리할 수밖에 없어요. 어떻게 된 거예요, 이 멍?

다시 한번 다그치자 여자가 눈동자를 굴린다. 툭 불거진 눈 때문에 눈꺼풀이 세 겹이나 주름져 있다. 갑상선에 문제가 있는 거겠지. 그러나 여자의 문제는 그뿐만이 아니다.


주승이가 우리 어린이집에 입학했을 때 가족관계증명서보다 먼저 도착한 건 보건복지부 공문이었다. 여자에게 아동 학대 전력이 있으니 이상 징후가 있으면 곧바로 신고하라는 내용이었다. 주승이는 네 살 나무반으로 들어왔지만 체구가 세 살 아이만큼 작았다. 가자미처럼 넓적한 얼굴이 여자와 꼭 닮았다.

나무야, 나는 너만 믿는다, 알지?

원장이 그렇게 말했기 때문에 나는 주승이 머리부터 발끝까지 꼭짓점을 찍어가며 꼼꼼히 살폈다. 주승이는 아이들과 어울리지도, 말을 하지도 않았다. 옆에서 무슨 소란이 일든 무표정했다. 조립이 덜 끝난 목각 인형처럼 교실 끝자락에 붙박여 있었는데 사흘, 일주일이 지나도 그대로였다. 신경은 쓰이지만 이상할 정도는 아니었다. 교실에는 언제나 먹은 걸 토하는 아이와 옆 사람 머리통에 이를 박는 아이와 오줌을 지리는 아이가 뒤섞여 있었다. 소란 피우는 아이보다 멍한 아이가 낫지. 그렇게 생각하며 한 달을 흘려보냈을 때였다.

선생님이 우리 주승이 때렸어요?

어린이집에 들어선 여자는 다짜고짜 소리부터 질렀다. 아이를 등원시키던 부모들이 나를 돌아보았다.

어제까지만 해도 이런 거 없었거든요! 어린이집 다녀와서 생긴 거거든요!

여자가 주승이 윗옷을 훌렁 벗겼다. 턱 아래부터 빗장뼈까지 가늘고 긴 생채기가 두 줄 나 있었다. 어떻게 봐도 손톱자국이었다.

믿고 맡겼는데! 애를 이 지경으로 만들어놓고! 시위를 당긴 활처럼 팽팽해진 여자가 소리쳤다. 어제 내가 주승이와 접촉한 일이 있었던가? 당연히 있겠지, 내가 선생인데. 급식 먹을 때? 왜 율동을 따라 하지 않느냐고 물었을 때? 장난감 정리 시간? 낮잠 시간? 머릿속이 아득해졌다. 시끄러운 소리에 달려나온 원장이 나를 원장실로 끌고 갔다. 여자가 씨근대며 따라 들어와 내 옆에 버티고 섰다.

주승이 어머니, 일단 진정을 좀 하세요. 원장 목소리에는 당혹감보다 짜증이 짙게 배어 있었다. CCTV 기록을 찾아 보니

터에 띄운 뒤엔 엄밀한 목소리로 덧붙였다. 어디서 난 상처인
진 보면 알겠죠.

첫 화면은 텅 비어 있었다. 고동색 카디건을 입은 어제의 내
가 화면 끝에 나타났다. 이쪽저쪽을 분주히 오가다 사라지더
니 아이 손을 붙잡고 교실로 돌아왔다. 아이를 원탁에 앉히고
가방을 벗긴 뒤 알림장을 꺼내는 모습이 서너 차례 반복됐다.
아이들은 조금씩 몸을 기울이다 벌떡 일어서거나 뒤로 드러누
웠다. 어제의 내가 다섯번째 아이를 교실로 들여놓았을 때 핸
드폰이 울렸다.

〔우리가 신고할까봐 먼저 덤터기 씌우는 거야. 말려들지 말
고 정신 똑바로 차려.〕

원장이 보낸 카톡이었다. 그러고 보니 과장되게 어깨를 들
썩이던 것에 비해 여자 얼굴이 냉랭했다. 일곱번째 아이가 등
장했을 때에는 심지어 지루한 기색이었다. 주승이는 아홉번
째로 등장했다. 내가 알림장을 펼쳐보는 사이 슬금슬금 몸을
옮긴 주승이가 교실 벽에 등을 붙이고 앉았다. 화면 가장자리
라 납작한 뒤통수만 가까스로 보였다. 머리통 열 개가 당구공
처럼 쉴새없이 굴러다니는 동안 주승이는 꼼짝도 하지 않았
다. 그래, 주승이는 저 자리에 있었다. 율동 시간에도 낮잠 시
간에도. 어제뿐 아니라 일주일 전 자료를 확인해도 마찬가지
일 것이었다. 나는 허리를 곧추세웠다. 기묘한 안도감이 흘러

216

들었다.

나는 보상을 바라는 게 아니에요!

여자가 갑자기 소리쳤다.

보상 같은 건 됐고! 앞으로 우리 애를 똑바로! 잘 보란 소리를 하고 싶은 거라고요!

말릴 새도 없이 여자가 나가버렸다. 열린 문으로 담당 선생과 상담하는 척 원장실을 주시하고 있던 엄마들이 보였다. 원장 얼굴이 시뻘겋게 달아올랐다.


그날부터 나는 주승이가 어린이집에 도착하자마자 거실에 세워놓고 옷을 벗겼다. 팔 어깨 등 배 다리, 네, 아무 이상 없네요. 두고 가세요. 저녁에 여자가 마중 오면 다시금 주승이 옷을 벗겼다. 턱을 들어올리게 하고 팔다리를 활짝 펼쳐 주승이 몸 구석구석을 여자에게 확인시켰다. 어머니, 주승이 팔 어깨 등 배 다리, 아무 이상 없는 거 보이시죠? 멍든 곳 긁힌 곳 까진 곳 하나도 없는 거 보이시죠? 내일 아침에 상처 난 곳이 있으면 그건 어머니가 그러신 거예요. 아시겠어요?

그리고 오늘, 여자가 드디어 꼬리를 밟혔다. 나는 벌거벗은 주승이를 여자 쪽으로 돌려세웠다.

어제까지만 해도 주승이 몸에 벌레 물린 자국 하나 없었어요. 보셨잖아요? 그렇죠? 이거 어머니가 그런 거 맞죠?

시위를 당긴 활처럼 팽팽해진 내가 물었다. 목소리가 스치는 부위마다 근육이 새로 붙는 느낌이었다. 나는 주승이 어깨에 든 파랗고 반들반들한 멍을 어루만졌다. 좀더 크고 뚜렷했다면 좋았을 텐데. 단면이 거칠거칠하거나 이쪽으로 조금만 더 길게 이어졌다면. 손가락에 힘을 주어 가만히 눌러보았다. 각질이 일어난 살갗이 붉게 변하는 동안 주승이는 콧구멍만 벌름대고 있었다.

그래서 어떻게 됐어?
복지부 사람들이 애만 데려갔어.
안됐다.
나는 그릇째 들고 먹고 있던 연어덮밥을 상에 내려놓았다. 아동복지국 승합차에 타면서 주승이는 나를 돌아보았다. 이건 다 모함이라고, 어린이집에 불을 질러버리겠다고 발악하는 여자가 아니라 나를. 물끄러미 나를 응시하던 검은 눈동자를 떠올리자 입맛이 완전히 사라졌다. 그런 건 됐고, 오늘 자고 갈 거야? 이선이 뭐라 대답하기도 전에 전화가 울렸다. 받아. 나는 커피 내려 올게. 이선이 덮밥 그릇을 들고 주방으로 향했다.

엄마와의 통화는 피곤하지만 전화를 피하면 몇 배 더 피곤한 일이 벌어지곤 했다. 게다가 이선이 덮밥을 만들고 커피를 내리는, 쾌적한 주방이 딸린 이 집은 엄마 소유였다. (엄마 번호는 내 핸드폰에 '집주인'으로 저장돼 있었다.) 나는 생물학적으로도 경제적으로도 엄마에게 을인 셈이었다. 그런데도 도무지 전화받을 마음이 생기지 않았다. 나는 이선을 쫓아 개수대로 향했다. 부드러운 수세미에 세제를 덜어 문지르자 금세 거품이 일었다.

전화는?

나중에. 언니 얘기일 거야.

그래도 다행이지. 이선이 커피 필터를 드리퍼에 얹으며 말했다.

언니가 실종됐다고 했을 땐 정말 놀랐거든. 금세 찾아서 다행이다.

나는 적당히 고개를 끄덕였다. 이선이 걱정하는 것과 달리 언니는 또 사기를 당했을 뿐이지만 굳이 말하고 싶지 않았다. 이선은 언니에게 대추고를 보내주고 싶다며 본가 주소를 물어왔다.

그런 사람은 혼자 내버려두면 안 돼.

그런 사람이 어떤 사람인데?

내가 묻자 이선은 잠시 고민하더니 소파 아래 앉는 사람, 이라고 답했다.

예전에 언니가 갑자기 찾아온 날 있었잖아?

그때 우리는 거실 소파에 앉아 내가 만든 콩국수를 먹고 있었다. 삶은 콩을 믹서기로 갈아 만든 것이었는데 어느 단계에서 실패했는지 먹는 사이사이 덜 익은 콩과 덜 갈린 콩이 번갈아 나왔다. 이선은 괜찮다며 씹어 삼켰으나 나는 콩을 전부 뱉어냈다. 콩조각을 탁자 위에 늘어놓고 있자니 견딜 수 없이 우울해졌다. 고작 콩을 삶는 것뿐인데. 투덜거리며 이선에게 몸을 기댔을 때 초인종이 울렸다. 언니가 연락도 없이 나를 찾아온 것은 처음이었다.

언니는 집안에 들어서자마자 작은 상자를 내게 건넸다. 수상한 상표의 녹용 가루였다. (나중에 그게 얼마짜리인지 듣고 기함을 했으나 이선도 나도 먹지 않았다. 언니는 그걸 쉰 상자나 샀다고 했다.) 거실로 들어온 언니가 이선에게 인사를 건넨 뒤 우리 옆에 앉았다. 정확히는 우리가 나란히 앉은 소파 아래 맨바닥에.

센터에 처음 온 애들이 그래. 담요를 깔아줘도 그 위로 올라가질 않아. 꽉 잠긴 자물쇠처럼 흙바닥에 몸을 웅크리고 눕는 거야. 거기가 원래 자기 자리라는 듯이.

이선이 말하는 센터가 그가 봉사를 다니는 유기견 보호소라는 걸 깨닫고 나니 마음이 복잡했다.

그 얘긴 그만하자. 엄마랑 통화할 생각만 해도 벌써 피곤해.

아. 그거 뭔지 알 거 같다.

이선은 엄마를 한 번도 본 적 없는데 내가 엄마 얘기를 하면 늘 알 것 같다고 말했다. 너네 엄마가 어떤 사람인지 알 것 같아. 유기농 미나리랑 산지 직송 새우를 사다가 홍고추 올려 새우미나리전을 만든 다음 근사한 도자기 그릇에 세팅한 사진을 인스타그램에 올리는 사람이지? 해시태그로 #가족_사랑, 건강한_먹거리 이런 거 찍어서.

나는 이선은 좋지만 이선의 알은척은 싫었다. 이선의 비유는 더더욱 싫었다. 엄마는 해시태그로 #가족_사랑을 써넣을 인물이 아니었다. #홈메이드_내가직접만든_나만의레시피 정도면 모를까.


## 2


엄마는 언니 태몽으로 스노볼을 품에 안는 꿈을 꾸었다고 했다. (공산품도 태몽의 범주에 들어가는지 아직도 의문이다.) 연분홍 벚꽃잎이 흩날리는 모양의 예쁜 스노볼인데 전부 유리로 만들어져 있었다고, 심지어 그게 데굴데굴 굴러 언덕을 내려오고 있었다고 했다. 비명을 지르며 달려가 품에 안았더니 글쎄, 멜로디가 흘러나오지 뭐니. 엄마는 태몽이라고 말했지만 내가 듣기엔 예지몽 같았다. 언덕을 데굴데굴 구르던

탄성 그대로 언니는 숨쉬듯 사고를 치고 다녔으니까.

한심한 언니였지만 이번만큼은 나도 걱정을 좀 했다. 두 달 가량 언니와 연락이 완전히 끊긴 탓이었다. 기도원에 들어간 다던 언니가 사라지자 엄마는 경찰서며 흥신소를 헤집고 다니 며 언니를 찾았다.

그래서, 언니는 어디서 찾은 거야?

통영.

통영에 이르기까지의 여정을 엄마는 영웅담처럼 떠들어댔 다. 매물도랑 소매물도를 내가 싹 다 뒤지고 다녔는데, 거기서 그놈이 잡아떼는 걸 내가 딱 알아채고는, 배를 타고 통영으로 도로 나왔더니 세상에 글쎄. 나는 전화를 스피커 모드로 돌려 놓고 체험 학습 보고서를 작성하기 시작했다. 통영에 있는 적 갈색 관광호텔 얘기가 나온 건 그로부터 한참 뒤였다. 엄마는 그 호텔이 언니가 버려져 있던 곳이라고 말했다.

거기서 뭘 했는데? 아니, 애초에 거기까진 왜 간 건데?

언니가 서울에 있는 오피스텔 전세를 월세로 돌리고, 이내 보증금까지 빼 사라진 일은 이제 놀랍지도 않았다. 대학 때 음 악 하던 남자에게 속아 공연 비용을 대주겠다며 사금융에서 돈을 끌어다 쓴 것에 비하면 우스울 지경이었다. 그래도 남쪽 끝 항구도시라니. 나는 채반에 축축하고 흐물거리는 김을 이 어붙여 사각형을 만들고 있는 언니를 상상했다.

명상.

어?

명상을 하셨단다. 사이비 집단 주제에 고상도 하시지. 삼백
일 동안 전국을 떠돌면서 명상을 하면 우주 진리를 통달할 수
있게 된다나.

엄마가 코웃음을 쳤다.

호텔 주인도 한통속인지 젊은 여자는 본 적도 없다고 우기
는 거야. 그런다고 내가 속을 사람이니? 소화기로 카운터를
때려 부쉈더니 단박에 몇 호인지 알려주더라. 도대체 네 언니
는 나 죽으면 어떻게 살 작정이라니.

엄마 목소리가 점점 더 의기양양해졌다. 엄마는 내일쯤 상
담 센터에 가서 똑같은 얘길 떠들어댈 것이다. 내 딸을 구했
어. 이번에도 내가, 내 딸을 지켜냈어요. 그러다 순식간에 낯
빛을 바꿔 울먹이겠지. 이게 다 내가 돈 버느라 애들을 제대로
돌보질 못해서 그래, 전부 내 잘못이야, 사랑해 우리 딸, 엄마
가 평생 지켜줄게.


내가 보기에 언니는 불행해지기 위해 최선을 다하는 사람
같았다. 기를 쓰고 히든 크레바스에 몸을 던지는 사람. 어떤
의지나 신념 때문이 아니라 그냥 거기 구멍이 존재하니 빠지
고 보는 사람. 더욱 최악인 건 언니가 도무지 지치질 않는다는

점이었다. 그만큼 속았으면 무기력해질 법도 한데 언니는 끝도 없이 사람을 믿었다. 새로운 일을 벌이고 어김없이 돈을 뜯기고 가차없이 버림받았다. 태초에 설계가 잘못된 것처럼 더 나쁜 쪽을 향해서만 굴러갔다. 하긴, 시작이 유리 스노볼이었으니.

운이 좋아 버려졌다는 거지 사기꾼들이 조금만 더 악질이었다면 언니를 죽여 바다나 섬 어딘가에 묻었을지 모를 일이었다.

그런 꼴까지 당했으면 이제 정신 좀 차리라고 해.

너는 무슨 말을 그렇게 하니. 남도 아니고 네 언니 일인데.

언니가 왜 남이 아니야?

우린 가족이잖니.

가족이라는 단어로 묶일 때마다 나는 여러 가지를 헐값에 팔아넘기는 기분에 사로잡히곤 했다. 정체성이나 이성, 합리적 태도처럼 함부로 내려놓아서는 안 되는 그런 것들을.

보잘것없는 불행부터 걷잡을 수 없는 불행까지 빠짐없이 즈려밟고 있는 언니는 이제 겨우 서른네 살이었다. 저대로 백 살까지 살면 어쩌지. 이런 전화를 평생에 걸쳐 받게 되는 걸까. 아니지, 엄마가 죽고 나면 내가 언니를 찾아 삼천 개도 넘는 섬들을 뒤지고 다니게 될지 몰랐다. 나는 그러고 싶지 않았다.

어릴 때 같이 살았다고 뭐가 달라져? 등본에 나란히 이름

쓰인 게 뭐 대수라고. 나 취직한 다음부턴 언니랑 제대로 얘기해본 적도 없어. 언니가 취업 사기를 당하든 사이비 종교에 빠지든 그건 전부 언니 일이고 언니 인생이야. 나까지 휘말리게 하지 마.

……나쁜 년.

언니가 늘 그렇게 멍청한 선택을 하는 데는 엄마 책임도 있어. 그러니 둘이 알아서 해. 나한테 전화하지 말고.

엄마는 몇 번 더 숨을 삼키더니 전화를 끊었다.

새벽이든 다음날이든 벼락같이 찾아올 줄 알았는데 엄마는 의외로 잠잠했다. 아닌 척해도 이번 일이 꽤 충격이었던 모양이라고 나는 생각했다. 언니가 제주도로 여행 갔다가 만난 남자와 대뜸 살림을 차렸을 때보다 더 충격이었을까. 그때 언니는 남자 집에 들어가 식모처럼 살고 있었다. 미역을 말리고 종일 밭일을 하고 남자의 조카라는 여섯 살 아이를 돌보고. 알고 보니 조카는 남자의 친자식이었고 남자는 언니한테 얘기한 것보다 스무 살이나 많았다. 게다가 이웃집 할머니가 제주도로 찾아온 엄마를 조용히 끌어가 그랬다지. 어서 저 처자 좀 데려가라고, 밤마다 얼마나 얻어맞는지 저러다 죽겠다고.

불행을 끌어당기는 자기장 같은 게 있는 걸까.

이선은 내 말을 웃어넘겼다. 평화로운 주말이었다. 나는 이선과 함께 대청소를 하고 구스 이불과 베갯잇을 사러 다녔다.

날이 부쩍 추워진다니까 다음주에는 팥옹심이를 해 먹자. 이선은 손으로 빚은 옹심이 얘기를 한참 하다 집으로 돌아갔다. 이선이 일하는 애견 미용실과 내가 일하는 어린이집은 두 시간가량 떨어져 있었다. 우리는 둘 다 일찍 출근해 늦게 퇴근했고 타인의 집에 세 들어 살고 있었으며 체력이 좋지 않고 직장 옮기는 일에 소극적이었다. 그래도 언젠가는 같이 살고 싶다, 그런 생각을 하며 월요일을 맞이했을 때였다.

퇴근하고 돌아오니 현관 앞에 우체국 5호 박스가 잔뜩 쌓여 있었다. 일단 집에 들여놓고 박스를 열자 겨울옷과 책, 생활용품과 전골냄비가 나왔다. 이게 뭔가 싶어 들여다보고 있는데 벨이 울렸다. 볼이 홀쭉하고 이마가 새까매진 언니가 현관문 앞에 서 있었다. 집주인의 복수구나. 나는 전골냄비를 바닥에 내동댕이쳤다.

3

나무반. 나한테 무슨 할말 있니?

퇴근 시간이 지나도록 미적대기에 물었더니 나무반이 오히려 정색을 하고 다가왔다. 운영일지를 써야 하는데. 부모교육 자료도 만들어 발송해야 하고 소모품 대장도 정리해야 하는데 나무반은 눈치도 없이 의자를 끌어다 내 앞에 앉았다.

저는 선생님 방식에 동의 못해요.

그렇게 말해놓고 나무반은 입을 꾹 다물었다. 스물두 살 된 나무반에게 이곳은 첫 직장이었다. 여름에 급히 사람을 구할 때 들어왔으니 경력 삼 개월 차. 원장은 나를 나무야, 라고 부르고 내 밑의 신참을 나무반, 이라고 불렀다. 원장이 나무야 나무야 하다보니 내가 주임 교사라는 사실을 얘가 잊어버린 거 아닐까. 내가 가만히 있자 나무반이 다시 입을 뗐다.

저는 그게 옳다고 생각 안 해요.

그게 뭔데?

선생님이 주승이한테 하셨던 거요.

내가 뭘 했는데?

방치요. 선생님, 그것도 학대예요.

학대라고 말해놓고 나무반은 지레 놀란 표정을 지었다. 보건복지부에서 데려간 뒤 주승이 소식은 들은 게 없었다. 그애가 목각 인형일 땐 아무 말 없다가 이제 와서? 뒤늦게 죄책감이 들었다 한들 나무반의 지적은 터무니없었다. 죄책감은 책임질 위치에 놓인 사람에게나 허락된 감정이니까.

4세 반은 다섯 명씩 두 반으로 편성되었지만 실제로는 한 반으로 합쳐 운영했다. 내가 주 담임, 나무반이 보조인 셈이었다. 나무반이 하는 일이라곤 배식판을 엎은 아이 손발을 닦아주거나 이런저런 이유로 젖은 아이 속옷을 애벌빨래해 비닐봉지에 담아두는 정도였다. 알림장에 적힌 시간에 맞춰 아이에게 약을 먹이지 못했을 때 사과 전화를 하는 것. 그 정도가 나무반이 책임질 수 있는 수준의 일이었다.

내 침묵이 길어지자 나무반 얼굴이 울긋불긋해졌다.

나무반, 다른 선생님들이 너를 뭐라고 부르니?

나무반이요.

그리고 또?

애기 쌤이요.

니가 왜 애기인지 생각을 좀 해봐. 언제까지 애기로 살 건지 계산도 좀 해보고.


주승이가 돌아온 건 이 주가량이 지난 뒤였다. 보건복지부 직원들이 정색을 하고 아이를 데려간 것에 비하면 이른 복귀였다. 그럼에도 주승이는 양볼이 홀쭉하고 눈 밑이 검게 변해 모르는 아이 같았다.

주승이는 이제 우리집에서 어린이집 다닐 겁니다. 나는 주승이 할아버지예요.

주승이를 데려온 늙은 남자는 원장과 나에게 여자가 접근금지 처분을 받았다고, 혹시 근처에 나타나면 꼭 신고해달라고 당부했다. 그러고는 언제 아이를 데리러 오면 되는지 물었다.

가장 늦게 데려갈 수 있는 시간이 몇 십니까? 내가 7시라고 답하자 그는 놀란 표정을 지었다.

이십사 시간은요?

네?

어린이집에서 이십사 시간 봐주기도 한다던데요. 주말에만 애를 데려가는 방식도 있고, 한 달에 한 번만 데려가는 방식도 있다고.

저희는 이십사 시간 운영제가 아닙니다.

늙은 남자가 돌아간 뒤 원장이 낮게 혀를 찼다. 나무야, 하고 나를 부른 원장이 말했다.

저런 애들이 제일 속 썩인다. 이제 봐라, 8시가 되어도 애 데리러 안 올 테니까.

원장의 예언대로 늙은 남자는 도무지 나타나질 않았다. 나무반의 퇴근 시간이 점점 늦어졌다. 나는 일거리를 싸들고 집으로 돌아왔다. 텅 빈 어린이집에 되도록 나무반과 주승이, 단 둘만 남겨놓고 싶어서였다. 내게 한 말이 있어서인지 나무반은 열심히 주승이를 챙기는 척했다. 주승이를 데리러 오는 사람은 늙은 남자일 때도 있고 늙은 여자일 때도 있었다. 처음엔 헐레벌떡 뛰는 시늉이라도 하더니 이제는 문밖에서 주승아 이리 나오너라 소리친다고, 뻔뻔하기 이를 데 없는 사람들이라고 나무반은 성토했다. 피로와 짜증에 찌든 얼굴이었다.

도와주세요, 선생님.

나무반이 숫제 울먹이며 말했다.

내 방식은 마음에 안 들 텐데?

비아냥대긴 했지만 더 놔둘 생각은 없었다. 늦은 시간까지 원에 남아 있는 주승이를 보고 다른 엄마들이 덩달아 늦기 시작한 탓이었다. 나는 나무반과 함께 주승이 보호자를 기다렸다. 어린이집에 있던 주승이 여벌 옷과 낮잠 이불, 실내화와 개인 물품을 전부 싸둔 상태였다. 8시 반이 되자 정말 밖에서 주승아, 주승아, 하고 부르는 소리가 들렸다. 나는 꼼짝 않고 앉아 있었다. 주승이가 움찔움찔 엉덩이를 뗐다 자리에 앉았다를 반복했다.

인터폰이 울렸다. 나무반이 잽싸게 현관문을 열고 늙은 남자를 안으로 들였다. 그는 이마 끝까지 불콰하게 술이 올라 있었다. 나는 대형 장바구니에 담아둔 주승이 물품을 그에게 건넸다.

내일부턴 보내지 마세요.

뭐요?

주승이 이제 안 받아요. 집에서 돌보시든가 이십사 시간 돌봄방을 찾아보시든가 하세요. 주승이 너도 빨리 나가. 이제 여기 오면 안 된다.

짐을 떠안은 늙은 남자를 밖으로 내몰았다. 주승이 등을 떠

밀어 남자에게 보낸 뒤 일괄 소등 버튼을 눌렀다. 어린이집이 순식간에 캄캄해졌다. 겨울 초입이라 새어드는 빛 한 줌 없었다. 보란듯이 남자 코앞에서 문을 잠그고 보안을 걸었다. 보안등에 빨갛게 불이 들어오자 남자가 현관에서 몇 발자국 떨어졌다. 가세요, 그럼. 멈칫거리는 나무반을 끌고 나는 큰길 쪽으로 걸었다.

택시 승강장까지 가는 동안 나무반이 자꾸 뒤를 돌아보았다. 나는 나무반 손을 꽉 붙들고 더 빨리, 더 힘차게 걸었다.

너는 그게 선의라고 생각하지? 돌아보고 미적거리고 자꾸 여지를 남기는 거.

나무반이 복잡한 얼굴로 나를 바라보았다. 마침 도착한 택시 안에 나무반을 밀어넣었다.

이 세상은 공평해. 네가 선을 가지면 저쪽이 악을 가져. 네가 만만하고 짓밟기 좋은 선인이 되면 저쪽은 자기가 제멋대로 굴어도 되는 줄 안다고.

문을 닫자 택시가 빠르게 출발했다. 나는 뒤에 대기하고 있던 택시에 올라탔다. 늙은 남자와 주승이가 서 있을 방향은 한번도 돌아보지 않았다. 집에 도착할 즈음에야 나무반에게서 문자가 왔다. 감사합니다. 다섯 글자가 다였지만 그 아래 꾸역꾸역 덧붙은 감정들은 보지 않아도 알 것 같았다.

4

언니와 이선이 나란히 앉아 옹심이를 빚는 모습은 생각보다 기가 찼다. 손바닥을 활짝 펼친 이선과 달리 언니는 손안의 것을 숨기듯 맞잡고 반죽을 굴렸다. 한쪽이 찌그러진 옹심이들이 쟁반 위에 놓였다. 언니 손에 뭉개지고 있는 게 나의 평화로운 주말, 이선과의 일상인 것만 같았다.

서울에서 옹심이를 빚을 줄은 몰랐네.

언니가 새삼스럽다는 듯 웃었다.

옛날엔 자주 빚었어, 할아버지가 좋아하셔서.

할아버지랑 사이 좋으셨어요?

이선이 묻자 언니가 고개를 끄덕였다. 그럴 리가. 할아버지에 대한 좋은 기억은 눈을 씻고 찾아봐도 없었다. 그는 제멋대로에 괴팍했고, 아무 말이나 내뱉고 아무것이나 휘둘렀다. 천것들처럼 맨발로 뛰어다닌다고 종아리를 호되게 맞은 뒤엔 한여름에도 샌들에 양말을 신어야 했다. 아빠 제삿날이면 당연하다는 듯 엄마에게 황태나 산적 같은 걸 내던졌다. 젓대 같은 년. 그런 소리를 하면서 텔레비전을 보고 있던 내 어깨를 죽비로 후려친 적도 있었다.

할아버지가 죽기 전 엄마는 언니와 나를 데리고 병원으로 갔다. 항암 치료를 수차례 받은 할아버지는 새까맣게 조린 우엉처럼 변해 있었다. 그걸 본 언니는 울었다. 대체 왜? 할아버지가 늙고 병들었으니까? 이제 곧 죽을 거니까? 그런 이유로 그간의 치졸하고 폭력적이던 날들이 용서될 리 없었다. 엄마가 언니와 내 등을 쿡쿡 찔렀다. 나는 꿈쩍 않고 버텼지만 언니는 아니었다. 침대로 다가간 언니는 할아버지의 새까만 손을 붙잡고 어서 건강해지셔서 우리랑 오래오래 같이 살아요, 라고 말했다. 그의 손을 잡은 건 언니인데 비루한 기억은 내게만 남아 있었다.

근데 저건 다 뭐야?

언니가 헌 이불을 모아 묶어놓은 보따리를 가리키며 물었다. 구스 이불로 바꾸면서 이선이 미용 봉사를 다니는 유기견 센터에 가져다준다며 챙겨놓은 것들이었다.

그렇구나. 봉사활동도 하는구나. 이선씨는 참 좋은 사람이네.

봉사라니 참 좋다. 언니가 몇 번이고 곱씹듯 말했다. 그 모습에 슬그머니 불안이 피어올랐다. 언니는 다만 선한 사람, 언제까지고 선하기만 하려는 사람이었으니까. 나는 이선을 향해 눈짓했다. 부추기지 마. 아무것도 알려주지 마. 그런 의미였으나 이선은 가볍게 손을 털고 일어났다. 옹심이 수십 개가 끓고 있는 팥 속으로 소리도 없이 빨려 들어갔다.

언니와 함께 살기 시작하면서 내 감정 상태는 엉망진창이 됐다. 아무짝에도 쓸모없는, 상한 굴을 씹는 것처럼 불쾌감만을 남기는 기억들이 자꾸 떠올랐다. 언니를 대체 언제까지 여기 둘 거야? 내가 따지자 전화기 너머에서 엄마가 불행한 목소리를 흉내냈다. 그렇다고 네 언니한테 집을 구해줄 순 없잖니. 또 날려먹을 텐데.

밤늦게 집에 돌아온 언니는 비슬비슬 웃고 있었다. 나는 1인분씩 포장한 밥을 냉동실에 넣다 말고 거실로 나왔다. 언니에게서 진득한 누린내가 풍겼다. 입고 있는 옷 여기저기가 털투성이였다.

봉사라는 건 정말 좋은 거더라.

개 우리를 청소한 얘기와 늙은 개를 목욕시킨 얘기가 끝도 없이 이어졌다. 다음주부터는 개들을 산책시키러 갈 거라고, 흙길 숲길 걷는 걸 좋아하니 개들과 함께하는 산책 봉사라면 매일이라도 가고 싶다고 언니는 말했다. 마음대로 해. 언니가 상기된 얼굴로 나를 올려다보았다.

지금껏 산 언니 인생이 봉사 그 자체인데 뭘 새삼스럽게.

거실이 순식간에 고요해졌다. 언니는 내 말을 못 들은 척 욕실로 들어갔다. 나는 바닥에 놓인 겉옷에서 개털을 한 가닥씩 잡아 뽑았다. 사실 언니에겐 적당히 시간을 죽이는 것 말곤 다른 선택지가 없었다. 도시 외곽에서 무해한 동물들과 어울리는 게 최선인지도 몰랐다. 머리로는 그렇게 생각해도 화가 나는 건 어쩔 수 없었다. 매일을 필사적으로 살고 있는 내가 바보가 된 기분이었다.

언니 근황을 들은 엄마는 몹시 만족스러워했다. 그날로 당장 유기견 보호 센터에 사료 백 킬로그램을 보냈을 정도였다. 버려진 개들을 돌보고 있다는 말에 스위치가 눌린 게 틀림없었다. 네 언니가 옛날부터 날 닮아 정이 많았지. 그건 거짓말이 아니었다. 마음 씀씀이는 좀 좋았니? 불쌍한 동물을 지나치질 못해서 지 용돈 다 털어 간식 사 먹이고 그랬다. 그 역시 틀린 말은 아니었다. 문제는 그동안 언니가 거둬 먹인 동물들이 교활하고 욕심 많고 폭력적인 데 있었다. 언니는 숲길 산책 따위에 결코 만족할 수 없는 종자들만 골라 끈질기게 사랑해왔다.

내가 뭐라든 언니는 열심히 봉사활동을 다녔다. 간선 버스를 타고 한 시간 반을 꼬박 가야 하는데도 센터에 거의 매일 얼굴을 비치는 듯했다. 주말에 집에 온 이선은 자신도 두세 달에 한 번 가던 미용 봉사를 한 달에 한 번으로 늘리고 싶다고 말했다.

같이 가지 않을래?

단지 그렇게 권했을 뿐인데 한계까지 부푼 고무풍선이 뻥 터지는 기분이었다. 이선과 나는 소리를 질러가며 싸웠다. 넌 아무것도 몰라! 이선이 소리쳤고, 아무것도 모르는 건 너야 이 등신아! 내가 소리쳤다. 서로가 모르는 것을, 앞으로도 모를 게 분명한 것을 잣대로 서로를 비난하는 이상한 싸움이었다.

언니가 집에 돌아온 뒤에도 상황은 나아지지 않았다. 주눅든 얼굴의 언니를 본 이선이 주방으로 들어가버렸다. 나는 소파에 앉아 씨근댔다. 그동안의 이선은 내게 소리치는 사람도, 나를 비난하는 사람도 아니었다. 나는 이선의 쇳소리를 처음 들었다. 그것이 화가 나면서도 동시에 충격적이었다. 언니는 내 옆에 앉아(정확히는 소파 아래 바닥에 앉아) 나를 달랬다. 아무 말 없이 내 무릎을 쓰다듬고 차가운 팔뚝을 내 종아리에 맞댔다. 그러고 보니 언니가 앉은 바닥에 양모로 짠 러그가 깔려 있는 게 눈에 띄었다. 희고 긴 털이 포근해 보이는 새것이었다.

나는 이선을 돌아보았다. 화가 나 어깨를 들썩거리면서도 이선은 건조된 그릇을 조심스럽게 찬장에 들여놓고 있었다. 어느 쪽일까. 나는 이선의 곧고 긴 팔을 바라보며 생각했다. 이선에게 나는 선일까 악일까. 묻지 않아도 답을 알 것 같았다. 그리고 어느 날에는 질문을 바꾸게 되겠지. 대체 이 사람들의 무엇이 나를 자꾸 악인으로 만드는가, 라고. 나는 무릎에 닿아 있는 언니 손을 떼어냈다.

# 5

주승이가 문제를 일으킨 건 의외의 방식이었다. 어린이집 중도 입학이 불가능에 가깝다는 걸 깨달은 주승이 할아버지는 원장에게 애걸한 끝에 주승이를 다시 등원시켰다. 데리러 오는 사람은 들쑥날쑥했으나 하원 시간에 늦는 일은 더이상 없었다. 문제는 주승이가 벽에서 떨어져나오면서부터 시작됐다.

나무반이 오전 간식으로 작은 그릇에 담긴 호박죽을 나눠주고 있을 때였다. 주승이가 일어나 교실 중앙으로 걸어나왔다. 어느 틈에 양말을 벗었는지 땀에 젖은 발바닥이 잘박잘박 소리를 냈다. 반 아이 하나가 나아―무가 일어섰다! 나아―무가 일어섰다! 호들갑을 떨었다.

주승이도 죽 먹을래?

나무반이 반색을 하며 알은체했다. 그래, 우리 주승이 호박죽 좋아했구나, 선생님이 몰랐네. 노래하듯 말하는 나무반을 주승이가 물끄러미 쳐다보았다. 기분 나쁜 예감이 들었다. 나는 오감놀이 재료 준비를 하다 말고 자리에서 일어났다. 마라카스가 요란한 소리를 내며 바닥으로 굴러떨어졌다. 나를 잠깐 돌아본 주승이가 체육복 바지와 팬티를 차례차례 무릎까지 끌어내렸다. 그러고는 제자리에 쪼그려앉아 똥을 누기 시작했다.

부모들의 항의는 다양한 방식으로 이어졌다. 원장은 '학대받은 아이'를 치트키처럼 사용했다. 주승이가 어떤 환경에 놓여 있고 어떤 학대를 받아왔는지 나도 나무반도 알지 못하는 이야기들이, 어쩌면 주승이 보호자조차 모를 이야기들이 쏟아져나왔다. 그러나 주승이의 실내 배변이 수차례 반복되자 부모들은 주승이를 이해가 필요한 아이가 아닌 치료가 필요한 아이로 받아들였다. 주승이를 쫓아내든가 반을 바꿔달라는 요청이 쇄도했다. 4세 반이 통합반 하나이니 어느 쪽이든 같은 의미였다.

자기들도 아이 키우면서 대체 왜 저러는지 모르겠어요.

나무반이 노력하는 얼굴로 말했다. 주승이를 감싸고 싶은 마음과 매번 똥을 치워야 하는 데서 오는 스트레스가 맹렬히 싸우고 있는 모양이었다.

고객이 무슨 생각을 하는지 우리가 알 필요는 없어.

고객이요?

나무반아. 너는 네가 선생인 거 같니?

나무반 얼굴이 모욕을 당했다는 듯 일그러졌다. 나는 비난하는 게 아니라는 뜻으로 나무반 손에 들려 있던 소독제와 마른걸레를 건네받았다. 내가 교구들을 닦기 시작하자 나무반은 잠시 눈치를 보다 파라슈트를 반듯하게 접어 수납장 속에 밀어넣었다.

유치원 선생은 교육직이지만 어린이집 선생은 보육 서비스직이야. 현관에 안내문도 붙여놓잖아? 오전 7시 반부터 오후 7시 반까지 학부모님들 편하신 시간에 마음껏 이용하세요.

상체를 뻣뻣하게 굳힌 나무반이 나를, 움직이는 내 손을 바라보았다.

네가 학부모에게 아이 발달 사항을 설명하고 그에 맞는 조언을 해주면 가끔 선생으로 인정받을 때도 있겠지. 근데 그게 너를 존중한다는 의미는 아니야. 그 사람들은 서비스받는 걸, 과도하게 친절한 서비스를 제공받는 걸 당연하게 생각해. 그러니까 원생이든 선생이든 누가 마음에 안 들면 쫓아내라고 난리를 피우는 거지. 우리 근간은 서비스직이야. 거기까지만 생각해.

하지만……

선생이길 기대하고 대우해주면 당연히 선생으로 있어야지. 근데 아니잖아? 서비스를 요구하면 서비스만 해주면 돼. 하는 만큼 받는 거야. 세상은 공평하거든.

소독을 끝낸 교구들을 제자리로 돌려놓을 때까지 나무반은 말을 아꼈다. 왜, 내 방식에는 또 동의하기 싫어? 놀리듯 묻자 나무반이 고개를 저었다.

그런 게 아니라 선생님처럼 생각하게 되는 데 몇 년이나 걸릴까 싶어서요.

당장 두 학기만 지나도 나처럼 될걸. 내 시작은 시금치였어.

시금치요?

5세 반 점심 반찬으로 시금치가 나왔었거든. 다음날 애 아
빠가 들이닥쳐서는 자기 딸한테 시금치를 먹였다고 멱살을 잡
더라고. 그걸 먹고 애가 체해서 응급실에 다녀왔다나. 무릎 꿇
고 빌라고 난동을 피우다가 난데없이 시금치 한 통을 꺼내는
거야. 시금치가 그렇게 몸에 좋으면 니가 다 먹으라고, 자기가
보는 앞에서 당장 다 먹으라고.

먹었어요?

먹었지. 몇 년이 지났는데도 아직도 궁금해. 애가 아팠다면
서 그 이른 시간에 시금치 무쳐 올 생각을 어떻게 했을까. 다
른 사람을 괴롭히겠다는 일념으로 어떻게 그렇게까지 부지런
해질 수 있었을까.

언니가 개를 한 마리 데려오겠다고 한 건 예기치 못한 일이
었다. 왜 이런 당연한 걸 예상 못했는지 스스로 어리둥절해질
정도였다. 매일같이 개들을 보는 이선조차 몇 달에 한 번씩은
눈에 밟히는 개 때문에 가슴을 앓곤 했었다. 한 마리로 끝날
것 같아? 다음달엔 더 가여운 개가, 그다음달엔 더 불쌍한 개
가 거기 있을 거야. 그걸 전부 책임질 수 있겠어? 내가 말하면

이선은 눈을 꾹 감았다 떴다. 그러고는 식품 건조기에 고구마와 닭가슴살, 오리 목뼈 따위를 잔뜩 넣어 돌리곤 했다. 개들에게 줄 간식 한 묶음으로 빚진 마음을 털어내기라도 하겠다는 듯이.

같이 개를 보러 가지 않을래?

언니가 내게 물었다.

그애, 이름표도 달고 있어. 밤톨이라는 이름이 새겨진 은색 펜던트. 그것 때문에 주인을 빨리 찾을 줄 알았는데 지금껏 못 찾았다지 뭐야. 펜던트를 주문해 달아줄 정도로 예뻐했는데 어쩌다 헤어졌을까.

펜던트는 있어도 인식 칩은 없었지?

어떻게 알았어? 그게 정말 이상해.

이름은 자기 편하려고 붙이는 거니까. 귀여워는 해도 책임지고 싶진 않았던 거지. 난 그 마음 알 거 같아. 그래서 싫어.

언니가 당황한 얼굴로 나를 보았다.

난 개 같은 거 정말 질색이야. 저 혼자 할 수 있는 거라곤 짖고 조르는 것뿐이잖아.

나는 심호흡을 했다. 언니가 포기하지 않으면 쏟아낼 말이야 얼마든지 있었다. 그 나이 먹도록 엄마한테 생활비 받아 쓰는 주제에 이젠 개까지 키워달라고 할 셈이야? 개밥 살 때마다 엄마한테 돈 달라고 조르려고? 그런 식의 치졸한 단어들이 마음속에서 점점 부피를 키워가고 있을 때였다.

　나, 일할게.

　언니가 말했다.

　허튼짓 안 하고 꿈도 안 꾸고, 아무것도 아닌 거 할게. 돈만 벌게.

　언니가 그렇게 말한 이유를 모르는 건 아니었다. 이선과 내가 말다툼을 한 날 언니는 안절부절못하다 새벽녘에야 내게 카톡을 보냈다. 미안해. 그래놓고 다음 카톡은 한참 뒤에야 왔다.

　〔내가 얼른 번듯한 직장 구해서 집 나갈게. 언니답지 못해서 미안해.〕

　나는 거실에 앉아 언니 방 문틈으로 가늘게 새어나오는 빛을 바라보았다. 저 방문 너머에서 바깥소리에 귀기울이며 카톡을 쓰고 지우고 다시 썼을 언니를 떠올렸다. 침대 아래, 방석도 러그도 없는 맨바닥에 쪼그려앉아 있을 언니가. 열심히 살수록 불행해지고 남의 호의에 기생하는 것 외엔 아무것도 할 줄 모르는 언니가. 희망이 가장 두렵고 끈기가 가장 무서운, 그런 세상에 살고 있다는 걸 끝끝내 인정하려 들지 않는 선하고 한심한 언니가.

　〔아니. 하지 마.〕

　답을 쓰는 손가락이 멋대로 움직였다.

〔번듯한 거 언니다운 거 그딴 거 하지 마. 그럴듯한 거 흉내내느라 사고 치지 말고 하루살이처럼 살아. 그날 하루만 안전하고 배부르길 바라면서 살라고, 제발.〕

이선은 언니가 말하는 개를 알고 있었다. 새까맣고 나이든 개라고, 푸들이라 털은 덜 빠지겠지만 피부염 때문에 고생을 좀 할 거라고 말했다. 내가 약용 샴푸랑 오일을 갖다줄게. 이선은 보호소에 유기견이 너무 많이 늘어 연말이 지나고부터 안락사를 시키기로 방침을 바꿨다고 설명했다.

안락사 없는 보호소라고 소문이 났거든. 그랬더니 너도나도 여기다 개를 갖다 버리는 거야. 자기들 딴에는 개를 살리고 싶다고 한 행동이겠지만 결국은 그것 때문에 모두 죽게 됐어.

이선은 담담하게 말했으나 목소리가 깊고 어두웠다. 안락사를 시키게 되면 밤톨이가 1순위일 거야. 늙고 병들었으니까. 나이가 어렸대도 힘들었겠지. 까만 개는 입양률이 낮거든. 언니가 조급해하는 이유를 알 것 같으면서도 화가 났다. 개를 데려온다는 건 돌봄처럼 느슨한 단어로 대체되는 일이 아니었다. 개의 전 생애를 책임진다는 게 어떤 의미인지 언니는 생각이나 해봤을까?

괜찮아. 나도 도울게. 씻기고 치료하는 건 다 내가 할게.

개가 언제 죽을 줄 알고?

곳감 꼭지를 잘라내던 이선의 손이 멈췄다. 반건조 곳감에 치즈를 넣어 돌돌 만 곳감말이는 언니가 좋아하는 음식이었다. 나는 곳감의 달콤함도 치즈의 시큼함도 전부 싫어했다.

요즘 개는 이십 년도 산다며? 늙고 병든 개를 정성껏 돌봐서 뭐하게? 늙고 병든 채로 주구장창 사는 것뿐이잖아. 제구실 못하는 것들 수발들기가 얼마나 더럽고 지긋지긋한 일인지 알기나 해?

너……

언니도 그래. 대체 왜 내버려두질 않아? 책임질 능력도 자격도 없으면 애초에 손을 뻗질 말았어야지. 연민이니 죄책감이니 그따위 헤픈 감정에 빠져들질 말았어야지. 버려진 개 몇 마리 돌봐줬다고 자기가 뭐라도 된 거 같대? 자기 앞가림도 못하면서 무슨 주제넘은 소리야!

이선이 들고 있던 칼을 개수대에 던져버렸다. 쇠 부딪는 소리가 요란하게 울렸다.

너 정말…… 사람 질리게 만든다.

이선은 그대로 나를 지나쳤다. 소파에 놓여 있던 겉옷과 가방을 집어든 다음 뒤도 돌아보지 않고 나가버렸다. 곳감에 묻어 있던 흰 가루가 이선의 겉옷에 지문처럼 찍혔다. 현관문이 날카로운 소리를 내며 닫힌 뒤에도 나는 가만히 서 있었다. 내가 한 말을 되감고 싶지 않았다. 진심이었으니까. 저들이 놓인 꼭짓점이 직선을 만들든 삼각형을 만들든 평면 위에 있는 한 저들의 삶은 평화로울 것이다. 나 혼자 현실 속에 있으니 나는 평생 저들에게 악인이겠지. 아일랜드 식탁 위에는 자르다 만 곶감과 치즈와 볶은 호두가 늘어서 있었다. 큐브 모양으로 잘라둔 치즈를 볼에서 꺼냈다. 손가락에 아주 약간 힘을 주었을 뿐인데 치즈는 형체도 없이 뭉개져버렸다.


6


주승이 할아버지에게 수차례 주의를 주었지만 달라지는 건 없었다. 그는 처음엔 난감해하더니 시간이 지나자 애 교육을 어떻게 하는 거냐고 우리에게 도리어 화를 냈다.

똥 눌 때를 제외하면 주승이는 예전과 똑같았다. 벽에 붙어 앉아 누구와도 어울리지 않았다. 파라슈트 위에서 요란한 소리를 내며 튀어오르는 고무공들에도 아기상어 머리띠에도 관심이 없었다. (주승이의 알림장에 입학한 이래 늘 자폐증 검진 권고를 적어 보냈으나 어떤 피드백도 없었다.) 누구에게도 집중 못하던 주승이가 일시적이나마 나와 시선을 맞추는 게 좋은 변화인지 나빠진 건지조차 알 수 없었다.

낮잠에서 깬 아이들이 나무반에게 몰려갔다. 작은 설치류처

럼 옹기종기 모여 선 아이들이 작은 간식 그릇을 나눠 갖는 동
안 나무반은 위생 장갑을 꼈다. 아이들 그릇에 노랗고 동글동
글한 카스텔라 떡이 두 개씩 담겼다. 그때 한 아이가 코를 움
켜쥐고 소리쳤다. 주승이 똥 쌌어요! 또 쌌어요! 다른 아이가
자신의 떡을 양손으로 폭 덮었다. 어느 틈엔지 수납장 옆에 똥
을 눈 주승이가 나를 물끄러미 바라보고 있었다. 그쪽으로 달
려가려는 나무반을 제지하고 주승이에게 다가갔다.

동글고 딱딱한 똥을 휴지로 싸 변기에 버리고 주승이를 화
장실로 데려갔다. 잠깐 기다려. 나는 도로 교실로 가 물걸레로
바닥을 닦고 환기를 시키고 소독제를 뿌린 뒤 다시 한번 마른
걸레로 바닥을 닦았다. 걸레를 들고 가보니 주승이는 내가 세
워둔 그 자리에 꼼짝 않고 서 있었다. 어떻게 할까. 나는 잠시
고민했다. 굳이 씻기기까지 할 필요는 없을 것 같은데, 물티슈
로 엉덩이만 닦아주면 되지 않을까. 나는 일단 주승이 바지와
팬티를 벗겼다. 그러자 주승이가 꼬물대며 윗옷을 벗기 시작
했다.

아니야, 옷 안 벗어도 돼.

내가 말렸지만 주승이는 기어코 셔츠에서 팔 하나를 빼냈
다. 겨울용 셔츠라 그런지 동작이 둔하고 부자연스러웠다. 옷
을 도로 입히려다 말고 나는 주승이를 살폈다. 셔츠 안에 내복
이 있었다. 이상하게 꽉 맞는 내복이었다. 주승이가 상당히 마

른 편인데도 살을 파고든 손목밴드 부근에 빨갛게 피가 몰려 있었다. 주승이 다시금 반대편 팔을 빼내기 시작했다. 나는 소매 끝을 잡고, 언젠가의 날처럼 주승이 옷을 벗겼다. 셔츠를 벗기고 주승이를 압박하고 있는 내복을 끌어올렸다. 주승이가 익숙한 각도로 턱을 들어올렸다.

선생님, 왜 그러세요?

교실 안쪽에서 나무반이 물었다.

왜 그러세요? 선생님 왜 그래요? 앵무새처럼 아이들이 말을 따라 했다. 주승이 입이 작지만 분명하게 오물거렸다. 나는 주승이 배에 나 있는 크고 뚜렷한 멍자국을 바라보았다. 배꼽 주변은 원래 피부색을 알아볼 수조차 없었다. 보라색과 노란색과 검은색이 얼룩덜룩 겹쳐 있어 그것이 결코 한 번에 생긴 것이 아님을 말해주었다. 작고 마른 아이의 배를, 그 한 곳만을 집요하게 내리치는 어떤 손에 대해 생각하자 숨이 멎을 것 같았다. 팔다리를 활짝 펼친 주승이가 콧구멍을 벌름거렸다.

나는 주머니에서 핸드폰을 꺼내 112를 눌렀다.


경찰서로 나를 데리러 온 건 언니였다. 나는 로비에 앉아 벽에 붙은 초록색 부직포를 바라보고 있었다. 의미를 알 수 없는 글자들과 흉악하거나 흉악하지 않은 얼굴들이 뒤섞여 복잡한 벽에 비해 테이블이 놓인 로비는 한산했다. 카톡 메시지가 끝도 없이 들어왔다. 보건복지부에 연락하면 될 걸 원으로 경찰을 출동시키면 어떻게 해! 원장의 메시지를 시작으로 학부모 단톡방이 터질 것처럼 웅웅댔다.

선생님 덕분이에요. 여성청소년과 형사는 그렇게 말했다. 아이를 잘 살펴봐주시고 즉시 신고해주신 덕분에. 주승이를 데리러 온 보건복지부 사람들도 그렇게 말했다. 나는 그 말이 듣기 싫어 미칠 것 같았다. 나는 주승이 선생님이 아니에요. 나는 한 번도 선생님이었던 적이 없어요. 나는 그냥.

형사는 참고인 조사나 추가 진술이 필요할 수 있으니 그때도 도와달라고 말했다. 형사에게서 받은 명함이 돌덩이처럼 무거웠다.

손 좀 녹이고 가자. 밖에 추워.

자리를 떴던 언니가 돌아와 믹스커피가 든 종이컵을 내 손에 쥐여주었다. 자판기가 있었어? 내가 묻자 언니는 로비 한편을 가리켰다. 테이블 대여섯 개가 늘어선 모퉁이에 정수기와 종이컵, 커피믹스와 옥수수수염차 박스가 놓여 있었다. 조금 전까진 전혀 눈치채지 못한 것들이었다.

데리러 오라길래 네가 사고라도 친 줄 알았어.

언니가 겸연쩍게 웃으며 덧붙였다. 네가 그럴 리 없지. 나라면 모를까.

정수기 온도가 잘못 설정되었는지 커피는 미지근하고 달았다. 언닌 경찰서 자주 왔었지. 내 말에 언니가 점퍼 지퍼를 목까지 끌어올렸다. 신고하러도 오고 신고 당해서도 오고. 속고 뺏기고 맞고의 무한 반복이었잖아. 그게 늘 이상했어. 언닌 왜 저러고 살까. 저만큼 속으면 이제 아무것도 기대 안 할 법도 한데 대체 왜 포기를 안 할까.

뒤에서 의자 끄는 소리가 들렸다. 누가 앉은 건지 지나던 길에 의자를 밀어넣은 건지 알 수 없었다.

인간한테 가망 없다 싶으니 이제 개로 갈아타려는 거야?

……그럴지도 모르겠다.

언니가 가방에서 머플러를 꺼내 내 목에 감았다. 몇 번에 걸쳐 돌려 감고는 그래도 부족한지 매듭을 지어 고정시켰다. 목이 따뜻해지자 몸의 떨림이 좀 멎는 듯했다.

그래도 나한테는 그게 중요해.

언니가 말했다.

아무 의심 없이 대할 수 있는 존재가 내 앞에 있다는 거. 그래서 내가, 아직 상냥한 채로 남아 있어도 된다는 거. 그게 나한테는 정말 중요해.


미리 연락을 해두었는지 개는 외부 사육장이 아닌 실내에 있었다.

이선이 말했던 대로 새까맸으나 어느 정도 늙었는지는 가늠하기 어려웠다. 보글보글한 정수리 털과 대조되게 눈 근처 털이 좀 빠져 있다는 정도만 눈에 띄었다. 안도하던 마음은 그리 오래가지 못했다. 언니를 보고 발랑 드러누운 개의 배 때문이었다.

새빨갛게 달아오른 얇은 뱃가죽을 나는 당혹감에 젖어 바라보았다. 개가 꼬리를 치며 몸을 뒤틀 때마다 빨간 스탬프를 찍어놓은 것처럼 얼룩진 뱃가죽이 씰룩거렸다. 사타구니께에 하얗게 각질이 일어 두 색의 대조가 더욱 기이하게 느껴졌다. 내 시선을 눈치챈 언니가 개를 얼른 품에 안았다.

개가 언니에게서 떨어지려 하질 않는 통에 입양 서류는 내가 작성했다. 나는 언니의 이름과 주민번호, 전화번호 같은 것을 천천히 채워나갔다. 개는 내게 한 번도 시선을 주지 않았다. 이 세상에 오롯이 언니만 존재하는 것처럼 언니를 향해 고개를 치켜든 채였다. 언니가 목덜미를 쓰다듬으면 상체를 낮추었다가 금세 뛰어올라 언니 아래턱을 핥아댔다. 개의 까만 눈동자가 흔들림 없이 언니를 향해 있었다. 잘 아시겠지만, 이라고 입양 담당자가 운을 뗐다. 담당자 역시 언니를 바라보고 있었다.

상처를 많이 받은 애예요. 그래도 이렇게 또 사람을 믿고 온몸을 내던지지요. 개라는 생물은 정말 안타깝고 신비합니다.

정말 개 같다, 고 나는 생각했다. 이 개도 언니도 정말 개 같은 성질을 가졌구나.

좋은 주인을 만나게 되어 다행이라고 담당자는 몇 번이고 말했다. 언니가 개 목에 걸려 있는 은색 펜던트에 손을 댔다. 밤톨이라는 이름이 적힌, 혹시라도 주인이 찾아올까봐 계속 걸어두고 있었다던 그것이었다. 딸깍, 소리와 함께 펜던트가 떨어져나갔다.

밤은 내가 가질게.

언니가 개의 귀에 작게 속삭였다. 늙고 새까맣고 병든 개의 이름은 토리가 되었다.

집에 도착하기까지 한 시간 남짓한 시간 동안 개는 언니에게서 떨어지지 않았다. 패딩 점퍼 안쪽에 개를 밀어넣은 언니가 개의 부피만큼 솟아오른 가슴께를 소중히 끌어안았다. 차멀미를 하지도 침을 흘리지도 않고, 개는 언니에게 몸을 딱 붙인 채 잠만 잤다. 개를 데려오기 위해 구입한 켄넬은 꺼내보지도 못한 채였다. 나는 느리게 핸들을 돌렸다. 고요하고 단 숨이 차 안 가득 퍼져 있었다. 누구의 것인지 작게 코 고는 소리가 들려왔다.

문득 이선이 보고 싶었다. 체온이 높지 않은 이선의 서늘한 팔에 뺨을 문지르고 싶었다. 이선의 등에 이마를 딱 붙이고 긴 잠을 자고 싶었다. 내가 지닌 굴곡과 이선이 지닌 굴곡을 어찌

어찌 잘 맞춰보면 평면이 되는 순간도 오지 않을까. 선이니 악이니 그런 것 말고 그저 평온하게 나란히 있을 수 있는 순간이. 다만 상냥하게, 아무것도 아닌 채로. 나는 신호등에 걸릴 때마다 핸드폰을 쥐고 이선의 번호를 만지작거렸다. 검은 개를 데려왔어. 글자를 입력하고 지우기를 반복했다. 배가 아주 빨개. 약용 샴푸가 필요해. 이선아,

네가 필요해.

현관문을 열자 고소하고 매운 냄새가 훅 끼쳤다. 돼지 등뼈를 넣고 뚝배기에 푹 끓인 김치찜은 내가 좋아하는 것이었다. 이선의 냄새. 이선의 신발. 언니가 서둘러 집안으로 뛰어들어갔다. 나는 등뒤에서 소리 없이 닫힌 현관문을 돌아보았다. 아침에 나갈 때만 해도 도어클로저가 고장나 뭐라도 잘라먹을 듯 날카로운 소리를 내며 닫히던 문이었다. 문 닫히는 속도를 가늠하며 몇 번이고 나사를 조였다 풀었을 이선이 떠올랐다. 더 조용하고 더 조심스러운 속도와 각도를 찾아서 몇 번이고 문을 여닫았을 이선.

나는 천천히 신발을 벗었다. 거실 복판에 다리가 길고 새까만 개가 어리둥절한 얼굴로 서 있었다.

# 당신의 마지막 안전지대는 어디입니까

— 트라우마 이후, 상처를 정면으로 직시하는 문학의 힘

정여울(작가, 문학평론가)

## 1. 가스라이팅, 그루밍, 소시오패스에 저항하다

엄마는 딱 한 번뿐이라고 말했다.

너를 죽이려 한 건 딱 한 번의 실수였다고.

(……)

엄마는 아빠를 사랑하고 하진을 사랑했다. 그것은 의심할 수 없는 진실이었다. 그러나 엄마는 언제든 잠든 하진의 목을 조를 수 있었다. 그것 역시 도망칠 수 없는 진실이었다.(「바늘 끝에서 몇 명의 천사가」, 117~121쪽)

가장 사랑받아야 할 존재에게 가장 학대받는 사람들이 있다.

마지막 안식처가 되어주어야 할 부모가 되려 가해자의 자리에 서는 상황 속에서, 인간은 과연 어떤 선택을 할 수 있을까. 가스라이팅, 그루밍, 소시오패스 같은 범죄 용어들이 쉽게 쓰이는 사회가 되었다. 한 사람의 심리를 교묘하게 조작하여 그 사람을 체계적으로 무력화시키고, '나는 힘없는 존재'라는 자기 인식을 강화하여, 마침내 '나는 그 사람에게 복종해야 한다'는 생각에 이르게 하는 심리적 지배가 일상의 한복판에서 일어나고 있다. 그 심각한 심리 조작의 가해자가 가족, 특히 부모일 수도 있다는 참담한 사실조차 더이상 신기한 뉴스가 아니게 된 것이다. 소설가 안보윤은 바로 이런 '안전지대 없는 사회' 속에서 트라우마와 분투하고 있는 인물들을 그려낸다.

안보윤의 인물들은 트라우마의 한가운데 있거나, 트라우마 이후 기나긴 우울의 터널을 지나는 중이거나, 영원히 사라지지 않을 것만 같은 참혹한 상처를 아무런 보호 장치 없이 묵묵히 견뎌낸다. 한때는 평범한 소녀였지만 엄마로 인해 광신도 집단의 일원으로 동화되어가는 유란(「어떤 진심」), 오빠가 범죄자라는 이유만으로 자신 또한 억울하게 죄인 취급 받으며 힘겹게 살아가는 여동생(「완전한 사과」), 동급생 승규에게 지독한 괴롭힘을 당하던 피해자였지만 승규가 사고로 죽자 그 사고의 책임을 추궁당하는 동주(「애도의 방식」). 이들은 교묘한 심리 조작이나 반복되는 감정적 학대에 지칠 대로 지쳐 일상의 평온은 물론 최소한의 인권조차 위협받는 상황에 처해 있다. 게다가 시간이 지날수록 상황이 나아지기는커녕, 아직 상처를 치유하지도 못한 상태에서 이들은 2차, 3차 트라우마에 쉽게 노출되어버린다. 학과 조교에게 스토킹을 당해 피해 신고를 하고도 경찰은 물론 엄마로부터도 제대로 보호받지 못하는 하진(「바늘 끝에서 몇 명의 천사가」), 자신을 낳아준 엄마에게 끊임없이 무시와 학대를 당하다가 마침내 엄마가 아동학대범으로 신고를 당한 상황에서 엄마에게 유리한 증언을 하도록 강요받는 미도(「미도」)가 대표적인 사례다. 피해자이면서 동시에 가해자인 인물을 통해서는 더욱 복잡한 트라우마의 심연이 드러난다. 가장 엄마를 필요로 할 때, 엄마가 자신이 아닌 친구의 딸 세연을 돌본 기억으로 괴로워하는 주영(「미워하는 일」)은 어린 세연을 가스라이팅해 자신의 가족에게서 멀어지게 한다. 세연의 죽음도, 하굣길에서 폭행당한 동급생이 갖게 된 장애도 모두 자신의 탓이라고 생각하며 불안해하는 주영의 모습에서 안보윤 작가의 냉혹하고 집요한 시선이 느껴진다.

안보윤 소설 속 가해자들은 아무렇지도 않게 사람을 괴롭히고 따돌리며, 피해자를 마치 처음부터 그런 억압과 고통을 원했던 사람처럼 만들어버린다. 한없이 여리고 착하기만 한 인물들은 '만만한 피해자'로 전락할 위험에 처한다. 「미도」의 주인공 미도, 「미워하는 일」의 세연, 「밤은 내가 가질게」의 언니처럼. 그들은 엄마에게마저 사랑받지 못하고, 온갖 사람들에게 사기를 당하고, 폭력과 학대의 피해자가 될 뿐만 아니라 재산까지 털리면서도, '이건 모두 다 내가 부족한 탓'이라고 결론짓는다. 이렇게 부당하게 피해를 당하는 것이 정말 다 그들 탓이란 말인가. 가스라이팅이나 그루밍의 무서운 점은 가해자들의 근거 없는 비난이나 공격이 피해자의 마음속에 내면화된다는 점이다. 트라우마를 겪고 있는 사람들의 이야기를 뉴스 속 남의 이야기로 방치해두지 않는 것, 학대와 폭력의 심각한 결과가 바로 지금 나, 우리, 여기 있는 모두의 몫이 될 수 있다는 사실을 저버리지 않는 것이 문학의 임무임을, 안보윤은 작품 하나하나를 통해 분명히 선언한다.

## 2. 끝내 좋은 어른이 되는 사람

너는 그게 선의라고 생각하지? 돌아보고 미적거리고 자꾸 여지를 남기는 거.

(······)

이 세상은 공평해. 네가 선을 가지면 저쪽이 악을 가져. 네가 만만하고 짓밟기 좋은 선인이 되면 저쪽은 자기가 제멋대로 굴어도 되는 줄 안다고.(「밤은 내가 가질게」, 231쪽)

자신을 지키기 위해 우리는 어디까지 지독해질 수 있을까. 「밤은 내가 가질게」에서 보육교사로 일하는 '나'는 학대당하고 있는 아이 주승이의 담임을 맡게 된다. "선을 가지면 저쪽이 악을 가져"버리게 되므로, 내가 필사적으로 악을 선택해야만 저쪽이 나를 만만하게 보지 않는다고 생각하는 '나'. '나'는 그동안 착한 심성을 가진 언니가 사기꾼에게 당하는 모습을 목격해왔다. 그런 곤란한 상황을 미연에 방지하며 손해보지 않는 삶을 살기 위해 그녀는 필사적이다. 그녀를 아동학대범으로 몰아 자신의 학대 흔적을 감추려는 주승이의 엄마나 하원 시간이 지나도 아이를 데리러 오지 않는 주승이 할아버지를 대하는 그녀의 단호한 태도는 일견 적절해 보이지만, 자신의 무고를 증명하기 위해 매일 하원 시간마다 주승이의 옷을 벗겨 상처가 없음을 보여주는 행동은 자기방어를 넘어 학대로 느껴진다. 하지만 그녀는 우여곡절 끝에 결국 주승이를 학대로부터 구출하는 사람이 된다. 주승이에게서 상처를 발견해내고 학대를 고발하는 존재가 됨으로써 '나'는 자신뿐만 아니라 아이의 미래까지 구할 수 있는 존재로 거듭난다. '나'는 그렇게 지독한 어른이 될 수 없는 사람, 사실은 한 아이의 고통받는 삶 속으로 기꺼이 뛰어들어 그 아이를 구해낼 수 있는, 끝내는 좋은 어른이었다. 나는 안보윤 소설의 이런 인물들을 사랑한다. 착하지 않은 척, 위로 같은 건 하지도 받지도 않는 척, 더이상 선한 쪽에 서지 않겠다고 결심한 척하면서, 결국에는 '그럼에도 불구하고 좋은 사람'이 되기를 선택하는 이들이야말로 이 세상을 지켜내는 숨은 전사들이기에.

그래도 나한테는 그게 중요해.
언니가 말했다.

아무 의심 없이 대할 수 있는 존재가 내 앞에 있다는 거. 그래서 내가, 아직 상냥한 채로 남아 있어도 된다는 거. 그게 나한테는 정말 중요해.(249쪽)

최소한의 생존권을 지키기 위해서 차악을 선택하는 '나'에게 언니의 행동은 세상을 바라보는 새로운 관점을 제시한다. 언니는 상냥함을 잃지 않기 위해, 어떤 상황에서도 가해자가 되기보다는 차라리 피해자가 되기를 선택한다. 상냥함과 다정함, 약자를 향한 끝없는 배려는 언니가 생의 한계상황에 닥치더라도 반드시 지켜내고 싶은 자기다움의 마지노선인 것이다. 언니의 행동은 이 세상에 존재하는 방법이 내가 살기 위해 저편에서 나에게 악을 행하기 전에 내가 먼저 악을 행해버리는 것만은 아니라는 것을 보여준다. 언니는 사실 피해자의 편이나 가해자의 편에 서는 것이 아니라 상냥함을 잃지 않는 제3의 길을 선택함으로써 가혹한 세상에 맞서왔던 것이다. 걸핏하면 트라우마의 피해자가 되면서도 끝내 선한 어른이 되기를 포기하지 않는 이런 존재야말로 문학이 지켜내야 할 마지막 안전지대가 아닐까. 언니가 상냥함을 포기하지 않고, 따스함을 내려놓지 않고, 자신을 지켜낼 수 있는 힘이야말로 문학이 여전히 품어야 할 희망의 이름이 아닐까.

안보윤의 인물들은 자신을 끊임없이 괴롭히는 존재들의 폭력에 맞서 천천히 자신을 지켜낸다. 우선 이들은 고통을 대면할 용기를 내기 시작한다. 남성에게 스토킹 당하며 공포에 떨던 하진은 유영의 보살핌 속에서 스스로 사건에 대처해나간다. 그 일련의 과정을 거치며 그녀는 마침내 어린 시절 자신을 죽이려 했던 엄마를 영원히 용서할 수 없는 자신을 발견한다. 청소년 우울증 진단을 받았던 하진은 "그럼 쟤 자살하는 거야?"(115쪽)라는 아이들의 수군거림에 맞서 "안 죽어, 안 죽는다고. (……) 누가 죽어줄 줄 알고?"(115쪽)라고 노트에 적는다. 「미도」의 주인공 미도는 엄마가 자신을 학대했던 것처럼 다른 아이들을 학대하고 있다는 것을 직시하고, 재판에서 엄마를 옹호하지 않기로 결심한다. 「애도의 방식」에서 동주는 승규의 엄마에게 승규가 자신을 괴롭히다 실족했다는 사실을 말하지 않기로 결정한다. 그들은 트라우마를 오늘 당장 치유할 수 없을지라도, 그것을 대면하고 인정할 힘을 모은다. 상대의 폭력과 학대를 순순히 용서하지 않기로 결정한다.

맞고 싶지 않다고 생각했다. 그뿐이었다.

균형을 잃은 승규가 허공으로 고꾸라진 건 순식간이었다.

(……)

어느 때의 나는 승규의 주먹에 얻어맞아 어금니가 깨졌다. 깨진 단면에 혓바닥을 깊게 베여 입안 가득 피가 고인 채 옥상에서 내려왔다. 승규와 함께였다. 어느 때의 나는 승규에게 휩쓸려 공사장 바닥으로 굴러떨어졌다. 어느 때의 나는 내 머리 위로 막 넘어가려는 승규의 다리를 붙잡았다. 정강이를 꽉 끌어안고 승규의 무게를 견였다. 그리고 어느 때의 나는, 쪼그려앉은 채 승규의 정강이를 힘껏, 있는 힘껏 밀쳤다.

거듭되는 상상은 현실보다 혹독했다. 나는 수없이 승규를 붙들고 수없이 승규를 밀쳤다. 매 순간 나는 필사적이었다. 오롯이 진심이었다.(101~102쪽)

트라우마의 한복판에서, 우리는 무언가를 시작해야 한다. 나를 지킬 수 있는 최소한의 적극적인 행동을. 내 목숨과 안전, 내 행복과 자유를 지킬 수 있는 행동을. 「애도의 방식」에서 동주는 마침내 자신을 지켜낸다. 동주는 자신을 따돌리고 폭행하고 괴롭히던 승규까지 지킬 수는 없었지만, 폭행으로부터 처음으로 자신을 지키게 된다. 안보윤의 주인공들은 아직 많은 것을 표현하지 못한다. 아직은 자신이 원하는 것을 쾌활하고 자연스럽게 표현하지 못한다. 하지만 희망은 '용서하지 않는 마음'에서 시작된다. 쉽게 용서하고, 공포에 질려 합의를 해주고, 잊지 못했으면서도 잊은 척한다면, 치유의 시간은 결코 도래하지 않는다.

가장 믿었던 존재에게 버려지고, 학대당하고, 폭력과 혐오의 대상이 되는 일이 더이상 뉴스와 통계의 형식으로만 인식되어서는 안 된다는 것. 나아가 트라우마를 겪는 사람들이 누구의 격려도 받지 못한 채 혼자만의 공간에서 고통받고 있는 현실을 끝장내야 한다는 것. 우리가 끝끝내 지켜내야 하는 것은 '내가 내 목숨과 안전을 지킬 수 있는 존재'라는 정체감이라는 것. 안보윤의 주인공들은 그렇게 천천히 회복과 치유의 길을 향해 나아가기 시작한다.

일곱 단편들은 일종의 연작처럼 하나의 현실세계를 공유하고 있다. 예컨대 미도와 토리는 여러 작품에서 중요한 비중을 차지한다. 「완전한 사과」에서 '나'의 오빠에게 폭행을 당한 여자는 「미도」와 「밤은 내가 가질게」의 미도다. 「바늘 끝에서 몇 명의 천사가」에도 미도와 토리가 등장하는데, 행복하게 지내던 미도와 토리가 지울 수 없는 상처를 입게 되는 순간이 그려져 묵직한 여운을 남긴다. 또한 사이비종교의 지도자로 인해 주인공들이 가스라이팅을 당하는 장면은 「어떤 진심」과 「미워하는 일」에서 주요 서사가 되는데, 아마도 두 작품 속의 주인공이 다니는 교회가 '믿음이샘솟는교회'라는 사이비종교단체로 보인다.

동주와 승규는 「완전한 사과」와 「애도의 방식」에 공통적으로 등장한다. 「완전한 사과」에서 '나'는 돈가스집에서 일하다가 초등학생 동주의 하교 도우미 아르바이트를 시작한다. 결말에서 '나'는 승규를 동주에게서 단호하게 떼어내기도 한다. 승규가 지속적으로 동주를 괴롭혀왔다는 사실은 「애도의 방식」에서 적나라하게 드러난다. 「완전한 사과」의 '나'가 간신히 떼어놓았던 초등학생 승규가 「애도의 방식」에서 중학생이 되어서도 계속 동주를 괴롭혀왔음이 밝혀진다. 「완전한 사과」의 '나'가 일했던 돈가스집은 승규의 부모가 운영하던 가게로 보인다. 이렇듯 일종의 연작소설

형식을 취하고 있는 안보윤의 작품세계는 폭력과 트라우마, 가해자와 피해자의 연쇄적 관계가 우리의 현실세계에서 일종의 거대한 인연의 네트워크로 서로 이어져 있음을 암시하는 것으로 읽을 수도 있다. 누구도 누군가의 트라우마에서 자유로울 수 없게 되어버리는 것이다. 그러나 그것은 뒤집어 생각하면 누구든 누군가의 치유적 몸짓으로부터 선한 영향을 받을 수 있다는 희망의 암시이기도 하다. 이 희망에 주목하며 소설집을 계속 읽어보자.

### 3. '너는 안 될 거야'라고 말하는 세상에 맞서는 길

피그말리온 효과의 반대편에는 골렘 효과golem effect가 있다. 칭찬을 하고 기대를 하면 점점 더 성취도가 높아지게 된다는 피그말리온 효과와는 정반대로, 골렘 효과는 상대방에 대한 기대를 낮추고 비판적인 발언을 하면 그의 가능성이 실제로 약화되는 현상을 말한다. 안보윤의 주인공들은 바로 이런 골렘 효과의 그림자로 고통받는 경우가 많다. 자기실현적 예언이 부정적인 방향을 향해갈 때, '너는 안 될 거야'라는 참혹한 각인이 반복될 때, 그 각인은 결국 '나는 영원히 행복하지 못할 거야'라는 저주를 향해 치닫는다.

안보윤의 인물들은 가해자들과 거리 두기를 시작함으로써 치유를 향한 기나긴 여정을 떠난다. 나에게 치명적인 트라우마를 입힌 사람들과 분명히 멀어진 다음에는, 나에게 의미 있는 관계 맺기를 시작해야 한다. 그런 극적인 변화를 가장 잘 보여주는 작품이 「밤은 내가 가질게」이다. 이 작품에서 '나'는 자꾸만 타인에게 당하기만 하는 언니를 바라보며 갑갑함을 느낀다. 하지만 언니에게서 최대한 멀어지려고 했던 '나'는 언니의 마음속에 숨쉬고 있는 뜻밖의 강인함에 놀라고, 그동안 언니를 무시해왔던 자신의 비관적 관점을 되돌아보게 된다.

상처를 많이 받은 애예요. 그래도 이렇게 또 사람을 믿고 온몸을 내던지지요. 개라는 생물은 정말 안타깝고 신비합니다.

정말 개 같다, 고 나는 생각했다. 이 개도 언니도 정말 개 같은 성질을 가졌구나.

좋은 주인을 만나게 되어 다행이라고 담당자는 몇 번이고 말했다. 언니가 개 목에 걸려 있는 은색 펜던트에 손을 댔다. 밤톨이라는 이름이 적힌, 혹시라도 주인이 찾아올까봐 계속 걸어두고 있었다던 그것이었다. 딸깍, 소리와 함께 펜던트가 떨어져나갔다.

밤은 내가 가질게.

언니가 개의 귀에 작게 속삭였다. 늙고 새까맣고 병든 개의 이름은 토리가 되었다.(250~251쪽)

유기견 보호소에 봉사 활동을 다니던 언니는 늙고 병든 개를 입양하겠다고 선언한다. '밤톨이'라는 유기견에게 붙은 모든 '밤'

의 흔적을 떼어주겠다는 듯, 언니는 개의 목에서 이름표를 떼어
내며 "밤은 내가 가질게"라고 속삭인다. '밤톨이'라는 이름에서
'밤'을 떼어내자 유기견은 '토리'가 되었고, 언니는 '밤'이라는 글
자에 묻은 모든 그림자와 트라우마의 흔적을 자신이 가짐으로써
상처받은 유기견의 마지막 안식처가 된다. 약하게만 보였던 언
니에게 숨어 있는 뜻밖의 강인함과 누구도 빼앗을 수 없는 회복
탄력성을 우리는 발견한다. 가엾고 불쌍하지만 도무지 믿을 만
한 구석이 없어 보였던 바로 그 언니가 오히려 상처 입은 존재들
을 온몸으로 막아 지켜주고 있었던, 살아 있는 안전지대가 아니
었을까.

　버려지고 짓밟혀도 내가 마지막으로 기댈 수 있는 공간. 우리
에게는 그런 안전지대가 필요하다. 도저히 이런 고통은 견딜 수
없다는 생각이 들 때, 우리가 의지하는 것이 있다. 누군가 끝내
나를 위로해줄 거라는 믿음. 내가 아무리 한계상황에 부딪혀도,
마지막까지 내 편을 들어줄 사람이 단 한 명이라도 있다는 믿음.
그것은 내가 다시 삶으로 돌아갈 수 있다는 믿음의 근거가 된다.
이러한 심리적 안전지대가 존재할 때 우리는 잃어버린 삶의 가능
성을 되찾을 수 있다. 「바늘 끝에서 몇 명의 천사가」에 등장하는
유영이 바로 그런 존재다. 자신의 집에 침입한 스토커 때문에 쇼
크 상태에 빠진 하진을 구원하는 존재는, 한때 자신을 죽이려고
했던 엄마가 아니라 뜻밖에 다시 만난 학창시절 친구이자 이웃
유영이다.

하진을 괴롭힌 스토커가 “딱 한 번뿐”(105쪽)이었다며 다시는 하진의 집에 침입하지 않겠다는 맹세를 하자 그 맹세를 믿어주며 그를 용서하라는 엄마. 이렇게 딸에게 또 한번 치명상을 입히는 엄마는 기묘하고 끔찍하게도 그 스토커를 닮았다. 엄마 또한 하진을 죽이려 했던 시도는 “딱 한 번뿐”(117쪽)이었다며 자신을 용서해달라고 속삭였던 것이다. 어린 시절 하진은 ‘엄마를 용서할 수 없어’라는 말을 할 수 있을 정도로 강인하지 못했다. 아직 아이였던 하진은 아무리 무서운 존재라도 바로 그 엄마의 보살핌이 필요했다. 엄마를 필요로 하면서도 엄마를 두려워했던 하진은 엄마가 자신의 목을 또 조를까봐 공포에 떨며 문을 잠그고 잠들어야 했다. 그런 하진에게 희망의 손길을 내밀어준 것은 정작 하진이 별다른 기대를 걸지 않았던, 늘 쓸데없이 부산스럽고 집중력이 부족해 보였던 유영이라는 친구였다. 유영은 ‘정신병자’나 ‘관심 종자’라는 비난을 듣는 아이, 하진보다도 더 외롭고 방치된 아이였다. 그런 유영의 마지막 안전지대는 엉뚱하게도 영화 〈메종 드 히미코〉의 주인공 오다기리 조의 엉덩이였다. 아버지가 자신을 때릴 때마다, 온몸에 검푸른 멍이 생길 때마다, 소리를 지르면 더 많이 맞기 때문에 이를 악물고 비명소리를 참아가며 떠올린 구원의 이미지는 바로 영화 속 주인공의 “바지에 꽉 낀 엉덩이”(124쪽)였다. 그것은 유영이 고통을 견디기 위해 의지할 수 있었던 유일하고 간절한 유머 감각이었던 것이다.

영화 속에서 누가 죽고 누구는 이루어질 수 없는 사랑을 하고 누구는 버려지고, 암튼 점점 심각한 얘기가 나오는데, 내 눈에는 오다기리 조 엉덩이만 보이는 거지. 흰 바지에 꽉 낀 엉덩이, 번들거리는 천에 꽉 낀 엉덩이. 멜빵을 해도 저래도 되나 싶을 만큼 바지를 위로 추켜 입고 말이야. 엉덩이가 저렇게까지 바지를 씹어 먹었는데 아무도 얘길 안 해줬나? 저게 콘셉트인가? 누가 저 바지를 좀 내려줬어야 하는 거 아닌가? 그런 생각만 드는 거야, 영화를 보는 내내.

(……)

어제 아빠가 나를 혼내는데 갑자기 그게 떠올랐어. 누가 손을 뻗어서 반 뼘만 바지를 내려주면 저 엉덩이가 숨을 쉴 수 있을 텐데. 그래서 오다기리 조 바지를 반 뼘 내려주는 상상을 했어. 영화 내내 꽉 끼어 있어서 그런지 잘 안 되더라고. 계속, 계속 엉덩이만 생각했어. 그랬더니 상황이 끝나 있는 거야. 이게 남긴 했지만.

(……)

아빠가 무슨 말을 하든, 뭘 집어들고 휘두르든 오다기리 조 엉덩이만 떠올리고 있으면 되겠구나.(124~125쪽)


스토커를 향한 공포에 떨고 있는 하진에게 손을 내민 유영은 맹물과 구운 귤, 코알라가 그려진 잠옷을 내어주며 스스럼없이 자신의 내밀한 공간을 열어준다. 어제 아빠에게 맞아서 생겼다는 상처를 아무렇지 않게 보여주던 어린 시절의 유영은 이제 자라서 하진을 구해내고, 위층에서 맞고 있는 또 한 명의 여성을 구출하러 나서는 어른이 되었다. 영원히 치유되지 않을 것만 같았던 내면 아이의 상처를 보듬어줄 수 있는 성인 자아로의 아름다운 성장을 보여주는 캐릭터가 바로 유영인 것이다. 유영에게 따스하고 유머러스한 안전지대가 되어주었던 오다기리 조의 엉덩이, 유영이 떨고 있는 하진에게 내어준 구운 귤, 코알라가 그려진 잠옷. 이 모든 것들이 회복의 신호이며 치유의 희망이다.

그리하여 안보윤의 소설은 우리에게 이렇게 속삭이는 듯하다. 당신에게도 영화 속 오다기리 조의 엉덩이처럼, 공포에 떨고 있는 이웃집 여자에게 자신의 코알라 잠옷을 선뜻 내어주는 유영의 다정함처럼, 언제든 문득 기댈 수 있는 안전지대가 필요하다고. 경보기를 달면 무슨 소용이냐며 공포에 떠는 하진에게 이렇게 속삭이는 유영의 목소리는 바로 곁에서 들리는, 살아 있는 친구의 목소리 같다. "왜 소용이 없어. 경보음이 울리면 내가 바로 뛰어갈 텐데."(129쪽) 아무런 무기도 완력도 없으면서, 자신이 달려가면 모든 공포가 해소될 것이라 믿는 유영의 어처구니없는 따스함. 대책 없는 용기야말로, 우리를 마지막까지 견디게 하는 최후의 안전지대이다.

우리는 그런 따스한 목소리들 때문에 오늘도 이 고통스러운 하루를 견딜 수 있는 힘을 얻는다. 안보윤의 인물들은 우리에게 이렇게 속삭이는 것만 같다. 오늘도 분명 가장 힘든 시간을 견뎠을 당신. 나는 힘없고 작은 존재이지만, 언제나 당신의 안전지대가 되어드릴게요. 그리하여 작가 안보윤의 목소리는 결코 작지 않은 위대함으로, 결코 소박하지 않은 고결함으로, 어딘가를 향하여 필사적으로 팔을 뻗는 우리의 외로움을 따스하게 감싸준다. 그는 트라우마의 현장만을 감식하는 조사관이 아니라, 트라우마 이후의 모든 과정을 끝까지 돌보고 보살피는 작가이므로.

이 소설집을 다 읽고 나면 안보윤이 문장으로 요리해준 뜻밖의 힐링 푸드를 먹고 싶어진다. 나는 「바늘 끝에서 몇 명의 천사가」의 유영에게서 배운다. 타인을 돕고 싶은데 그가 자신을 의심할까봐 처음에는 어떤 첨가물도 넣지 않은 맹물을 주는 유영의 사려 깊음. 귤을 구워서 더욱 달콤하고 바삭하게 만들어주는 슬기로움. 귤도 구워먹고 배도 구워먹는, 무엇이든 다 구워먹을 수 있을 것 같은 유영의 유머러스한 감각을 닮고 싶어진다. 유영 같은 친구가 한 명만 있다면, 이 험난한 세상을 무섭지 않게 버텨낼 수 있을 것만 같다. 남들이 잘 굽지 않는 것을 얼마든지 괜찮다는 듯 쉽게 구워먹음으로써 유영은 '내 손에 닿는 모든 것들'을 따스하고 달콤하고 견딜 수 있는 것으로 만들어버린다. 그런 유영의 밑도 끝도 없는 다정함을 닮아보고 싶다. 「밤은 내가 가질게」에 나오는 치즈곶감말이도 먹어보고 싶어진다. '나'는 언니와 이선이 좋아하는 그 치즈곶감말이의 달콤함도 시큼함도 싫다고 하지만, 바로 그 물컹하고 따스하고 달짝지근한 존재들이 우리의 가혹한 하루를 견디게 하지 않는가. 주인공이 이선을 그리워하며 "네가 필요해"(252쪽)라고 말하는 순간, 그 세 사람이 둘러앉아 옹기종기 치즈곶감말이를 먹는 상상에 행복해졌다.

　나는 안보윤의 소설을 읽으며 극한의 고통 속에서도 우리를 끝내 견디게 하는 사람들은 대단한 영웅적 능력을 지닌 사람들이 아니라 아무리 힘든 순간에도, 결코 우리가 버릴 수 없는 사람들이라는 것을 깨달았다. 우리는 우리를 지켜줄 유영 같은 사람들에게 위로만 받을 것이 아니라 밤톨이처럼 버려진 동물들, 학대받는 모든 존재들을 지키기 위해 강해져야 한다. 우리는 트라우마에 용감히 맞서야 하며 트라우마의 치유, 가해자의 처벌, 피해자를 향한 사과는 물론 우리가 시도할 수 있는 모든 회복의 노력을 멈춰서는 안 된다. 당신이 바꾸지 않으면, 우리가 바꾸지 않으면 아무것도 바뀌지 않을 것이기에. 문학은 점점 더 각박해져가는 세상에서 불안과 공포로 떨고 있는 우리의 어깨를 마지막까지 감싸주는, 세상에서 가장 거대하고 따스한 담요가 될 것이니.

# 작가의 말


누군가에게 다정한 말을 건네고 싶어
견딜 수 없는 날이 있었다.

직접 전할 수 없어 숨겨둔 말들이
소리 없이 들끓는 날이 있었다.

그런 날에는 종일 소설을 썼다.
그게 참 좋았다.


2023년 11월
안보윤

| 수록 작품 발표 지면 |

어떤 진심 ······ 『현대문학』 2022년 3월호

완전한 사과 ······ 『한국문학』 2020년 하반기호

애도의 방식 ······ 『문학동네』 2022년 겨울호

바늘 끝에서 몇 명의 천사가 ······ 문장 웹진 2021년 3월호

미워하는 일 ······ 『문학사상』 2023년 1월호

미도 ······ 『황해문화』 2021년 가을호

밤은 내가 가질게 ······ 『자음과모음』 2020년 겨울호

**문학동네 소설집**

밤은 내가 가질게

ⓒ 안보윤 2023

1판 1쇄 2023년 11월  9일
1판 2쇄 2024년  4월 24일

지은이 안보윤
**책임편집** 김수아 | **편집** 김정현 정은진
**디자인** 김이정 최미영 | **저작권** 박지영 형소진 최은진 서연주 오서영
**마케팅** 정민호 서지화 한민아 이민경 안남영 왕지경 정경주 김수인 김혜원 김하연 김예진
**브랜딩** 함유지 함근아 고보미 박민재 김희숙 박다솔 조다현 정승민 배진성
**제작** 강신은 김동욱 이순호 | **제작처** 한영문화사(인쇄) 경일제책사(제본)

**펴낸곳** (주)문학동네 | **펴낸이** 김소영
**출판등록** 1993년 10월 22일 제2003-000045호
**주소** 10881 경기도 파주시 회동길 210
**전자우편** editor@munhak.com | **대표전화** 031)955-8888 | **팩스** 031)955-8855
**문의전화** 031)955-2696(마케팅), 031)955-1922(편집)
**문학동네카페** http://cafe.naver.com/mhdn
**인스타그램** @munhakdongne | **트위터** @munhakdongne
**북클럽문학동네** http://bookclubmunhak.com

ISBN  978-89-546-9645-6  03810

**www.munhak.com**